射洪市优秀文学
作品选 （2022—2023）

射洪市作家协会　编

黄河出版传媒集团

阳 光 出 版 社

图书在版编目（CIP）数据

射洪市优秀文学作品选：2022—2023 / 射洪市作家
协会编. -- 银川：阳光出版社，2025.1. -- ISBN 978-
7-5525-7541-5

Ⅰ. I217.1

中国国家版本馆CIP数据核字第 202494MD95 号

射洪市优秀文学作品选（2022—2023）　射洪市作家协会　编

责任编辑　赵维娟
封面设计　圣立文化
责任印制　岳建宁

黄河出版传媒集团
阳 光 出 版 社　出版发行

出 版 人　薛文斌
地　　址　宁夏银川市北京东路139号出版大厦（750001）
网　　址　http://www.ygchbs.com
网上书店　http://shop129132959.taobao.com
电子信箱　yangguangchubanshe@163.com
邮购电话　0951-5047283
经　　销　全国新华书店
印刷装订　四川金邦印务有限公司
印刷委托书号　（宁）0031163

开　　本　710 mm×1000 mm　1/16
印　　张　15.25
字　　数　240千字
版　　次　2025年1月第1版
印　　次　2025年1月第1次印刷
书　　号　ISBN 978-7-5525-7541-5
定　　价　68.00元

编 委 会

目　录

小说类

散文类

报告文学

诗歌类

李龙剑的诗

田小田的诗

罗艳春的诗词

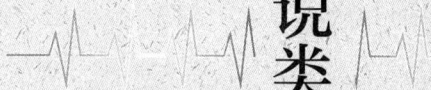

小说类

青杠岭上好捡柴

● 吴永胜

一

"从前天和地是搅缠在一起的。怎么个搅缠法呢？"家安斜歪着头，青白的脸朝向头顶枝丫摇曳、树叶窸窣作响的青冈树，目光透过青冈叶间的缝隙，投向更青白高远的天空。他皱眉踌躇片刻，对搅缠法有了比方，得意地在右腿上拍了一巴掌，架在左膝上一直悠悠晃动的瘸腿，像是突然受惊，脚尖猛然往上踢了一下："就像一锅搅好的糯子。"

我们七八个孩子心情复杂地围着他。我们都知道，家安爱吹牛撒谎编筐篾篾，可他又总能讲些稀奇古怪的故事，都是我们闻所未闻的。一个小学二年级都没读完就辍学的瘸子，居然晓得用搅糯子来打比方。我们都知道搅糯子的过程。锅里烧着水，麦粉一边放着。水烧开了麦粉投进去再不停搅和，水和粉渐渐就融合了，成了黏稠的一锅。这可见搅缠得多么密不可分。家安说："这时候出来一个叫盘古的人，他觉得天和地糯子一样不行呀，就薅起把大斧子劈呀砍呀。"家安挥动手臂豪迈地左砍右劈，"于是天和地就分开了。轻的往上升成了天，重的往下落成了地。"家安呷巴几下嘴皮，豪迈劈砍过的手，遗憾地薅了薅草靶样乱蓬蓬的头发。"斧子劈得有轻有重，又免不了有偏有斜，于是地就高的高低的低了。"他拍拍屁股下生着青苔的石头，"像我们青杠岭，就成了高山。"嘴朝前面树林里嬉闹捡柴的马家姐妹努一努，鼓动腮帮，脸颊上的青筋凸现，"像她们螺蛳坝，就成了平地。天和地劈开了，盘古又抓了把豆子，往地上一摔，豆子落到地上蹦起来，就成了人。"

家安讲完，我们中间大一些的孩子立刻提出了质疑："盘古得有多高，才能抡着斧子砍出青杠岭这么高的山，我们爬上岭顶可得半天工夫。我们已经上学了，知道天地广袤辽阔，大到无法想象。比如我们去赶场的金华，走路得两个小时。可还有很多比金华更远的地方，金家太乙天仙仁和，绵阳成都上海北京，苏修美帝亲爱的古巴兄弟，他一斧一斧得劈多久？天地既然糯子样搅缠在一起，那他站在哪里抡斧头呢？"

家安挠挠头皮嘿嘿笑："盘古高得很呢，他上嘴皮顶天，下嘴皮顶地。"

"吹牛！吹牛！"不等他继续分辩，我们嚷开了，"有天的地方一定有地，天和地密切得像锅盖和锅的关系。如果天是锅盖地是锅，盘古等于是上嘴皮抵锅盖，下嘴皮抵锅底了，那他的脑袋肩膀屁股脚杆放哪儿呢？再者说，他撒了豆子后这世上才有人，那盘古他自己是从哪里来的？他的爹妈又是谁呢？"

"盘古的爹叫扁盘，妈叫圆盘。"家安一本正经说，"他爷爷叫盘子。"说完了，自己哈哈笑起来。

岭下有人在吼了，是家安的爹魏安术，站在卫星地里，手里端着勺粪水立在两只粪桶中间，周围是齐膝高的苞谷苗。他朝我们所在的位置仰着脸，凶神恶煞地吼："家安，你个狗日的又在扯谎捏白偷懒哈？要是捡不满一筬篼粪，落屋看老子不敲断你腿杆！"

家安一挺左腿站起来，一边拍打屁股上沾着的泥星草节，一边用虚点在地上的右脚尖朝他爹的方向踢了一下，嘴里小声嘟嚷着："鸡猫老鼠的吼个锤子！敲敲敲，你敲个鸡崽崽哩！有本事你给我这腿敲长一截嘛。"小儿麻痹症让家安的右腿比左腿短小了一号。家安嘴朝向他家屋旁的院坝努一下继续抗议："四娃子只比我小两岁，好手好脚，你咋啥都不让他做？"我们看见安康手里捧着本书在屋后晒坝里来回走动，脑袋鸡啄食样一点一点的。家安把篾篼挎在臂弯上一瘸一拐走了。我们也站起来，拿起自己的背篼篼篼遗憾地散开。

这一天，我们打的青拾的粪比哪一天都少。我们频频眺望螺蛳坝，大块大块刚栽上秧苗的水田，齐齐整整画格子一样铺展。那些散落在田角路边的房屋，青色的瓦褐色的墙。回头再看看我们青杠岭，藏在青冈林间高低起伏婉转如鸡肠的地块，顶着茅草的屋尖，我们的沮丧无以言表。我们频频朝马家姐妹的方向吐口水，说怪话。我们想大声诅咒。如果天地真是叫盘古的人劈开的，第一个得先骂他。骂他咋就不把斧子挪一挪，至少挪过青杠岭。还骂他撒下的豆子，那些代表我们先人的豆子，为啥你们偷懒耍滑，就不肯多蹦跳几下？至少也蹦跳到螺蛳坝嘛。

我们曾经把螺蛳坝所在的第五生产队和我们第三生产队做对比，家安舔着嘴皮总结说："第五生产队产谷子麦子，吃白米白面，共产主义生活就是那样子，他们提前过上了。我们还在社会主义的初级阶段。但我们还是有一样好的，万一涨大水，我们青杠岭绝对淹不到。"总结出这一样好，家安的眼珠熠熠发光，"而他们嘛，就一定在汪洋大海里了。"他探出手凭空画出一个圆圈，把螺蛳坝囊括进去。"还有，我们生产队有烧不完的柴，青冈柏树黄荆马桑。我们烧出的烟子都是笔直从烟囱里冲出来的，像一根杠子样往天上凿。螺蛳坝的人烧什么？麦秸稻草豆叶瓜秧。他们烧出的烟子又散又乱。要是不到我们青杠岭来捡柴，他们的米是夹生米，他们的面是夹生面。"家安这么一说，我们差不多也要跟着自豪了。可这时家安打了个嗝，玉米糊和酸菜的味道立刻让我们心灰意冷——再多的柴，哪怕最扛烧的青冈疙瘩，也无法把玉米红薯烧出白米白面的味道。

二

家安兄弟四个，他爹魏安术用富贵安康分别给他们命名。家富家贵家安家康，全是吉利字眼。可是我们都晓得，老天爷才不管你心心念念些啥呢。往往是，你愈想要啥他愈不肯给，让你的念头碎成粉散成渣。比如说大名长寿的那个人，在崖脚地浇完一担粪水，肩上两只空桶前后晃荡，正边走边扭头跟地里的妇女调笑，突然打了个嗝，梗着脖子踉跄两步，倒下就死了。三十岁还不到，离向往的长寿还差八帽子远。

家安家里就和富贵安康沾不上半点边。生产队凭工分分口粮。工分多口粮就分得多，工分少就只能按基本口粮分。基本口粮也要足够的工分，不然就超支了，要在来年的工分里扣除。他们家一直是超支户。魏安术的老婆宋道珍有肺病。从前只是咳咳喘喘，那一年冬天，七岁的家贵掉拦河堰里了，她跳进堰里人没救上来病从此更重了，走几步路，就得手撑腰杆呼噜噜喘一阵，好像胸腹里硬塞进去了一大群猫。再也没法出工干活了，家里的药罐一直没空过。我们去邀约家安拾粪打青，宋道珍勾腰坐在阶沿上，面前一口小瓦炉燃着火，炉上瓦罐咕嘟咕嘟响，草药的气息沸沸扬扬。她耷拉着眼皮好像在打瞌睡，听见我们的脚步声，突然抬头睁眼向我们张望，在柴火烟雾和草药蒸气缭绕下，她青灰的脸皮像生了层湿漉漉的霉锈，整个脸庞像被擀面杖擀过般扩展，挤得眼睛像条黑线，黑线里的光亮鬼祟又黯淡。我们心里打了个突只觉脊梁发寒，赶紧拔步绕到屋后等家安。老大家富遗传了她的肺病，干活只能和妇女们一起，挣的工分和妇女们一样。家里就两个健全人，魏安术和十五岁的老四家康。魏安术发了狠，发誓要把家康培养出来。

家康在八里外的磨眼桥念初二了，一直是年级的尖子生。

家康实在和我们有些不一样。他居然每天都要漱口。要知道，不只我们没有漱口的习惯，青杠岭的大人们也没有。他没有像学校老师那样用牙刷牙膏，不能衔一嘴白泡子。他把食指打湿了在盐罐里戳一下，指肚子就沾一层细密的盐粒。咧开嘴皮，露出两排牙齿，蘸过盐的指头摁在牙床上抹抹戳戳，喝口清水仰起脖子，鼓动腮帮哇啦哇啦响一阵，扑哧吐出来，居然下巴不沾一点水。我们也学，要么水咕嘟咽肚子里了，要么吐水时下巴湿了胸口湿了。还是免了吧，作业本破了课本纸破了，指甲摁在牙龈上刮一刮，黄色积垢糯子样好用。

我们洗头就一盆水。脑袋埋进去打湿头发，抓抓挠挠，再浸一浸完事。除非大人守着，洋碱我们一般不会用。那玩意儿抹在头皮上，一抓一挠，像在往头皮上摁图钉。家康洗头得两盆水。头发打湿了，从洋碱盒子里挖一撮洋碱，浇一点水揉开，然后抹在头发上抓挠，直到脑袋上泛起一层浅薄的白泡子，浇水清洗一遍，再打一盆水，拈一撮盐在掌心用水化开，抹在脑袋上再次抓挠。家安说："你是要腌猪头吗？"家康说："你晓得啥呢。盐能更好清洁头发，还有营养作用。"家安跥一下瘸腿，身子愤怒地向右边倾倒："我啥子都不晓得，就晓得你把盐用贵了！"正用赞赏甚至崇拜的眼光看着家康的魏安术，朝家安狠狠一瞪眼："起开！"回头软声对家康说，"家康，你洗，你随便洗。盐随便用。"

家康不跟我们斗鸡撞拐子分派打仗，不跟我们扇三尖角抽陀螺。上学径直去，放学径直回。回家了，立刻摊开课本作业本。生产队的人见家康的样子，就对魏安术说："魏安术，你狗日的摊了个好娃儿哦。我屋头几个狗日的，读书做作业像上尖刀山。"魏安术挺直腰杆谦虚一笑："我都累死累活了，哪有时间管他嘛。他自己，都是他自己。""这娃儿肯定是我们青杠岭第一个端铁饭碗的。"魏安术笑得更谦虚了："唉唉，哪里，哪里。他们老师说，要他一定考大学呢。一定要考到成都去。"魏安术的目光越过螺蛳坝，山高水长望出去，跋山涉水好像已经触碰到了遥远的成都。听的人身子抖一下，一泼粪从桶里溅出来，溅在了鞋背上，于是一边愤怒地跥脚，一边连声附和："啊啊，成都，成都。"

三

我们说过，比较第五生产队，我们第三生产队除了有不会被水淹的优越，还有永远不缺柴火的实惠。第五生产队虽然暂时不会被水淹，缺柴火却是随时的。星期天节假日，我们第三生产队的孩子打青拾粪。第五生产队的娃儿女子，背背篼扛竹耙，手提镰刀砍刀，成群结队朝青杠岭浩荡而来。青杠岭上好捡柴嘛。青冈叶桉树叶桐树叶散落在草地上石头上，散落在马桑丛黄荆丛间。他们挥动竹耙，在草地上耙在石头上耙，把分散的树叶耙到一块拢进背篼。

他们舞动镰刀砍刀，斫马桑条黄荆条，砍青冈枝柏树丫，扎成把拧成捆塞进背篓。胆子大些的，甚至去砍腕粗的柏树青冈，裁成短截装进背篓，周围垫一层树叶遮掩。青杠岭的林坡是生产队的，第五生产队的娃儿女子来捡柴，大人们都不管的，反正我们不缺烧柴。掉落的树叶子不耙走，也就在风雨地气里沤烂了。马桑黄荆砍就砍吧，下两泼雨，它们又蓬蓬勃勃了。青冈柏树枝丫砍就砍吧，少些枝丫分水分树长得更快。只是听到镰刀砍刀斫击树干空空空响时，听到的大人会扬声叱喝："狗日些砍树子哈，再不停手，老子来踏背篓了。"斫击声只要消停了，大人们也就不再管了。

但家安想踏他们的背篓。他敌视过共产主义生活的第五生产队所有人。踏几只背篓，多少有些快慰。

马家姐妹捡柴从来都是自成一队。十三岁的老大马小清走在队伍前面，背篓阔口大肚比她的身子还宽阔。她在上四年级了。老二马又清十岁，背篓比肩膀略宽一点，篓底子总碰腿肚子。老三马再清八岁，背篓齐着臀。老四马继清六岁，也背了个背篓，小巧得像个玩具，恐怕只装得下三把树叶子。她们走过螺蛳坝田埂，走过拦河堰堤，从地角崖边的小路，一路逦迤上了岭。

半坡里我们遇见马家姐妹时，她们的背篓已经装满了，正围在一棵青冈树下。树下有块突出的石头平整面簸箕样大，她们在玩抓子。正该马小清，她蹲在石头前，向前俯着身子，三粒米样的牙齿压在下嘴唇上。握着石子的拳头凑在嘴前吹了口气，亮出手臂晃一晃，猛地往石板上一掷，几粒白色的石子落在石板上咕噜噜还在滚动，摊开手掌沿贴着石面飞快一刮，石子不见了，一枚不剩都揽进了掌心，向上一抛石子离手，翻过手背翘起的五指和手背间的坑窝，稳稳接住了下坠的石子。

家安不看马小清抓子，他气势磅礴地踏过去，一脚蹬翻一只背篓，先声夺人大声嚷："哪个喊你们砍树子的？"

马小清跳起来，挑眉扬首，攥在手里的石子一齐砸向了家安，跟着猫样从石板前蹿过来，右手一把薅住家安衣领，左手往家安胸膛上掀。"你哪只眼睛看到我们砍树子了？你哪只耳朵听到我们砍树子了？我们好久砍了树子？"嘴里放炮仗样连声质问，微黑的脸蛋涨红了，两条细眉毛扬起来，微隆的胸脯上下起伏，瞪圆的眼珠子像两枚立刻要掷向家安的杏子。

马小清激烈的反应出乎家安预料。他去掰马小清薅住他衣领的手，一边胡乱抵挡马小清的推掀抓挠。"君子动口不动手。你要晓得，青杠岭是我们第三生产队的地盘！"蓝布衣裳被马小清揉成一团皱在胸前，现出了肚皮肚脐和皱巴巴的裤腰。

"青杠岭是第三生产队的，又不是你家的！你喊一声，看它答不答应！"眼见马家姐妹也围过来了，手里还抓着竹耙镰刀。家安着了慌，猛地一挣，衣裳从马小清手里挣脱了，几粒纽扣嘣嘣响着脱离了衣裳。他趔转身就跑，没了纽扣的衣裳向后鼓荡，露出干瘦的肋骨。一边跑家安嘴里一边说："好男不和女斗。"我们惊奇地发现，家安虽然瘸腿，可奔跑起来速度并不慢。他的左右肩波浪般高低起伏，几乎像野兔样在林间弹跳蹦跃。马小清追了几步没追上，只得跺着脚双手撑腰骂："你个恶霸地主莫跑嗫！"

跑过半截坡，家安站住了，青白着脸呼哧呼哧喘。他把目光朝向马家姐妹的方向，她们还在大声叫骂。我们都以为，家安之所以落荒而逃，是因为双拳难敌八手。这会儿凭他的伶俐口齿，定要同她们隔空叫阵。可家安辜负了我们的期望，没有一点要作声的意思。他的嘴唇有些哆嗦，眼神有些迷离，眼睛里竟飘浮起一层薄雾。他把右手五指撮成一团凑到鼻头前，鼻尖挨个触碰指头，指尖跳舞似的在鼻头前战栗。家安是怎么了？我们好不奇怪。

"马小清都有奶子了。"家安嘴角上扬，脸上现出似笑非笑似哭非哭的表情。"你耍了流氓。"我们中间有人说。"啥子耍流氓？我又不是故意的，推她时碰到的嘛。"家安分辩后，微闭眼睛一副凝神回想的样子，吐字很慢像在斟词酌句。"鸡蛋那么大，硬邦邦的，就像、就像石头。"他怎么能形容成鸡蛋石头呢？原本充满期待的我们都有些失望。那些奶孩子的妇人，她们的奶子饱满鼓胀像气球样丰盈。但我们来不及质疑，家安战栗的手指蜷曲到掌心攥成了拳头，他举起拳头扬在肩上，像加入红小兵宣誓的动作一样。他几乎咬牙切齿在说："老子要娶马小清当老婆！"

　　我们不约而同笑起来："人家马小清人长得水灵清秀，又生在螺蛳坝这样的金窝银窝。我们青杠岭啥条件？你家安啥条件？你家安家又是啥条件？癞蛤蟆想吃天鹅肉嘛。"

　　"世上无难事，只要肯登攀！功夫下得深，棒槌磨成针！"家安目光灼热地望向马家姐妹的方向，微弓左膝右脚尖随着吐字一下一下点击地面，像是给他铿锵的话语伴奏。

四

　　我们第三生产队的孩子成群结队，穿行在青杠岭角角落落，拾牛粪拾狗屎，割好沤肥的牛尿蒿水芹菜，凭斤两换工分。我们摘野果子掏鸟窝撵野兔，扯开嗓子唱扯白歌：唱歌莫唱扯白歌／风把石头吹上坡／青冈林里鱼产籽／大河中间雀摆窝／先生我，后生哥／生了舅舅生外婆／我从外婆门前过／看见外公坐箩窝。我们唱天上下大雨／地下亮晃晃／田里麦浪青／油菜花儿黄／那个大嫂来赶场／左手提个油罐罐／右手拿着硬块糖……或者缠着大我们几岁的家安讲故事，可自从那天的遭遇后，家安不爱唱歌也不愿意讲故事了，他变得沉默寡言眼神迷离，常常朝着螺蛳坝方向愣神。

　　又是个星期天，家安独自一人早早到了半截坡，从腰间抽出磨得亮晃晃的砍刀，对准棵腕口粗细的青冈树挥刀猛斫。嚓嚓的斫击声惊起两只栖在树间的斑鸠，扑棱扑棱飞起来，在树的上空盘旋几圈飞远了。一只灰毛野兔从旁边的马桑丛里蹿出来，连滚带跌向坡下藏避。有大人在坡下叫骂开了："狗日的又在砍树子哈？"家安不等他继续恫吓，说："我是家安，我砍根锄把。"生产队的人需要锄把或者筢篼系了，提着砍刀就上了岭，看上合意的树就挥刀。既然是家安，那呵斥的人就住了声。

　　家安砍倒了青冈树，怀抱树干往前拖。青冈树枝枝丫丫到处牵挂纠绊，家安拖得十分吃力，才拖一小段路已经大汗淋漓了。他站住歇气抹汗，目光投向螺蛳坝，他看见马家姐妹以浩荡之势往青杠岭来了，立刻力气倍增，拖拽着青冈树奋勇向前。枝丫蓬勃的青冈树从青草上碾过，扫刮过马桑丛黄荆笼，草断了叶碎了茎折了，所经之处一片狼藉。

家安把青冈树拖到土地堡才停下来。土地堡地势开阔可以铺张晒席，是螺蛳坝捡柴人上岭必经之地。家安挥动砍刀裁截枝丫，锋利的砍刀下枝断丫折。枝丫快砍完时，马家姐妹走到了土地堡转角处。她们望一眼满头大汗的家安，嘀咕几句正准备走开。家安急忙招呼："哎，马小清，你们莫走。"

马小清瞪一眼家安："我走我的阳关道，你过你的独木桥。你想做啥子？"

家安羞赧地笑一笑："我那天是一时糊涂，你莫记仇嘛。再说了，我的衣裳都被你扯烂了，纽子掉得一颗不剩。还有，"他侧过脸，摸着脸颊和脖子，向马小清说，"你那天给我抓了好多血印子，好多天才散呢。"

马小清翕动鼻翼轻蔑地嗯一声，鼻翼上的几粒雀斑振翅欲飞："你不是想当恶霸地主吗？你再当噻。"马小清扭头又准备走了。家安觍着脸笑："我哪里敢当恶霸地主嘛。我都说了是我一时糊涂嘛。不管怎么说，反正都是我犯了错误，你一定得给我一个改过自新的机会。毛主席他老人家都说过，有错就改，还是好同志。"

马小清扑哧笑出了声，笑过了立刻板起了脸："你改不改跟我有啥子关系？我管你好同志歪同志。"

家安说："太跟你有关系了。只要你给我改过自新重新做人的机会，往后每星期我都给你们砍根树子，柏树青冈树松树桉树，随便啥子树都行。"马小清又笑了一声，目光从家安脸上扫过，落在砍去了枝丫的青冈树上，落在散在四周的枝丫上。家安赶紧讨好说："树子和这些枝丫，保证你们四个背篼都装得满满的。"马小清撇一下嘴角，说："谁稀罕呀？我们不要。"她抬起脚迈步要走了，家安着了慌，一跅步拦在前面，伸手抓住马小清的背篼沿，低声下气请求："我是专门给你们砍的呢。"马小清说："你才莫名其妙呢。你专门砍的我就必须要吗？放手！快放手！"马小清晃了两下肩膀也没挣脱。

家安目光凄楚地看着马小清："好歹是我的心意，你要了树子我才放手。"马小清脸涨红了，睁圆眼瞪着家安说："你放不放？"马小清一面两手攥着背带，一面用力晃肩膀拧身子。家安牢牢抓着背篼沿不放手："我都砍在这里了，你们装走嘛。"马小清红涨着脸不答话了，只管扭动身子用力左右挣。坚硬粗粝的篾条割磨着家安的手指，没几下他就攥不住了，手脱离了篼沿，还在用力挣扭的马小清收势不住往前一扑，跌倒在砍去枝丫的青冈树上。跌倒的马小清立刻尖声惨叫，仰起来的脸上，右眼眶成了个血洞，涌出黑色的血污——她的眼睛触在了砍得尖斜的树疤上。

　　家安伸出手去扶马小清，手刚触到马小清的肩膀，只听得马家姐妹齐声哭喊："来人啊，瘸子把姐姐眼睛弄瞎了！"跟着马又清手里的竹篾啪地敲在家安头上。家安趔趄一下，一边瑟缩着往后退，一边看着马小清，颤动着嘴皮，只从喉咙里发出嘶嘶的颤音。退了几步，他猛然转过身往岭上跑，好长时间后，才听见他绝望的哭号在树林里流窜。

五

　　马家姐妹的哭喊声在青杠岭激荡。"来人啊，瘸子把姐姐眼睛弄瞎了！来人啊，瘸子把姐姐眼睛弄瞎了！"魏安术挑着担粪水刚走到斜坡地角，他怔了下站住了，凝神分辨了下马家姐妹的哭喊声，身子一晃扁担从肩头滑落，粪桶哐啷坠地然后倾倒然后咣当咣当顺着坡往下滚，滚不多远就分崩离析了。魏安术跺了下脚，跺得汪在脚下的粪水四处激溅。他一边拍打着大腿往土地堡跑，一边颤着声音向身边人招呼："劳烦你们喊下马家的人，喊下队长。狗日的瘸子呀！牛日的瘸子！"

　　魏安术背着马小清失魂落魄跑去了大队卫生室，包扎后又送去了区医院。跌跌撞撞从区医院回来时天已经黑了，走到自家院子，看见堂屋的门半掩着，他倚着门框站住了。堂屋里亮着半明半灭的油灯，宋道珍和家富家康都勾头偻腰围坐在桌边，昏暗的灯焰闪烁跳跃，光线在三张黯淡的脸上明明灭灭。桌上盛着几碗没动过的苞谷糊和半碗咸菜。宋道珍扶着桌子抬起头问："啥样子了哟？"魏安术倚着门框滑坐在门槛上，说："眼珠破了。医生说，只有安个玻璃珠。"宋道珍摇晃了一下身子，她的手抓着桌子腿，于是带动桌子也跟着晃了一下，碗里的苞谷糊晃出泼在桌上。魏安术拍了下门槛站起来，说："那个狗日的呢，老子弄死他！"

宋道珍手扪着胸口呻吟："你就算立马把他弄死，事情还是出都出了。天王老子，嘟个办哟。"

"事情不出都出了，弄死家安抵得了事？"生产队队长走上了街沿，手里掐着半截纸烟，"五队生产队队长在我家里，魏安术你跟我过去下，看看能不能商量出个子曰来。"

家安的身影从院角的茅坑后闪出来，脚步迟滞缓慢像在水草缠绵丰茂的水里蹚着，他睃一眼魏安术又低下头："我，我赔她只眼睛。"声音像蚊子嘤嘤嗡嗡。

魏安术一脚把家安踹翻在地："好，你赔！老子现在就把眼睛给你抠了来赔！"他屈起指头呈钩子状，挥臂在虚空中愤怒地挖了两下，探手去抓家安肩膀，却被队长拉住了："走吧，人家等着呢。"魏安术走了，边走边恨恨地说："你等着，看老子回来怎么收拾你。"

家富走到院子把家安拉起来，嘴里直埋怨："妈不是喊你到舅舅家躲几天，等爹气头过了再回来吗？你跳出来做啥子？"

家安缩着脖子走进屋，背靠着墙壁眼瞅着脚尖闷声说："我不想躲。事情是我惹的，躲得了初一，未必躲得过十五。该杀该剐我受就是。"宋道珍撩起眼皮瞪一眼他，喉咙里呼噜呼噜响："你就死鸭子嘴壳硬吧。唉，这咋个收场哦。"

家康看一眼娘，又看一眼家安，嘴里低声试探着询问："也不晓得会不会把三哥抓去坐班房哦？"宋道珍怕冷似的抖了下。她从桌上拈起筷子，说："是祸躲不脱，躲脱不是祸。吃饭吧，都冷了。"家安摇头，家富和安康也摇头，宋道珍低头嘬了口苞谷糊，叹口气也推开了碗。

六

魏安术从队长家回来已是后半夜，家里人守在灯下谁也没睡。魏安术的脸色居然舒展了许多。他坐到桌子前，从腰带上摘下旱烟袋，捏摸装烟丝的蓝布袋，把烟锅伸进去挖出锅烟丝，亮出大拇指，把黄色的烟丝抹平，凑到跳跃的灯焰下，烟丝立刻红亮起来，吐出的烟雾跟着笼罩住了他的头脸。宋道珍哆嗦着乌紫的嘴唇问："咋个说起的？要赔好多钱？家安得不得坐班房？"

"马家女子的老汉也到队长家了。"魏安术答非所问，衔着烟管又吸了口，烟雾重新缭绕起来，"最少要住十天医院哦。马女子的妈在医院照顾。"

宋道珍急了，浮肿的眼皮崩开来，眼珠子亮晃晃的，说："到底咋个说的嘛？"

"我们和马家以后就是亲戚了。"魏安术吁一口气吐一口烟说，"等两年家康上门娶马女子。"

家康呼地站起来，屁股下的板凳哐地倒在地上："我不去。凭啥让我去当上门女婿？"

缩在屋角的家安蹿到屋中："我去，我一人做事一人当！"

魏安术瞪一眼家安，左手往家安脑袋上扇了一巴掌，右手里的烟锅在桌沿上当当敲："你当个鬼尸罗汉！要不是两个队长比前比后做工作，说枪毙你个狗日的事情还是出了，眼睛还是长不出来新的，马家人会愿意？"他把烟锅戳向家安胸膛，说一个字戳一下，戳得家安前后摇晃，"你狗日又耍流氓又弄瞎人家女子眼睛。人家原本要全部汤药费，还要让你坐班房。"

家安梗着脖子说："我惹出来的事，我去承担就是嘛。凭啥子让家康去？我瘸条腿她瞎只眼，不刚好豺狼虎豹吗？"郎才女貌这个成语，在他嘴里成了豺狼虎豹。

"你又瘸又爱谝诓扯白，人家哪里瞧得上？马家四个女子，迟早都要招个上门女婿。他们看上家康，说家康知书识礼人也生得伸展。"

家安一屁股跌坐在地上，挥着拳头捶打右腿，泪珠子簌簌往下落："怪我吗？怪我吗？是我想瘸吗？我想瘸吗？"

那边家康也呜呜哭出了声："我要读书！我还要上大学！"

家富走过去扶起倒在地上的凳子，安放在家康屁股下，抱住家康肩膀让他坐，嘴里劝说："家康咧，读书还不是为了有个好前程？螺蛳坝地平田多日子好过呢。再说，你要不答应，你三哥说不定就得坐班房。"

"一篮茄子一篮姜，左也是个难（篮），右也是个难（篮）。"宋道珍双手捧着胸口揉抹，边咳边呻吟，"老天咋不收了我，免得拖累你们。"

"妈，我不是不肯，"家康哭泣着分辩，"只是那女子眼睛都瞎了。"

"嘻，一只眼睛不碍大事，镶颗玻璃珠也看不出啥嘛。"魏安术抬起粗糙的大手在脸颊上摩，摩得脸皮簌簌响，"我们都商量好了，你读完初中就过去。那马女子的老汉妈都精悍能干，房子也有七八间。马女子的大伯还是生产队队长。他说过去就让你当计分员当会计，都是动笔杆子的轻松活，将来还可以接他的班……"

七

家康又洗头了。他端盆清水放在洗衣台上，装洋碱的盒子放左边，装盐的罐子放右边。他把脸浸进清水里，双手掬了水往头发上浇。竹子在头顶上空摇曳，竹叶子拍掌似的哗哗响。家康从水盆里抬起头，水滴答滴答往下落，他闭着眼睛伸出右手，三个指头在装洋碱的盒子里挖一下，摁在左掌心抹一抹，浇一点水在掌心，右手掩上去两个手掌来回搓摩一阵，然后往头发上抹，抹过了开始抓挠，抓挠一阵，家康疑惑地停了手。今天的洋碱奇怪了，一点也不咬头皮。抬起手臂抹去眼皮的水，他看见盆里的水墨样黑，黑墨似的水还在从脸上往下滴，滴在白褂子上一团团黑污。再看洋碱盒子，一团黑墨样的东西覆盖着洋碱。他伸出指头抹一抹，分明是团研磨细了的锅烟墨。

家康回头，见家安环抱膀子倚靠着墙，悬吊的瘸腿晃荡着。他说："老四，你离马小清远点。不然，下回就不是锅烟墨了！"

　　"我愿意吗？是我愿意吗？"家康抠起盒子里的锅烟墨甩向家安，家安躲闪不及，锅烟墨叭的一声在鼻头上炸开了。家安忙抬手擦抹，反倒把锅烟墨涂抹开了，一张脸立刻黑多白少，只见两个眼珠骨碌碌转。见他滑稽的样子，本来还恼怒着的家康扑哧笑出了声。家安抬起手指指家康的脸，说："你那副样子也像个唱花脸的哈。"跟着也咧开嘴笑起来。先只是嘿嘿嘿讪笑，渐渐便大声起来，呵呵，哈哈，呵呵哈哈哈，脖子上的青筋在笑声中像扭曲的曲蟮，眼珠子也泛起了红。渐渐有些上气不接下气了，不得不弯下腰勾了头。笑声止住了，身体却打摆子似的哆嗦，泪珠一颗接一颗滚落，把脚前的地灰砸出了密密麻麻的坑窝。家安盯着自己的瘸腿，两只手环在大腿上，用力抓掐的指头摁得蓝布裤子刺刺响，嘴里喃喃低语，说："老四，老四，我就坏在这条短腿上呀！我要是两条腿一样长，你抢不走马小清！"

　　家康的眼泪也流了出来。泪水顺着脸颊流进嘴角又咸又涩。他嚅动着嘴唇，却不知道说什么。家安突然抬起头，双手捧住瘸腿用力往地上一杵，眼珠定定地看着家康："老四，你不还有两年才初中毕业吗？你安心读你的书。这两年我要让这条腿长出来。"他拍拍好的那条腿，"我要让它们一样！"

　　"你怎么弄？"

　　家安不回话，走到洗衣台前掬了几捧水，洗净了脸。他走进屋里，从墙壁上摘下条系箩筐的麻绳再到屋后。屋后沟坎边有棵核桃，树干虬曲，比屋脊还高。家安选了根高过头顶的树杈，将绳头从树杈上投过去，捡起来捆系在脚踝上。另一头握在手里，慢慢往上拉。两边的绳子都绷直了，右腿离开地面往上升。膝盖有些弯曲，他往后纵了一步，膝盖下压让腿刚好抻直。脚尖高过了大腿，独立支撑的左腿摇摇欲坠，带动身子如风中幼树前抑后仰左摇右晃，左脚不得不在地上跳跃几下，摇晃的身子才稍微平稳。他又用力拉拽绳子，瘸腿与右腿成一个直角了。家康听到咯嘣一声响，忙喊："三哥，莫拉了，骨头断了。"家安说："不是骨头，是筋。是筋在响。"他的脸涨红了，抿紧嘴唇，又踮着左脚尖跳了几下。绳子有些打滑，家安喘了口气，左手捯动绳子在右手上挽了个圈，然后双手牵住绳子一起往下拉。脚尖高过了胸脯，这时右腿抖闪着往外一趔，立身不稳往后便倒。他想松掉绳子，可挽过的圈像结了结样无法松脱。喀嚓一声响，家安头背着地摔倒在地，被绳子牵绊的瘸腿朝天杵立，像是要狠狠朝天空踹上一脚。

家康扑过来，手忙脚乱解绳子，连声哭喊："三哥，三哥，你的腿啊！"

家安的脸朝向天空，天空高远蔚蓝，太阳就嵌在核桃树顶上，阳光被核桃树叶滤下来，落在脸上一片蜡黄。落在眼里，亮晃晃地闪烁着明丽的光。家安抬起头，探出舌头舔了舔嘴皮上的汗水。他看着朝天杵立的腿，说："筋都响了，腿一定会长。只要以后想法子不倒！"

原发于《四川文学》2023年6期

通信站往事

● 李龙剑

一

吴梦瑶比站长周璇高傲，她自认为是这胡杨林中的一棵红柳树，高挑个儿，身材挺拔，胸脯饱满，西北风的侵蚀，也没能改变她那洁白迷人的面容，好让大家嫉妒的一张脸蛋儿呀！一件米黄色的短袖衬衫，配一条蓝色的裙子，走起路来，总是抬头挺胸，一副标标准准的军人姿态。拿韦茜的话说，瑶姐姐如果当模特，那绝对是OK。

"咱当兵的人，就是应该这个样儿。"吴梦瑶常炫耀自己，"我，就是咱女兵的代言人！"她说话时脸不带红，总是眼珠儿一翻，目不斜视，给人一种居高临下的感觉。"你不就是背后有一棵好乘凉的大树，"女兵们对她的神情偶尔也有些不屑一顾，"黑戈壁上还能藏住金凤凰？迟早你还不是要飞出驼峰山！"

W号通信站地处河西走廊，远远望去，犹如一峰正在跋涉的骆驼，行进在祁连山下的黑戈壁滩上。这里人迹罕至，举目四野，只见雪山遥远，戈壁苍茫，巍峨祁连山，一年四季，冰雪覆盖。夏天，随着烈日的暴晒，荒凉沉寂的茫茫黑戈壁滩，时而明净千里，时而又狂风咆哮，天地一片昏暗。冬天，天气酷寒，大雪纷飞，整个世界一片银白。

在这布满胡杨林的驼峰山上，常年战斗着一群共和国的年轻女兵，这些宝贝疙瘩儿，经过军区特训大队集训后，来到这茫茫的大漠深处，忍受着寂寞和孤独，宿舍、机房、饭堂三点一线，肩负着特殊的通信保障任务。

"吴梦瑶，你千万不要把韦茜当成保姆哈，这里可是军营！"那天站务会，周璇批评吴梦瑶。

吴梦瑶才不吃你周璇这一套，她满不在乎地直勾勾盯着她。哼，有什么了不起的，十几年的老兵了，不就才是一杠三星的上尉站长，十六名女同胞的通信站，还不够一个加强班哩，有啥拽的？

吴梦瑶嘴角张成八字形，双手抱在一起，眼珠儿直打转，那阵势，哪里还把你周璇放在眼里面。周璇气得眉毛直扬，秀美的国字脸也拉得长长的。奈她如何，她可是主任千金。

"吴梦瑶，你又叫韦茜给你洗衣服，你还真把自己当成贵族小姐了。"

"那有什么嘛，战友之间互相关爱，这不是你经常教导我们的吗？"吴梦瑶不以为然，双肩一耸笑道，"这个也算违反纪律，还上纲上线？"

"你说什么？"周璇气得脸色一下阴沉起来，眉宇间露出一丝怒火，"真是胡搅蛮缠，小心我处分你！"

"哟，我的站长大人，气大伤肝呀，特别是我们女同胞，据专家论证，火旺的人，老得快哈。"吴梦瑶依然调皮地诡笑道，"我俩可是互帮互助，不信你问她。"吴梦瑶又瞟了一眼韦茜。

"是……是的。"韦茜颤怯怯地从座位上起身望着周璇，眼睛都不敢眨一下，"我答应瑶姐的，她帮我购买复习资料。"

"你——称同志，什么姐儿妹儿的，部队上不来这一套！"此时的周璇对韦茜极为不满。好你个韦茜，软骨头，错误面前还庇护，哪里还有一点原则性？

站务会不欢而散，周璇拿她吴梦瑶有啥法，遇上这种鬼灵精怪的大小姐，把她请出通信站，她还得给你磕头烧高香。驼峰山这种鸟不拉屎的鬼地方，男人都要抹眼泪，更何况这群"娘子军"！

五月的大西北戈壁滩，静悄悄，静得让人窒息，偶尔一股旋风卷起一阵黄沙升入天空，飞沙走石，更有一种莫名的恐惧气氛，那气势似要把整个世界消灭在它的淫威之下，令人畏惧而又无奈。现在国家通过种草植树，沙尘暴次数虽有大幅减少，但风沙来时依然恐怖可怕。这不，刚才一场风暴铺天盖地压来，把正在清理环境卫生的姑娘们卷进了宿舍，一个个满脸沙子，浑身泥土。大漠狂风扑来，昏天黑地，发出令人毛骨悚然的怪叫声，整个大地被搅得一片漆黑，似乎想把驼峰山这座孤岛从黑戈壁上抹去。

"真难以忍受！"吴梦瑶冲进宿舍把门一关，骂道。

韦茜胆小，还第一次遇到这么吓人的风暴。只见她几乎缩成一团，呆呆地望着天花板发愣，好像担心房子将要倒下似的。

吴梦瑶轻轻地来到韦茜身边，伸手在她的头上抚摸了一下："韦茜，别害怕。"

"瑶姐姐，我们四川可没这么大的风哟。好骇人呀……"韦茜感激地望了一眼吴梦瑶，还想说什么，又突然停住了。

吴梦瑶笑了笑说："你来当啥子兵嘛，就在四川找个男人算了，有人陪你，也用不着害怕。"

韦茜的脸一下红到了耳根子："瑶姐姐，你说啥子哟，我才十九岁。穿上绿军装，是我儿时的梦想，我从小就崇拜军人，做梦都想当兵的呀。"韦茜说着又突然变得哽咽起来，"爸爸他原来就在试验基地，干了整整十八年，后来在执行任务中……"

吴梦瑶一听，感到非常惊讶，心里也升起阵阵悲凉，是种既难过又伤心的滋味，也涌起对韦茜的丝丝同情和怜悯。

今年的戈壁滩气候也很诡异，说变就变，刚才还是狂风大作，傍晚时分又下起了大雨。这可是一年中难得的机会呀，姑娘们高兴坏了，一个个像小鸟从宿舍里飞出来，喊喊喳喳、蹦蹦跳跳地站在大院里嬉笑着，任凭雨滴洒落在脸上，全身湿透了，衣服紧贴在身上，个个衬托得轮廓分明，似出水芙蓉。特别是吴梦瑶，那简直就是一幅绝美的水彩画，一身肌肤白里透红，好似一朵盛开的雪莲花，清、纯、美融于一体！只见她穿着背心，正旁若无人地摆着各种姿势、扬头、挺胸、翘臀，那动作、那气场、那模样儿呀！韦茜傻傻地看着吴梦瑶，简直就像是在欣赏一道亮丽的风景。瑶姐姐，你笑死人了。韦茜心里想，她下意识地抚摸了一下自己的胸口。我可没这么大的胆子。

"都给我滚回宿舍去！"正在这时，突然一声怒吼，站长周璇从宿舍钻了出来。

大家一惊，抬头望着周璇，胆小的吓得心里怦怦直跳，赶忙溜回了宿舍。只有吴梦瑶仍然轻轻地揉着湿漉漉的头发，当周璇没出现一般。

"吴梦瑶！"

"干吗？"吴梦瑶若无其事地瞟着周璇，胸脯儿一挺，那意思似乎在说：看看我！

周璇气得眼珠儿几乎蹦出来。她很清楚，吴梦瑶那是嫌她没有"引力"。

周璇是站里年龄最大的一个。拿吴梦瑶的调侃：我们周老大，那就是姜太公钓鱼，愿者鱼儿上钩，窝子铺起了，就是没有鱼儿钻。为这话，周璇好伤心，暗里不知流过多少泪。周璇是有男朋友的，只因她不愿过早转业回上海才分了手。那男的说什么爱你的大西北去吧，我才不愿当牛郎！反正有这么多的帅哥陪着你。

这小子说话多差劲！通信站可全都是些女同胞。周璇竟然笑了，她没有哭，她不能当着姑娘们的面落泪。她是站长呀！

二

这几天，吴梦瑶似乎有心事，就连韦茜都想不通，吴梦瑶应该是说来风就来风、说得雨就得雨的人物，她竟然还有晚上闹床的时候？这真是奇怪极了。

吴梦瑶失魂落魄、没精打采地往食堂走去。往日那轻盈飘逸的身姿，今日却显得格外沉重。动人的风采，甜美的笑容，在吴梦瑶的脸上也消失了。老爷子昨晚上打电话告诉她，说什么最近机关开展大整顿，当领导的，要做好表率呀！调动的事，以后再说吧，通信站也不差呀！这让吴梦瑶心里很不是滋味。

又是缓兵之计，她早就熟悉了父亲的套路。哼，当领导，多大的官？还以后再说，得了吧，老顽固！

她决定打电话请他帮忙出主意，一位副参谋长的儿子。"怪谁呢，大漠深处虽然藏着娇娃，但总不能叫我金戈铁马去西征吧？"

这小子说话更缺德！还是同在院里长大的。可吴梦瑶才不在乎，主任千金，只要吭一声，屁股后面绝对跟着一个班。

"喂，我说头儿，给你提个建议好不好？"那天，吴梦瑶叫住周璇，一副正儿八经的样子。

周璇望着她："说吧。"

"不是男女都顶半边天吗，这么重要的一个通信站，干吗不配几个男兵来？照这样下去，通信站真的成了老大难。"

周璇抿嘴一笑，低声说道："嘿，你关系广，去通通路子，走走后门，我给你放几天假。如何？"

"得了吧，那是你和通信处管的事哈。"

周璇头一抬，眉毛一扬，哼着小调走了。还嘴臭，你吴梦瑶不是很能吗！

下午，机房二号站检修，吴梦瑶没去，按规定，她是技师，必须到场。

"好个吴梦瑶，你不知道吗？"周璇站在吴梦瑶的床前问道。

吴梦瑶躺在床上，头一侧，似乎爱理不理："那个又来了。"

"什么？"周璇一把揪开她的被子，"吴梦瑶呀吴梦瑶，你去糊弄那些男人吧，你以为我糊涂了，上周你才说来了，这周又来了。有病呀！"

"你才有病！"吴梦瑶把头一埋。哟，扯错谎了。

这时候，韦茜轻轻走到周璇身边想打圆场，急忙说道："站长，她或许确实不正常。"

"你才不正常。"吴梦瑶腾地从床上弹起来，"我算服你了！"

今天上午，通信站的姑娘们，除了四名人员值班、执勤外，不用周璇发号施令，用过早餐后，就风风火火擦窗子、整内务，清扫营区内环境卫生，然后站在大门口，翘首等待什么。周璇倒真希望天天这样，也许她这个站长就轻松多了。

今天这个日子很特殊，通信处物资保障车要给通信站送给养。平常都是中午准时到，可今天到了下午也不见车子的影儿，大家很失望，七嘴八舌地议论着。吴梦瑶提议："明天罚那个小四川司机扛大米面粉和蔬菜，一月的给养，每次下货把大家累得像狗熊。"此时韦茜一听，心里很不是滋味："也许人家有特殊的事情嘛。"韦茜用恳求的眼光望着吴梦瑶，似乎在向大家解释什么。

第二天中午，女兵们听见营区外传来一阵喇叭声，立即神采飞扬地跑去拉开大门，把送货的下士司机迎接到通信站里。下士告诉大家，昨天帮大家采购的私人物品不齐，所以耽误了时间。"没事没事，迟一天就迟一天呗。"吴梦瑶倒是当起了好人，也没说要罚下士什么的。韦茜赶忙跑去端来一杯热开水，双手递到下士的跟前，那眼神像是在暗示什么。下士接过开水喝了一口，感激地一笑，然后扛起一袋大米往库房走去。

下士走了，大家仿佛感到很失落，毕竟都是青春萌动之时。韦茜更是心事重重，回到宿舍，默不作声地又拿起她的复习资料。吴梦瑶早就观察到了韦茜和下士的关系，她看到下士悄悄地递给韦茜一样东西，只是当时没有揭穿她罢了。

三

韦茜照样抱着她的复习资料啃，川西坝子来的女孩子想考军校。吴梦瑶依旧抱着她的电视看，不时地还张嘴大笑，那样儿，奔放、无拘无束。

韦茜有时也想笑，可笑不出，即使笑，那也是傻笑，吴梦瑶这样说她。是的，在通信站，谁叫自己底子薄。

"韦茜，劳驾把衣服揉一下。"

吴梦瑶说话甜甜的，总是喜欢指挥韦茜干私活。对吴梦瑶，韦茜乐意干，托人帮她买的复习资料成百上千块了，吴梦瑶硬是一分也没要。

　　可那天站务会，周璇又批评吴梦瑶："成何体统！衣服都要别人洗。"

　　啥意思，这些话都要拿到会上说？吴梦瑶才不吃你这一套，头一昂："咋的？关你啥事，我一个老姑娘，怕啥？"

　　吴梦瑶的话让周璇总觉得在伤自己。那天出饭堂，周璇叫住她，悄悄对她说："吴梦瑶，老姑娘倒不怕，再过几年，我们脱下军装都得上敬老院！"说完，头发一甩，走了。

　　好你个周璇！还是站长哩，有你这么挖苦人的吗？吴梦瑶气得直瞪眼，脸红红的，左顾右盼，像是做了见不得人的事。要不是几个女同胞从饭堂里走出来，吴梦瑶直想冲上去和她干一架。她一跺脚，牙齿咬得咯咯响，噔噔噔地跑回了宿舍，倒在床上伤心了整整一晚上。

　　"瑶姐，又不舒服呀？"还是韦茜够意思，又是倒茶又是递水。

　　吴梦瑶从床上爬起来，一把抓住韦茜的胳膊，泪流满面地问道："韦茜，你看我究竟有多大？"

　　"瑶姐，你……你最多二十八。"韦茜颤颤巍巍地答道。

　　"二十八？什么，二十八？可我还不到二十五呀！"吴梦瑶大声叫道，"哼，我一定要调走，这种鬼地方，我实在受不了！"

　　韦茜像是说错了啥，吓得不敢再吱声，只有默默地望着吴梦瑶。吴梦瑶感到不该向韦茜大吼大叫，人家韦茜又没说什么，赶忙拉过韦茜，轻轻地说道："对不起，我没有责怪你的意思哈。"

　　韦茜点点头，笑了笑。

　　"听说这次通信站又没名额？"吴梦瑶关切地问道。

　　韦茜没吭声。是呀，天高皇帝远，谁还管得了这么多。

　　"没关系的，我有个同学在招办。想献身大西北，这种精神本身就很高尚！应该是值得肯定和支持的。"有意思，开后门找关系到了吴梦瑶的嘴里，理由也变得至高无上，响当当、硬邦邦了。

　　"这……"韦茜脸上布满浅浅的笑容，感到很有些过意不去。

　　吴梦瑶还真行，电话一打完就对韦茜说："就看你的临场发挥了哈。"韦茜倒是没问题，她在大一时报名参的军，考试还真是她的长项。

韦茜万分感谢吴梦瑶，从心底里感谢她这个瑶姐姐。真的，一点儿不夸张。

感谢又顶个屁用。吴梦瑶这几天见到周璇就想躲。其实，周璇当时只想气气她，没别的意思，叫她以后好好管住自己的嘴。女孩子，谁没有一点隐私。

吴梦瑶就不这么认为，你周璇说话也太过分了，不就是一个上尉站长吗，还高配哩，真把自己当根葱，老拿官腔吓唬人。我吴梦瑶也不是窝囊废，至少也是中尉技师呀！

周璇决定找吴梦瑶谈谈。

谈就谈。吴梦瑶听到周璇叫她，把帽子往床上一扔，屁股一扭，就来到了周璇的宿舍。

"我们到外面走走，怎么样？"

"随便吧。"吴梦瑶才不在乎。

她们来到营区外面，静静地坐在胡杨树下，默默地仰望着夜空。远处的祁连山脉显出朦胧的轮廓，月光静悄悄地洒在戈壁滩上。漠风柔和地吹拂着她们的面庞，撩起了额上的秀发。

"那天都是我不好。"很久，周璇打破了长长的沉默。

吴梦瑶的内心似乎感到一丝慰藉，周璇能低下身子找她，她感到自己有一种说不出的满足。只见她轻轻地说道："是啊，女人何必为难女人。"她侧过头静静地凝视着周璇，良久，又露出神秘的样子低声问，"对了头儿，听说你要到处里任职，真是老江湖，隐藏得深哈。"说话时仍挤眉弄眼，显得很调皮。这吴梦瑶真是小灵通，周璇自己都还没接到组织的通知呀！

"唉，八字还没一撇哟。"周璇仰望着天空中闪动的星星，心生无数惆怅，"我们女人犹如天上的流星，总是在不停地寻找自己的位置，可谁又能理解咱们的心？"

是的。吴梦瑶还能说什么呢，她心里升起一种莫名其妙的感觉。这种感觉似乎让她对周璇有了一个新的认识。路，还是得靠自己走，吴梦瑶想。

周璇和吴梦瑶站起身，相互凝视良久，心中似有无数话语表达，但始终没有吐出一个字来。明净的月光，把她们的影子拉得很长很长。突然，周璇和吴梦瑶紧紧地抱在了一起。

大漠的夜，依然是那么安详而又宁静。偶尔，几声狼的嚎叫声从远方传来，声音凄厉而又悠长。

四

北风夹着大片大片的雪花呼啸而来，整个大漠像是披上了一层厚厚的银装，驼峰山也被淹没在了茫茫的大雪之中。远远望去，整个世界白得透明，一只黑色的苍鹰，正张开硕大的翅膀，在一望无际的戈壁滩上空盘旋、俯冲，追杀着雪地上的猎物。

今天轮到吴梦瑶和韦茜值班。中午，吴梦瑶感到肚子一阵疼痛，这次是真的来了。她吩咐了韦茜几句，说回宿舍去处理一下，不然很难堪的。

周璇从站部办公室出来，提着一壶开水，径直往机房走去。前脚刚进，韦茜就向她报告，说："通信处刚才查岗，吴梦瑶不在位，我再三解释，都说要处理人。"周璇感到事发突然，马上告诉韦茜，这事不要声张，她来解决。事后，周璇受到行政记过处分，据说后来到处里任职也成了泡影。她当时在向上面汇报中，把责任揽在了自己身上，说自己当时批准她暂时离开的。周璇很清楚，吴梦瑶可受不了这样的打击，她正面临调动，自尊心又强。吴梦瑶倒是至今还蒙在鼓里。

吴梦瑶这几天也烦透了，晚上又折腾了一夜，她仿佛觉得，大家有什么事在隐瞒着自己，再三问韦茜，韦茜一个劲地装傻，什么也不晓得。站长的指示，韦茜不敢违抗。

今天又是下士光临的日子，女兵们兴奋地盼了一整天，那心情，见下士犹如见国宝一般。可今天还是令她们失望了，每人的脸上似乎都装满着遗憾。

第二天，车来了，但不是下士司机。司机告诉大家，由于昨天风雪太大，下士司机出车祸受了伤……

韦茜不知是怎么跑回宿舍的，她听到这个消息时，只觉得两腿直发颤，泪水一下涌出了眼眶，踉踉跄跄地避开大家，回到宿舍就呆呆地坐在那里发愣，全身像散了架似的。

"韦茜，你怎么啦？"吴梦瑶眼尖，紧跟着跑回宿舍问道。

"有点不舒服。"韦茜嘶哑地答道。

"我知道，是为下士，对吗？"

韦茜没回答，她又想起了自己的爸爸，命运为什么对她如此不公平？她害怕极了，泪汪汪地望着吴梦瑶，脸上呈现出凄苦的神情。吴梦瑶摇摇头，微微笑道："傻乎乎的，即使出现状况，日子还能不过？"

"瑶姐……"韦茜阻止道。

"哟，不是吧，一个女孩子，干吗这样哭哭啼啼，真没出息！"吴梦瑶双肩一耸，一屁股坐在床上，"你看我，多开心。你才多大，二十，算啦，打起精神来，准备好好考军校，将来肩上扛个硬牌牌。"

"瑶姐，他……"韦茜哽咽道。

"他什么？"

韦茜抬头望着吴梦瑶，脸上挂满忧愁："他和我是一起入伍的同学。"

"是吗？"吴梦瑶惊讶地叫起来。

"你咋不早说？"

"我怕……"

"怕什么呀？"

韦茜知道，部队上有规定，况且在通信站，全都是女同胞，大家会笑话的。

"傻瓜呀韦茜，有男朋友那才是女孩子值得骄傲的哟。"吴梦瑶说着又叹息起来，"唉，我们女人呀，谁不想有个窝。"

"瑶姐，求求你，请替我保密哈！"韦茜哀怜地望着吴梦瑶，两行泪珠不禁流下了面颊。

吴梦瑶一把搂住韦茜："好妹妹，我怎么会呢！"

五

谢天谢地，吴梦瑶的调令来了，韦茜的入学通知书也来了，但韦茜属于军校特招。整个上午，吴梦瑶乐得像一只喜鹊，又蹦又跳，惹得女兵们好生嫉妒。但吴梦瑶也感到奇了怪了，她韦茜，干吗特招？意思是我以前做的工作都是白费！她百思不得其解，想不通！她想探个究竟。

好个吴梦瑶，不费吹灰之力就把事情的原委整得清清楚楚、明明白白的，但别人再三告诫她必须守住这个秘密，帮助韦茜，这是本分，绝对不能增加韦茜的压力。事情虽然明白了，吴梦瑶的心理负担却更重了，她了解到，父辈们当年曾是战友，难怪哟……而现在，韦茜和自己又是战友，真是上天有眼，缘分呀！吴梦瑶双手一合。

吴梦瑶回到宿舍，当她看到韦茜独自坐在屋里发愣时，脸上不禁升起温柔开心的笑容，亲切感倍增。

"韦茜，我的好妹妹。"

韦茜疑惑地望了她一眼，感到吴梦瑶今天的神情很奇怪，但又不知道是啥原因，只轻轻地说道："瑶姐，你看我养的这个仙人掌有多好。"

"是啊，在这大漠深处，它的生命力最旺盛，高温和酷寒，一样活得生机盎然。"

"唉，瑶姐，我还真想多陪它些时间。"

"你说什么？"吴梦瑶激动地大声叫道，"你千万不要犯傻呀！"

"瑶姐，我真想和你永远不分开呀！真的！"

"我也是。韦茜，你永远是我的亲妹妹！"说完，两人激动得相拥而泣。

吴梦瑶要走了，搭便车去机关报到。姑娘们走出通信站大门，默默地站在道路的两边为她送行，她们谁也没吭声，气氛一片沉寂。修建多年的道路，两边是茫茫的大戈壁滩，路面上，铺满粗砂、砾石，人踩在上面，发出沙沙的响声。远处，一条条干沟毫无生机地横卧在荒野上面。除了一些骆驼刺、沙枣树等耐旱植物点缀外，很少有植物生长。在出营区的两边，伫立着一片枝干粗壮的胡杨林，茂密的叶子，已被黄沙侵蚀得分不清是绿还是黄。几只沙鸡从远处的骆驼刺丛中飞出，落在了胡杨林中，发出低沉的叫声，平添了大家的忧伤和不舍。她们非常清楚，这漫漫荒原之上的胡杨树、骆驼刺，以不屈不挠顽强生存的姿态挺立着，那豪气、那雄韵，让人敬佩，让人震撼，更让人激情跌宕……可今天，女兵们再也没有心情去欣赏这独特的风景了，一个个低沉着脸，静静地望着即将离去的吴梦瑶。是的，她们毕竟一起生活过、战斗过！

韦茜望着吴梦瑶，鼻子一酸，眼眶不禁又潮湿了。她轻轻地走到吴梦瑶身边，声音异常低沉："瑶姐，我想了很久，还是要告诉你，去年十一国庆值班，站长她……"

吴梦瑶简直惊呆了，脑袋嗡嗡作响。她久久地望着韦茜，望着眼前这位乖巧伶俐的四川妹儿，仿佛明白了什么。她环顾四周，发现周璇今天没来送她。

是啊，谁叫自己平时老和她过意不去？

吴梦瑶无限怅惘地望了一眼通信站，侧转身恋恋不舍地朝汽车走去。再见了战友们！再见了我的通信站！

"吴梦瑶，"突然，周璇飞奔过来，气喘吁吁地把一串沙枣籽递给吴梦瑶，"这十六颗沙枣籽，每颗上面都刻有通信站战友的名字，请别忘了这里的姐妹们！"

吴梦瑶颤颤地望着周璇，激动得流出了眼泪，难过和忧伤一下涌上了心头："站长……"

"吴梦瑶。"周璇浅浅笑道，"今天我很高兴。"

"站长……"吴梦瑶一下子扑在周璇的身上，呜呜哭泣起来，"我对不起你！"

"唉，过去的事，还提它干什么？"

"不！"吴梦瑶大声说道。她的心里涌起无限的惆怅，仿佛自己突然比周璇矮了一大截。她抬头望着周璇，满脸自责，似乎觉得自己亏欠了周璇什么。

"你去吧，啊！"周璇深情地拉着吴梦瑶的手，目光里充满友爱和真诚。

周璇知道，调走的有调走的道理，留下的有留下的原因。

吴梦瑶凄苦地向汽车走去，一步一回头，左手不停地摆动，步子异常沉重。她的额上溢着汗珠，薄薄的军装也被汗水浸透了，紧紧地贴在了身上。她十分清楚，是自己厚着脸皮，缠着父亲想办法调她回机关。可这样，自己又能得到什么？

吴梦瑶慢慢地爬上了启动的汽车，半个身子伸出窗外，双目充满了泪水，她的脸上，流露出难舍难分的神情。

女兵们失落地注视着渐渐远去的吴梦瑶，猛然间抱成一团哭泣起来。一行行炽热的眼泪与酸楚的心情交织，依然无法挽留住匆匆离去的背影。

周璇站在那里，一幕幕往事浮现眼前，心情也异常难过。她默默地凝视着渐行渐远的汽车，眼睛里噙着泪花，微张着嘴，似乎想说什么，可终究没发出声来，任凭漠风吹拂脸庞，额上的几束秀发也在不停地飘动。

天蓝蓝的，几朵白云在大漠的上空静静地游荡。微风中，胡杨树叶一片片从空中洒落下来，悄无声息地铺在了沙丘上，生怕打破了这长长的沉默，整个驼峰山仿佛一片寂静。

突然，周璇和她的女兵们看见，在天的尽头，一个朦胧的熟悉身影，正匆匆地向驼峰山奔来……

原发于《安徽文学》2023年03期

爆 炸

● 吴永胜

一

雷管"砰"的一声在贤正的脚下爆炸了！贤正向上纵了一下，单腿着地蹦跳转圈，受伤的脚架在腿上，像是正在斗鸡撞膝拐子。捧着的脚板来回晃动，血浸透了黄胶鞋鞋面，从指缝间滴答下来。贤正仰起脸，面目狰狞，咬牙切齿朝希清吼："都是你！都是你！"

希清趔趄一下抽身想跑，却被人一把揉了回来，才发现自己站在学校操场里，被许多人围住了。那些人都龇着牙，鼻孔里喷发出鄙夷的气息，朝向他指指戳戳，都在说："这个娃儿本来就是个坏人，一直都是。"

希清惊慌张望，前方和左右都被人堵严实了，只有身后靠乒乓台一边空着，就缩着身子往后退，人跟着挤压过来。退到乒乓台边，乒乓台硬硬的水泥台面硌着脊梁骨了，再也无法后退了。希清分辩："我不是，不是我，是……"

话没说完，一条狗歪歪倒倒地蹿出围堵圈，它的黑嘴筒短了一截，脑袋凭空被削去半片，裸露的脑骨白生生的，它居然发出了人声："你不是吗？你敢说你不是吗？那我这怎么说？"狗昂起头用力晃了晃脑袋，原本耷拉着的沾血的破裂头皮，立刻铺张着像要飞扬起来了。怒气冲冲的狗把脑袋更加往前凑，几乎就抵在希清的胸口了，希清只有努力把身子往后缩。乒乓台突然垮了。乒乓台后面是几米高的地坎，希清感觉自己正往下坠。他挣扎着喊："不是我……"

身子猛地一弹，希清从床上弹坐起来。屋里漆黑一片，空气里似乎弥漫着炸药和血腥的味道。摸一把脸，全是湿湿的汗水。抹一把脑袋，汗水粘连着头发像浸过水的草苫子。希清咽了口唾沫，又嘟囔着解释，好像那些围堵的人、贤正和狗仍然围在他床前。"不是我。我不是有意的。"

这时，希清完全清醒了，知道刚才不过是一个梦。跳下床，他摸索到屋角粪桶前，叮叮咚咚，尿的咸碱味泛滥起来，塞满鼻孔的炸药和血腥味才淡了。重新回到床上躺下，希清再也睡不着了。他突然想，梦里咋没有看见李老师呢？努力回想梦境中围住他的人，确实没有李老师。他圆睁着眼睛望着屋顶，看到蚊帐顶上的那片亮瓦一点点地亮开来。

二

昨天傍晚，希清从长寿表叔院前经过，长寿表叔坐在屋檐下做狗弹子。他脚旁搁个铝盆，盆底的一点水都泛绿了，浸着猪大肠。腥臭的气息浓郁得让人直想发呕，希清扬手在鼻子前扇了扇："表叔，太臭了。"

长寿表叔抬起手背蹭了蹭发青的眼圈："专门沤臭的。气味不重，狗哪里闻得到嘛。"猪大肠从绿水里捞起来，剪成指头长的一截一截。再把脚侧的一只牛皮纸盒打开，蜂巢样的开孔竖插着黄澄澄的雷管。几年前，长寿表叔在革兴公社人民渠工地当爆破员，一百枚一盒的雷管，拿回家了好几盒。去年年三十夜，十一点半就开始放雷管。雷管导线筒里插拇指长一截导火索，点燃就往竹林里扔，砰砰砰炸了一夜，满院的狗都随着爆炸声呜咽奔窜。第二天，竹林里弥漫着的炸药味整日未散。那些被惊吓了的狗，面对浓稠油腻的饭食，夹着尾巴上前嗅一嗅，勉强舔一舔，又躲回狗窝去瑟瑟发抖。长寿表叔掏出枚雷管放在巴掌大块塑料薄膜中间，薄膜折叠几次包裹住雷管，再用棉线严严实实缠绕。包缠完了，检查一遍。再把剪好的猪大肠套在雷管外，又拿棉线一圈圈绕缠。长寿表叔很用力，牙帮子紧咬，腮帮鼓突像腮腔里塞了枚鸡蛋，青得发黑的眼袋更加突出了。收拾好一个，长寿表叔点支"春耕"烟叼在嘴上，嘘一口烟雾，有些得意地解释："薄膜一定要包得滴水不漏，不然湿答答的猪大肠把雷管泡软了就哑火了。大肠一定要缠紧。狗吃东西，先都是用牙扯。缠紧了扯不下来，只得咬着嚼，三嚼两嚼，砰就炸了。"他又开始做另一个了，朝向希清说："晚上把你爸的三节电筒带上，陪着我去放狗弹子。反正还有一天假嘛。"

娘说长寿表叔做的是缺德事。送来的狗肉她都不收，说自己属狗的，吃狗肉犯冲。可想想去放狗弹子的新鲜刺激，希清就答应了。

三

吃过晚饭，希清拿上电筒，说是找同院的定春一起做作业，出门就绕到了长寿表叔家。今晚要去山那面的碧山庙大队。长寿表叔说，狗都是家养的，本大队里放狗弹子，都是熟人，抹不下去脸面。碧山庙嘛，嘿，隔着山的另一大队，没几个认识的人。

顺着屋后的山路往上爬。山路既陡又窄，两边密密实实生长着芭茅、黄荆、马桑疙瘩。电筒往上晃一晃，在黑咕隆咚的夜幕布上凿出几个窟窿。一只鸟在前面柏树林里叽叽咕咕。电筒光柱子扫过去，叽咕声像掐住般立刻断了。长寿表叔咳了一声："电筒莫东晃西晃。电筒光老远都能看见，人家还以为我们偷树呢。电筒给我。"他把手里的尿素口袋搭在肩膀上，接过希清手里的电筒，握住电筒光圈拧了几圈，把光调到淡黄色的一小道，"你走后面，看着电筒光。前照一，后照七。"

希清走在长寿表叔后面，为没能继续掌控电筒有些懊恼。他顺手扯了一根芭茅草穗子，抹掉穗子，把草茎衔在嘴里嚼，味儿青涩微甜。旁边草丛里窸窸窣窣响，也许一只野兔正蹿过去。目光往那边投过去，那边动静还在继续。他想叫住长寿表叔，看看长寿表叔勾着的背，脚下没有半点逗留的意思，忍住了没作声。长寿表叔还不到三十岁。队里人都说，长寿这狗日的以前风吹立刻倒，现在土地一承包到户，狗都撵不上了。白天忙完地里的活，有时夜里还放狗弹子，有收获了，连夜剥皮去骨，送到十四里外的金华镇肉店，回到家常常天还没豁亮。

爬上山顶，碧山庙大队就在山下。星光稀薄，视线顺山势平视，覆着一层薄薄的雾，再往下是散落在山坡的人家，有几户还亮着灯。往下走了一段路，来到一块带状地前，红苕刚挖过，大块大块的土被铧犁掀开。长寿表叔在地角站住，用手电筒前后左右照了，把电筒递给希清，说："你帮我照着亮。"地角处有一小块三角形的草地，往里的山岩下凿了个粪坑。土地到户了，许多人家都在偏远的土地边凿上粪坑。稍有闲空，把家里粪池里的粪转运到粪坑，地里锄下的易腐烂的杂草也沤进去。长寿表叔掏出一只狗弹子，放到粪坑边上，又从旁边捡一块拳头大的石块压住狗弹子。希清往坡下看了看，再看看长寿表叔放狗弹子的地方，有些狐疑："这地方有狗来吗？"

"有。"长寿表叔肯定地说，"这地里好几道脚印呢。今晚都不止过了两三趟。"希清拿电筒往地里扫一扫。翻开的土块上，果然印着些梅花印子。

希清有些担心，朝压住狗弹子的石头努努嘴："这石头太大了，狗咬不到呀！"

长寿表叔嘿嘿一笑："太小了老鼠都叼跑了。能把石头刨开的狗，斤两轻不了。"又说，"你也帮我记下位置。如果没狗来，回头要把狗弹子搜走。炸着人可就不得了了。"

"炸着人？"希清一愣。

"可不是。你四婆婆娘家侄儿贤正，打乒乓时就踩炸了狗弹子。也不晓得哪个没屁眼的，狗弹子放在乒乓台旁，就拿一片瓦掩着。"

希清打了个哆嗦，似乎听见了自己两排牙齿咯嘣碰撞："贤正……那个贤正给炸得怎样了？"

"脚丫子都炸没了。那娃儿早先可是白净标致一表人才，现下可瘸啦。"

希清脚下一软。

长寿表叔晃晃手电筒，说："走，到沟下去放。"

四

到午夜时分，有两处的狗弹子炸了。地角那儿，一条狗当场就死了。沟下堰塘边，一条狗半个嘴筒炸没了，惨烈地哀号着，歪歪扭扭蹿了一里半路才死。长寿表叔扛着装满收获的尿素口袋，好几次拉扯希清。他以为希清在打瞌睡，哪知道希清满腹心事。"你这娃儿瞌睡虫来了吗？回去就睡嘛。反正放农忙假，丢心落肠睡一觉。"

学校七天的农忙假，大一些的孩子都帮家里干活。希清差两月才满十岁，娘从来没喊他下地干活。娘说，啥也不会，到地里反倒挡手挡脚。

这一晚，希清做梦了。他梦见了贤正，梦见了炸没了半截嘴筒的狗，梦见了乒乓台，梦见了围堵他的人。他回想起来，前些天半夜里，土桥沟过来一个偷鸡贼，偷了二婆家的三只母鸡，又偷五婶家的鸡时被发现了。五婶一吆喝，全队的人都起来了，满沟里晃着火把电筒，田里沟里屋前屋后搜捕。偷鸡贼的背篼在山岩地找到了，几只鸡还在背篼里。偷鸡贼却没了影踪。希清也跟爹一道抓贼，走到晒场边谷草垛前时，脑里一动。他和伙伴们藏猫猫，曾经就藏进谷草垛里，结果谁也没找到他。先还听见伙伴们四处寻找自己的耍诈吆喝："看见你了，出来！"寻找的声音几次经过草垛，希清蜷着身子一动不动。谷草柔软干燥暖和，一会儿眼皮粘连睡着了。天快亮了才醒来。回家发现爹娘都没睡，为了找希清，他们甚至在堰塘里捞过，粪坑里捞过。娘看见希清一下就哭了，边哭边骂："你这短命鬼跑哪去了？"往日娘的骂声明朗清脆，一晚上的吆喝，她嗓子都喊嘶哑了。

说不定贼就藏在草垛里呢。他扒开谷草，果真看见了一只抖索着的脚……

大人们把偷鸡贼围在晒场中间，脚踹拳击，桑条抽门闩敲，骂："打死他！打死这贼！打死这坏人！"偷鸡贼惨叫哀号，跪在地上作揖磕头求饶。被一脚踹倒了，爬起来又跪下作揖磕头。被一门闩敲翻了，爬起来又作揖磕头。拳打脚踢了差不多半个小时，长寿表叔出来阻挡："好了，好了。这个贼再坏也坏不至死。打不得了，再打要出人命。"这时的偷鸡贼已经跪不稳了，爬起来好不容易摆个跪姿，身子一歪自己就倒了。

想到这里，希清只觉手脚冰凉，心突突跳。我往李老师烧饭用的苞谷核里塞雷管，我也是坏人。突然庆幸及时从梦中醒了，不然接下来应该是拳打脚踢了。

五

李老师平常住校，星期天和节假日都回西坪老家。在学校里，他有一间厨房和一间兼做饭堂、寝室的房子。学校的房子都一色的黄泥冲墙青瓦顶。横着一排三间教室，竖的两排右边两间教室，左边原来也是两间教室。李老师从公社调过来后，左边靠里的那间教室隔成了三个小间。一间做李老师和本村的四个民办老师的办公室，另两间做李老师的寝室和厨房。教室中间是一块站得下三百个学生的操场坝子，坝子外边有两张水泥抹面的乒乓台，再往前，几棵大桑树外面是几米高的堡坎，堡坎下一溜地，地角有个水塘。

希清觉得，李老师好像跟所有学生都结着仇怨。他铁青色的头发钢针样立着，黑红的方脸似乎从来没有泛出过笑意。总闭着的厚嘴唇棱角分明，像两片新出的磨刀石。据说他是一个连队的退伍指导员。总穿洗得泛白的军装，风纪扣随时锁在喉结处。走路步幅很大，裤腿摩擦得唰唰响。在课桌间通道走着读课文，三步两步，一句话没读完，已经跨通头了。他教训人，总说："你这个坏人呀！无可救药了！"

李老师没来之前，希清本来在绍永老师班。那个姜黄皮肤大肚子的男人，坐下来，最爱拿纸搓一根捻子，右手两指头捏着纸捻子，慢慢探进鼻孔，眼睛眯缝成一线，眉头皱紧眉毛都扎进了皱纹里。嘴角向下撇开，响亮地打一个哈欠，眉头舒展开，晃晃脑袋拧拧鼻头，很惬意的样子。又重复动作，去探挖另一个鼻孔。他不数落学生，手里握根黄竹削的竹条，胸膛上抽一下，脊梁背抽一下，左边膀子抽一下，右边膀子抽一下。他说，这是要面面俱到。抽过了，继续读课文读备课本。他声音摇曳总像在扯着嗓唱一首歌，但从来没听到他真正唱过哪怕半首歌。

李老师接手绍永老师的班这一年多，希清对李老师的恨，从脚板心堆到脑门顶了。

和同学羊衍国打架，被李老师吼到办公室。"哪个先动手的？"李老师问。

希清指指羊衍国，说："是他先动手的。"

羊衍国说："他拿肘拐子先碰我。"

"我不是有意的。"

李老师把斑竹枝子削的教鞭递给希清，指着羊衍国说："手伸出来，十个手板。"李老师吩咐，希清每抽一教鞭，要问声"还打架不"，羊衍国必须大声回答"不打架了"。

希清喜出望外，看着羊衍国摊开的手掌，手指翘曲微微抖瑟，眼角耷拉眼皮不停眨动，完全没有刚才的凶蛮气势。希清忍不住撇嘴笑一下，抽出一教鞭，带着颤颤的笑腔问："还打架不？"

羊衍国的手向下沉了一下，咧着嘴抽搐样吸气，连声回答："不打架了。不打架了。"又抽出一教鞭，羊衍国的眼皮飞快眨动，泪珠滚出来顺着鼻翼滑落。看着羊衍国可怜兮兮的样子，希清有些不忍心了，他把教鞭高扬低落了两下，又用上了力。羊衍国比他个大，和他打架希清总吃亏。抽够了十下，李老师收回教鞭递给羊衍国："现在该你了。"

羊衍国脸上还糊着眼泪，向下撇出的嘴角立时扬起来，眯缝的眼瞪圆了，亮晃着得意。羊衍国抬起手背抹掉眼角糊着的泪水，把教鞭伸到希清面前。希清蒙了，支着胳膊把手伸出去。羊衍国扬起的教鞭高过了头顶，呼地抽下来。火辣辣的刺痛从手心爆发，希清忍不住缩回手，手掌贴紧大腿来回搓揉。

"还打架不？"羊衍国问。

"不打架了。"希清伸出手掌，紧盯着羊衍国手里的教鞭。教鞭落下来了，将要落在掌心那一刹那，希清迅速缩回手，教鞭擦着指尖抽了个空。

羊衍国大声向李老师报告："李老师，他缩手了。"

"缩手就重来，另外再罚一个。"

希清用左手握住右手手腕，把手伸到两个人中间。他把手努力抬高，几乎与肩膀平齐。

"摊在面前，摊在腰面前。举那么高羊衍国打不到，就只有换我来。"李老师的声音冷冰冰的。

希清把手掌齐腰探出去，左手仍然托着手腕。他把脖子努力向后仰，目光从羊衍国头顶滑过去滑向屋顶，上面有片亮瓦，阳光斜射进来，光柱子里像有许多粉尘在旋动。一道热辣的疼痛从手心蹿起，心跟着抽搐一下。微热的眼泪在眼眶里打转了，他努力睁大眼睛，死盯着粉白的光柱和旋动的粉尘，心里说一声"儿子打老子"，嘴里大声回应羊衍国得意得有些抖颤的问话："还打架不？""不打架了！"五下后，换成左手。挨过十一下，希清的两只手都肿了。

从办公室出来，羊衍国走在他身后，悄声问："打那么重，你咋都没有哭呢？"

希清一句脏话差点脱口而出，可手还疼着呢。心里恨恨地想，姓李的，你咋不让我后动手？

六

六月的一天午饭后进校，希清经过学校外的水塘。太阳炙热明艳，白晃晃的地皮像烧过的铁板，光脚板落下去能听到吱吱的灼烫声。看看四下无人，李老师这时候一般在午睡，希清突然想下塘里洗澡。李老师虽然说过严禁下河洗澡，可是只要没人看到，就只有天知地知塘水和自己知道了。天地塘水可不会告状，自己不说，就没人知道了。他扒下衣裤跳下塘，清凉的水浸泡着身体，真是舒服。到底害怕，他只刨了几圈就起来了，再看四周，仍然没有一个人影。

一个小时的午眠时间过了，上课前李老师照例要问有没有人下河洗澡。都回答说没有。李老师却点了希清的名："你站到前面来！"

希清心里好奇怪，下塘时看过，上塘时也看过，周围没有人呀。他家在学校半里地外加工坊后，离学校最近，常常是进校半小时了，其他同学才陆续来。沾水的头发在树荫下又刨又晾，身上的水抹了又抹，怎么可能留下蛛丝马迹？

"要想人不知，除非己莫为。别的同学都看着我回答，你目光闪烁，眼神飘移，分明心里有鬼！"李老师探出手，指甲在希清膀子上挠了一下，立刻现出几道白印子，"你说，下河洗澡没有？"

希清惶惑地看着肩膀上的白印子，他弄不清楚，这几道白印子咋就能证明洗过澡。"我没有下河，我下的水塘。水塘不是河。"希清分辩。

李老师抽了希清一教鞭。"你还狡辩。河塘河塘，塘也是河，河也是塘。"他把希清带到乒乓台前，"你要洗澡我就让你洗。就在上面这洗！"李老师的教鞭啪啪敲打着乒乓台。

希清爬上乒乓台，不知道怎么在乒乓台上洗澡。汗水像小虫子蠕动，小褂子被汗水濡湿了，黏在背上。教鞭戳在希清胸脯上。"动呀。你平常怎么洗澡忘了？平常怎么洗，现在也怎么洗！"

希清爬上了乒乓台。李老师敲打着乒乓台的两个长边，要希清每次头要"游"出台边，然后掉头换动作。

李老师回去上课了。希清趴在乒乓台上，肚皮贴紧台面，仰头，双手左右刨，腿随手的动作向后蹬。这是狗刨式。再翻过身平躺，两手左右划，腿蜷曲弹伸，这是游仰水。游仰水倒还好，背贴着乒乓台，脚蹬着台面，能够一点一点挪动。狗刨式就特别麻烦，胸脯肚子腿都贴着台面子不好用力。不得不改良姿势，手肘支着台面更换向前爬动。他突然想起，电影里董存瑞炸碉堡，面对敌人猛烈密集的火力，他也有些像这样在爬行。但自己面前没有碉堡，有的只是李老师。想到李老师，他的眉骨一阵胀痛，鼻头有些酸涩，猛地吸一口气，肘蹭着台面交替挪动，把即将脱眶的眼泪硬生生憋了回去。

阳光灼热，虽然台旁的桑树叶片茂密，伞一样张开笼着乒乓台，可希清仍然感觉台面像口煎锅。偶尔有一阵风，桑树叶片鼓掌一样翻动，希清能感受到一阵凉爽。但大多数时候，那些桑树叶片都像看热闹的，抄着手抱着膀一动不动。

整整一节课，希清都在乒乓台上"洗澡"。这场澡洗下来，好长时间，一听说洗澡希清头就嗡嗡响。

七

决定用行动报复李老师是农忙假前的第二天。

李老师在讲台上讲课，希清看着李老师翻动的嘴皮，有些走神。他把本来趴在桌上的两肘抬起来，向左晃一晃，又向右晃一晃。李老师从讲台上一步蹿过来，捏着希清的耳朵把他提了起来。"坏人，老师讲得油泡子翻，你倒听得不耐烦！"两个指头滑到了耳垂用力一捏，猝不及防的疼痛让希清眼眶一下子就热了。他咬着牙紧闭了眼，忍住几乎脱眶而出的眼泪。手落到桌上，碰到削尖的铅笔，突然有股抓起铅笔捅向李老师的冲动，却没敢。铅笔在手心折断了。他觉得自己像只被不停吹气的气球，膨胀着，膨胀着，立刻就要爆炸了。

怎么报复李老师呢？接连几天，希清为此焦虑不已。

希清觉得李老师太霸道了，动不动就张牙舞爪。想到张牙舞爪这个词，希清立刻想到河沟里的螃蟹。螃蟹眼睛鼓突，挥舞两个有大钳的脚，钳口一张一合，嘎嚓嘎嚓，气势汹汹。希清可一点都不怕它。瞅准它黑色的蟹背，两个指头飞快摁上去，螃蟹就只能徒劳地挥舞大钳了。从小脚上折下脚尖，尖头从大钳与脚交接的地方插进去，大钳便给锁住了。再把螃蟹放地上，拿树枝戳它拿草节撩它，它只能拖着两只笨拙的脚左躲右藏。要是李老师是一只螃蟹就好了。希清心里惋惜。

羊衍国放学路上骂人，被同学尹天秀报告了李老师，挨了手板罚了站。中午午眠时，羊衍国抓了一把地灰，倒进尹天秀挂在桌角的盐口袋里——加工坊旁，大队唯一的代销店卖些针头线脑粗盐煤油甜酱醋。有的同学进校时会带只口袋买斤粗粒的散盐，带个瓶子打一斤半斤煤油，放学时带回家——结果李老师也破案了。处罚自不必说，羊衍国请了家长，还重新买了盐赔。希清想要是我就不撒地灰，白的盐黄的灰多明显。尿素肥是白的，颗粒粗大，简直就像粗盐粒。抓一把拌进盐里李老师一定发现不了。李老师拈一撮盐投进锅里，尝一尝没味。又投一撮，再尝，噫，还是没味。可能也会像大人们那样说，这狗日的代销店，盐不咸来醋不酸，斤酒添水三两三。庄稼地里使了尿素，看得见庄稼噌噌噌长。李老师吃了尿素，他会不会长呢？他要长不能往高里再长了，就一个劲地往横里长吧，长啊长啊，长得比教室门洞还宽，他进不了教室，再不能指手画脚啦。或者给他的醋瓶里掺水吧，给他的煤油瓶里掺水吧。可李老师的门总是锁着，钥匙挂在他皮带上。

农忙假的第一天晚上正吃饭，娘说："背时长寿又在炸狗了。"

爹说："他又不在本大队炸嘛。岩鹰不打窝下食。"

娘瞪一眼爹，大声说："哪里炸还不都是炸的狗？！"

爹咧一咧嘴不说话了，埋下头扒饭。娘的话让希清一下有了主意，用做狗弹子的雷管报复李老师。如果在他烧饭用的苞谷核里塞枚雷管，正烧着饭，突然雷管炸了，一定吓他个半死。这么想着，希清咯地笑出了声，嘴里正噙着粥，一下呛了出来。娘一筷头敲到头上："没来没由笑啥子，男笑痴，女笑怪，老婆婆笑碗干酸菜。"

雷管好找，长寿表叔家的衣柜门没有锁。农忙假李老师也回家了。他厨房外有一米宽的阶沿，堆放着做饭的柴火。一堆柏树疙瘩劈成的柴块井字样架着，旁边码放着成捆的苞谷核。苞谷核竖立着，拦腰捆着篾条。七捆苞谷核磨盘样叠着。希清在最上面那捆苞谷核里抽出来一个苞谷核，拿在手里踌躇了一会儿，又重新插回捆子里。一捆苞谷核，大概用一个星期。李老师才收拾过自己，很快就会怀疑到自己头上。他搬下两捆，抽出一个苞谷核，拿一根竹签子，掏出苞谷核绵软的芯，把雷管塞进去，再比画着掐掉一截苞谷芯，用竹签子抵住填塞住空隙。苞谷核捆子重新原样码放好。抬头往上看，一片瓦破了，滤下一道光来。隔十天半月，李老师就得翻一次屋瓦，捡下来几枚石头。

希清在脑子里勾勒出一幅场景。李老师正做饭，苞谷核红红火火燃着，铝锅里的水咕嘟咕嘟响，米粒上下翻动，锅盖沿热气吱吱吱冒。李老师正切菜，菜刀切开一个大白萝卜，铲进碗里。才拈起一头蒜，砰，那枚雷管应声而响，铝锅从灶圈里一下向上弹出，哐啷落在地上。滚烫的水泼溅了李老师一头一脸，将熟未熟的米粒，热情地粘在李老师竖立的头发上、铁青的脸皮上、泛白的衣服上。蒜头从李老师手里滑落，他当过兵，可能不会骇得一屁股坐在地上，但脸色一定像死人样白。

这样想着，希清龇着牙自己笑出了声。他打定主意，接下来的几个星期，自己一定好好表现，一定不能让李老师怀疑到自己。

可是贤正炸伤的脚，还有那条狗崩掉了的嘴，却让希清胆战心惊了。雷管爆炸时，可能李老师正炒菜，或者正往灶膛里填苞谷核。如果炸伤炸死了李老师，自己就是凶手。公安局一定会破案，一定会查到自己。判刑坐牢。坏人，坏人，全天下都知道了。

八

希清决定把雷管掏出来。

这是农忙假最后一天了。昨晚后半夜下了一场雨，雨水从破瓦缝里漏下来，浇在苞谷核上，苞谷核捆子都被雨水浇湿了。雨水透过苞谷核捆子，浸润过的阶沿又湿又滑。苞谷核捆子齐着希清肩膀高，他抱起第一个捆子时，脚下一滑，苞谷核捆子被他带着一下倒了。希清坐在地上傻了眼。七捆苞谷核，除了最下面的两捆还原地码着，其他的都倒下来摔散了。几百上千个样貌相似的苞谷核堆在一起，篾箍崩散了，篾条支在苞谷核堆里，他记得的第四捆，完全找不出来了。

希清无从下手。他愣了一会儿，决定一个个检查。阶沿上有一只收垃圾的簸箕，他把苞谷核装进簸箕里，端到教室前阶沿上，一个个苞谷核个挨个排开，芯头朝向街沿外，然后一个个检查。

苞谷核几乎都是齐蒂断的，芯口沾着层蒂皮。被竹签子掏过芯的，蒂皮自然破了。希清满以为容易找到呢，可大多苞谷核蒂皮都破了，不得不挨个拿竹签捅着试探。苞谷芯像棉花一样软，竹签往里插，立刻缩进去。抽出竹签了，又慢慢复原。太阳红通通挂在天上，希清满头大汗，脚蹲麻了，腰勾木了，差不多检查了三百个，终于松了口气。黄澄澄的雷管有些潮热，放在摊开的掌心里看一会儿，有些胆战心惊，放进衣兜里，还是不放心。希清跑到教室后面的粪池把雷管投进去。粪水表面积着层薄皮，雷管一截扎进了粪水里，一截还露在粪皮上。想拿粪权捅一下，却找不到粪权。捡起枚石头，比画着朝雷管投去。石头在雷管旁边扎进了粪水里，带沉的一大片粪皮连着雷管，看着雷管终于没进了粪水里，希清才松了口气。

希清回到阶沿前，看看排列在阶沿上的紫红色的苞谷核，突然犯了难。这些苞谷核怎么打捆呢？大人们给苞谷核打捆，先是篾条编一个圆箍立放，苞谷核一头大一头小个挨个放进箍里，填满圆箍了，再往缝隙塞几个，楔榫一样，捆子就严严实实了。希清看爹打捆轻轻松松，自己跟着打，却一提就散。正在踌躇着，李老师的声音突然在身后响起："你做啥子？"希清打了个哆嗦，脑袋里一片空白，支吾着不知道说什么。

李老师铁青色的脸有些泛红，沾着层薄汗。"昨晚下了雨，我晓得柴多半淋湿了。今天有太阳，还想早些来晒一晒呢。"他看着街沿上摆开的苞谷核，问，"你是要帮我晒吗？"

希清不知道怎么回答，只能连连点头。李老师的手落在希清颈项上，温热立刻从颈项向全身蔓延。李老师的声音从未有过的温和。"你不记恨老师对你严厉，还晓得帮老师晒柴。你是个好娃儿。"李老师停了一下又说，"你们也是太调皮捣蛋了，好多时候把老师气得胸口都疼。"李老师说胸口疼，希清以为李老师会像电影里一样，手放在胸口按一按揉一揉，瞅一眼李老师，却见李老师横掌在额头抹汗。李老师还在说，"好钢靠锻炼，师严徒才高。老师只希望你们将来都成人成才……"

李老师还在说，希清却听得模糊了。只觉得心里也像有枚雷管，就在这一刻砰地爆炸了。他瞪眼咬牙翕鼻翼，努力想控制住自己，低下头去翻动苞谷核掩饰，一滴眼泪滴在了手背上，一滴眼泪又滴在手背上。

原发于《四川文学》2022年06期

雪之恋

● 李龙剑

天被大雪笼罩着，压得很低很沉，仿佛即将坍塌下来。

鹅毛大的雪片，夹着戈壁滩上刮来的寒风，纷纷向他扑去，沾满了他那发亮的皮飞行服。他的眼前，雪花飞舞，一片模糊。整个大漠古城，已经被这银白色的大雪淹没。

雪花没完没了地飘个不停。

"今天进城干什么？"政委问他。他自己也说不清，反正停飞了，事情少，随便出去遛遛。去找她，笑话，找她干吗，那不是自讨没趣？

"真不找她？骗鬼去吧。"政委轻轻一笑，"你那点小聪明，只是不想掀你底火罢了。"

部队驻地离城区很近，十分钟路程，几乎是一抬腿就到。

"听说在这喷泉里，游客们把大把的硬币丢进去许愿，真的有这么灵验？"那天，他问她。

她点点头，淡淡一笑。

他不以为然，也笑笑："是吗？那绝对是典型的傻瓜！"

"不许这样说嘛。"她戳着他的鼻子，娇柔地挽着他的胳膊。她的脸上，露出一对浅浅的小酒窝，很甜，也很美。

他就是被这对小小的酒窝迷倒的。现在有时回想起来，他似乎都感到十分可笑。

这都是很久以前的事了。现在想来都有些朦朦胧胧，如飘落的雪花，瞬间即逝。

他孤零零地强撑在泉池那里，背向长廊，右脚感到很不舒服。长廊的葡萄架子上，一根根干枯的树枝，也挂满了由雪花融化而成的细细冰条。他的嘴里、鼻孔里，喷着一团团白色的雾气，浓浓的睫毛上也沾满了雪花。

早上出来，政委叫秘书小张去陪他，他不要。小张开玩笑："是不是又去找她？"

"去你的！"他抬起右腿就想踢过去，可差点扑倒在地上。

这是古城最大的公园，又称泉湖公园，传说当年骠骑大将军霍去病曾将三坛御酒倒进湖里慰劳十万远征的将士。虽然是冬天，但这里游客依然甚多。他是今天的第一个游客，而且孤身一人，大胡子保安向他瞪着眼睛，像是在审视一个犯人。他赶忙掏出军官证给他，大胡子保安像是不识字般左瞅右瞅，突然冒出的一句话几乎让他喷出怒火。

"军官证倒是不假。"大胡子保安叽叽歪歪地说。他瞪了保安一眼。

雪花还在飞。

这是入冬的第一场大雪，而且来得早，听政委说，几年来还没有见过这么大的降雪。

公园里，人渐渐多了起来。而此时的他，心里充满着矛盾。他十分纠结，又想见她，但是又怕见到她，他害怕出现尴尬难堪的局面，几次他都试图逃出公园溜之大吉。

突然，他眼前仿佛一亮，是她，雪白的滑雪衫，雪白的小绒帽，雪白的长靴子，在雪白的长廊上飘动，像只耀眼的白蝴蝶让人眼花缭乱。她总是那么另类，白得晶莹，白得透明，如果站在那里不动，你一定不会感受到那是一个会喘气的活人，绝对是一尊名副其实的人雪雕像，而且出自名家之手。

"唉，又想到她，她是不会来的。"他轻轻地叹息道。当初和她分手是那样坚决、果断，可以说是冷酷无情，她不恨自己，就算是自己烧了高香。

　　她老远就看见了他，匆匆忙忙地向他奔去，走到亭子的月牙门前，她仿佛有些走不动了，步子越来越迟缓，双腿也愈来愈沉重，脑子里胡思乱想起来，最后干脆停下来静静地站在那里。我去找他干啥？她想。他还会像以前那样对待自己吗？也许，他已发现了自己，谁叫自己偏偏穿着这件别具一格的滑雪衫。是啊，自己也不明白，滑雪衫似乎已经过时，自己为啥还要情有独钟穿上它，是为那些记忆，还是为他？还是为今天这个日子？她还真有些道不明白了。

　　今天早晨，她起得很早。和他分手后，她感到有些忧郁无助、心力交瘁。她曾经发誓再不去公园，怕触景生情。她感到很累，很伤心，如黑夜中行进在大漠戈壁，不小心误入了盲区，仿佛在做最后的垂死挣扎。她多想逃出这漫长又恐怖的黑夜，寻找到黎明前那一丝可怜的光芒。她的内心有太多太多难以启齿的苦衷呀！

　　可在昨天，她还是做好了到公园的准备，团里排练节目，准备参加省里会演，她向团长请了假，穿起这套藏在衣柜最底层的滑雪衫。是为他吗？她微微笑笑。这笑意，好可怜好苦涩啊！内心深处埋藏着的许多辛酸和泪水，让她顿感孤独和茫然。况且，一年多了，他在南方驻训，是啥情况也不清楚，据说是要保密的，她也不好过多地去打听。她站在那里，寒风扑面，脸上冻起一团红晕，她不会忘记今天这个令人难以忘掉的日子。

　　这是一个不平常的记忆。

　　"傻丫头，穿什么滑雪衫，土不拉叽的。"她在试衣服时，妈妈笑着问她。

　　"哟，老妈子，这是个性，这个你就不懂了嘛。"她俏皮地向妈妈笑道。

　　天，好沉好沉。无数的雪花，漫天飞扬，落下来，压弯了松树，洒满了林间的环湖路。泉湖里，已经结起了一层厚厚的冰块，冰面上堆满了结雪，游客们在公园里尽情地嬉戏、打闹，堆雪人，干雪仗，无忧无虑的样儿，让她好生嫉妒。此时，她的心绪就像飞舞的雪花，延伸、铺展，追述着过去和很久以前……

　　她死死地咬住嘴唇，难过得泪水快要涌出眼眶。她根本就没想到他会在这里，真的，压根儿就没想到，可他确实来了，不是幻觉，是直感。走过去吧，大起胆子，牵起他的手，给他一个深情的拥抱，祝他平安归来，和他肩并肩相挨着，重温往日的恋情，诉说分别的忧愁，把满腔的委屈、相思的痛苦全部向他吐露。他不是担心在南方驻训中会出现意外才和自己分手的吗？他一定还是深深地爱着自己，不然，他今天怎么也会来到这里呀？你看他，还是标标准准的军人姿态，只是那张英俊的脸上，仿佛多了一丝忧郁。

　　"你看我怎么样？"那天，他问她。

　　"很潇洒，有点男人味。"她笑笑，脸上露出迷人的小酒窝。

　　她想到这里，又凄苦地笑了笑。是的，他一点也没变，胸脯依然挺得很高，眼睛依然炯炯有神，看上去依然是一副昂首挺胸的样儿。或许，此时的他正想着自己，雪白的滑雪衫，他心中的爱，一眼就可以认出来。

　　"我很喜欢这种颜色，高雅、纯洁、富贵，一尘不染。"有一天，他对她说。

　　"是吗？"她一下跳起来，双手搂住他的脖子，坚挺的胸脯紧贴在他的胸口上，"那我以后常穿它，好不好？"

　　"那敢情好。"他耸耸肩，"洁白无瑕、纯真可爱的女孩，那是多少男人的追求呀。"

　　"你真坏，取笑我嘛。"她调皮地努着小嘴，在他的脸上重重地给了一个香吻。

　　渐渐地，她的思绪从茫然中平静下来，迈开沉重的步子朝他走去。这一切，似乎都是显得那么自然、温馨。自己一定不能再失去他，她不停地鼓励着自己。

　　他确确实实也感到一个熟悉的身影正向自己走来。可此时，他的心里乱得要命，几乎是一团糟。怕见她？不是，自己和她不是已经各奔东西了。今天，她是不会来的，自己压根儿就没有约她。而且，她也不知道自己已经从南方回来了，但自己为什么老是在泉池边徘徊？不是等她，又是为啥？说实在的，这时候他真希望她来，速度越快越好。不行呀，见到她，自己又怎么开口？道歉、忏悔，自己有苦衷啊！唉，不争气的右腿，他又想到了他的腿，还是走开吧。

他迈着沉重的脚步，向假山走去，不小心差点摔倒。妈的，真不争气！他心里骂道。我为什么要溜走，胆小鬼！

她很想跑上去扶住他，可怎奈就是迈不动步子，终于，她大叫了一声："哎，你等等。"

一对情侣诧异地回过头，瞪了一下眼睛，感到有些莫名其妙，那意思像是在骂，神经病。

她没理会，继续朝他移动步子。

他扭了一下脸，阴沉沉的，而后，又回过了头。

"哎，苏岩。"她鼓起勇气又大声地叫出了他的名字。

"是你？"他一愣怔，慢慢转过身来，眉宇间闪过一丝意外的喜悦。这喜悦，转眼间又消失了。

"你怎么这么快就回来了，不是两年吗？"她很紧张，声音也显得有些急促。

"你不喜欢？"他似笑非笑。

"不。"她轻轻地低下头，紧紧地咬住嘴唇，双手抓着滑雪衫的衣角。那样儿，既羞涩又显得可怜兮兮。

"我……"他沉吟，思量片刻，又说道，"这里既陌生，又很熟悉，更是难以忘记。"

"现在不是挺好的嘛。"她抬起头，默默地望着他的眼睛，从天上飘来的雪花，落在了她的脸上，粘住了眼睑，长长的睫毛微微抖了抖。

她还是那样，高雅、漂亮，喜爱打扮，穿着上别出心裁，全身上下一身的白，白得撩人心，让人嫉妒。如果什么叫人心动，叫人神魂颠倒，那就是她的白，她的笑，她那对迷人的小酒窝。

难得她还记得，我一直喜欢这种纯正的白色，他想。

他在想什么？她望着他。

那次，他为了完成一个高难度的飞行动作，被指挥员臭骂了一顿。后来，他把这事告诉了她。她伤心地流着泪说："以后可不允许这样莽撞哈，我才不想未婚先寡。"

"不冒险？"他瞪大了眼睛，"空中作战，敌机不是死靶子，没有冒险家的胆量，要在战时，岂不成了敌人的枪下鬼？"

她终于哭了。她觉得他误解了她，心里像是受了好大的委屈。她理解他吗？再过几天，他就要随团到南方驻训，那里的局势很紧张。

今天，他终于平安回来了，自己日思夜想，担惊受怕，心里悬着的石头终于落了下来。我应该高兴才是，不要去回忆那些伤心的旧事，她想。

"想去哪儿？"她又问他，没话找话，她想把气氛活跃起来。

"这不是泉湖公园？"他蹦了一句，仿佛有些不近人情，让她无法接受。说完，他又猛然后悔起来，我这是怎么了，心里是不是有些变态，别人可没对自己怎么样呀，当初、现在她都是温柔体贴、纯真善良。可自己为什么老是阴阳怪气地和她闹别扭，干吗不问声好，诚恳地说一声对不起呢？

"陪我走走，好不好？"她柔柔地说，声音很细。她才不计较他的表情，他一直是这个脾气，臭德行。我就喜欢他这个劲儿，她想。

他抬起手腕，若无其事地看了看表。"可以。"他答应了。今天早晨，政委不是警告他，如果碰见她，一定要把她带回来。可这腿……

他们沿着公园那条被大雪覆盖着的环湖小路往前走，小路很窄，他们几乎肩并肩。他似乎感到有些不自在，不知不觉加快了脚步，但这倒霉的右腿，始终不听使唤。

"你的脚？"她很想伸手去扶他。

可他笑笑："没关系的，一点小伤而已。"

"是冻坏的吗？"她柔柔地问。说完，弯下腰准备去卷起他的裤脚。

"不是。"他慌忙摆手，害怕她发现了什么。"你看，今天的雪真大呀，一直下个不停。"他岔开了她的话题。

"如果伤得严重，我陪你去医院。"她失望地望着他，像是已经发现了什么。

他摇摇头，继续往前走。"近来，工作还好吗？"他老是离开话题。

"还好。"她说，"团里正在排练一个乡村振兴的话剧，准备参加省里演出，一天真够瞎忙乎的。"

"是吗？"他稍稍停了一下脚，又继续往前走去。

雪依然没完没了地飘个不停，掩盖了小路，压弯了松枝，天色忧郁而沉闷，松枝上的雪片，在清冷的寒风中颤动，给人一种凄凉的感觉。

她低垂着脑袋缓缓走路，雪白的小绒帽也披上了雪花，行走在铺满结雪的小路上，脚下发出喀嚓嚓的声音。她的思绪愈来愈深沉、凝重，她为他的深深眷恋之情感到苦恼。穿过松林，马上就要来到人工打造的石船，她有些害怕来到这里，可还是来了。因为，她和他的相遇，就是在这里，虽然当时窘迫，样儿有些难堪，但记忆深刻。

那天，她和同伴来到公园春游，在上石船时，不小心掉进了湖里，同行的几个女孩大声呼叫救命，情况相当危急。正在这时，他和小张划船经过这里，听见呼叫声，赶忙冲了过去。他伸手抓住她的胳膊，像提小鸡似的一把把她拉在了游船上。她满脸是水，半透明的连衣裙，被湖水一浸，全贴在了身上，露出了明显的轮廓，浅黑色的胸衣依稀可见，那成熟透的胸脯，紧张得一起一伏。她难堪极了，埋着头，看到这个穿着飞行服的陌生军人，感到很难为情，脸不禁红到了耳根子。

他笑了笑，急忙脱下飞行服，双手递给她。她也没说什么，连感谢的话也没说，就抢过飞行服披在了身上。她清楚地看到他，穿着一件蓝色的背心，两只臂膀，肌肉呈块状，胸肌突出不亚于健美运动员。

"谢谢。"很久，她才站起身，低下头，淡淡地说道。他只是抿嘴笑着。

"你的衣服，看什么时候还给你呢？你看我现在这副狼狈样。"她嫣然一笑，脸上泛起一片红晕。

"随你吧。"他深深地吞了一口气。

她似乎不好意思，翩然一转身："下周星期天，如何？"

星期天，她来了，他也真的来了。而且，也是那么准时。

"如果那天不是你，我不知要出多少洋相。"她莞尔一笑。

"是吗，那我们还真有点缘分哈。"他调皮地笑道。

偶然的相遇，让他们的生活荡起了涟漪。从那天起，泉池、湖心亭、环湖路、飞虹桥、葡萄长廊，便留下了他们的笑声和身影。

随着时间的流逝，她和他逐渐认识更深，联系更紧，生活也越来越多姿多彩。

雪还在不停地飞舞。

在这段时间里，他一直在低头默想。往事，他着着实实地从不同角度去回味，回味和她接触的那些难忘的日子。但一想过，心里又总感到有一种说不出的酸甜苦辣，总感到自己欠她太多太多。可又能如何？都是为她在着想的。担当和责任，是男人，更是军人坚守的本分。然而，他的做法，却给她留下了一道阴影。

"原谅我吧？"他祈求。

他作为团里飞行尖子，去年奉命开拔南方驻训。在接到命令后，他权衡了自己和她的关系。

"我想问你。"那天，他对她说，就坐在这石船的栏杆上，心里似乎显得有些紧张、惶恐，他的额上溢出颗颗汗珠。

"当然可以哟。"她依然那样天真地娇柔一笑。

"我……我……"他想说，可喉咙又像被什么堵住。等了很久，他还是没有勇气说下去。是啊，他非常爱她。

"你说呀……"她几乎是在哀求。她不清楚他究竟是要表达什么。

"我们还是分手吧。"他转过身，痛苦地说道。他声音嘶哑，面部神经几乎扭曲。他知道，但是他绝不能说，军人奔赴前方意味着什么。

"什么，你刚才说的什么呀？"她一把拽着他的双肩，扑在他的胸口上，失望地啜泣道。一群游客不解地从他们身旁走过。

"你是看不起我吗？我们的相聚就这样说散就散。你把我当成什么了，当成一只无关紧要的蚂蚁是不是，说踩死就踩死，你把我当成空气是不是，说吹就吹，你说是不是呀？"她望着他，声音嘶哑，满脸泪水，情绪异常激动，"我对你的感情……"

"不不不。"他慌忙摇手。他告诉她，再过几天，他就要到南方驻训，训练强度很大，而且危险性强。

"这和我俩有多大的关系？"她才不管这些，心里难过极了，泪水打湿了娇小的脸，一双眼睛深情地注视着他。

是的，他也很爱她，可万一……

她还能说什么呢？只感到心在不停地颤抖。她看到他说得那样坚决，一点没有回旋的余地，她好想扑在他的怀里，尽情地放声大哭一场，问他千万个为什么。

雪，讨厌的雪，还在飞，还在飘。

他们默默地走着，走着，很久，双方都没说一句话，空气沉默了，气氛也凝固了。

到了石船旁，他们停住了。

"上去吧。"她说。他摇摇头。她独自上去了，心想，他一定要来。她走上石船后，回过头，出乎预料，他已转身离去。

她几乎呆了，只感到脑袋一阵嗡嗡作响。

"在一次任务结束后，我驾机返回机场途中，飞机突发故障，两翼突然失速。飞机形成螺旋状态，而且旋转速度越来越快。指挥员命令我做好跳伞的准备，为保住飞机，我凭着平时练就的过硬本领，沉着冷静，松开方向舵，推杆，想尽快将螺旋状态修正过来，摆脱失速状态。此时的飞行高度已进入2000米的紧急状态，海上强气流又突然袭来，飞行高度在急速地下降。正在这个紧急关头，通过我的努力，飞机螺旋状态终于解除了。拉杆、加油、调整方向，最终飞机在岛上机场成功迫降。飞机轻微受损，只是当时我的腿……"他说。

"你不用说了好不好？"她双手扶住他，眼睛里滚动着泪水。"你不知道，这段时间，我是怎么熬过的。有多少个夜晚，我站在这石船上静静地想，静静地回味。我这个人认准的事，就如同戈壁滩上的野驴子，有犟性，不回头。每次我都好希望你出现，可总是落空。有时，我也想，当时你不来救我多好，我也不会有这么多的相思和烦恼，真的，你不该来救我，我不希望这是一场无情的游戏。"她溺泣道。

她很激动，几乎成了一个泪人儿。她轻轻地诉说着对他的一片痴情，诉说着相思的痛苦。无论他说什么，她不想听，她只想听他再说一句我爱你。

他真的说了我爱你，我也爱这座古城。但他真的不想拖累她一辈子，拖累一个善良美丽的女孩，让她陪着自己去受煎熬。他确实这样想的，只是……

"求求你不要说了。"她几乎是在恳求。她只想能像过去那样，忘掉一切烦恼，在周末，他们开着车在沙漠戈壁滩上尽情地去狂奔，手牵手相依着在城墙上向着雪山祈福，对着蓝天白云许下不离不弃的诺言。

他放下她的手，痛苦地摇摇头，脸色显得异常沉重。"再见了，我们永远都是好朋友。"他说完，侧过身独自走进风雪之中。他的右腿，也显得有些僵硬。

她呆呆地站在那里，脸上露出迷茫和无助的神色，望着他慢慢消失的背影，一阵风雪扑来，心中升起无限惆怅，感到像是失去了什么，难过、辛酸一齐涌入心头。

她的眼前渐渐模糊了，泪珠不停地往下淌着。她爱他有时胜过一切，她想。可他干吗这么绝情？

忽然，她像是明白了什么，刚才，她依稀地看见，他的右腿……难道是假肢？对，你看他走路……在他离开的瞬间，她也清楚地看到他的眼睛里含着满满的泪水。她有一种心灵感应，感觉到他仍然爱她。他的心里一定有苦衷和委屈，她想。

雪，依然铺天盖地压来。

古城，完全成了雪的世界，雪的海洋。常年生活在北国的她，对雪有一种深深的依恋之情，她抬头仰望天空中那些飘扬着的雪花，长长地舒了一口气。突然，她抹去脸上的泪痕，一把扔掉小绒帽，一头瀑布般的秀发顷刻间溢出，并随着北风飘荡。

　　苏岩，你这个臭德行！我恨死你了！她疯狂大叫一声，然后朝着他离去的方向拼命地追去。

　　雪花儿，还在飞，还在飘……

原发于《青年作家》2023年12期

清 明

● 吴永胜

"大懒王起床了。小懒王起床了。"婆从灶屋走过来，走进睡屋，一面拉着长嗓门喊，一面揭开被子，拍拍小雪的屁股，拍拍清明的屁股。

其实跟在学校里一样，六点半小雪就醒了。醒了，她却不想立刻就起来。学校放假三天，她想多在床上绵一绵，闭着眼回想昨夜的梦。半夜里，小雪在梦魇中感觉自己像一尾鱼，哧溜，弹跳了一下，哧溜，又弹跳了一下。那弹跳的动静把她骇醒了。屋里黑咕隆咚。清明打着细微的鼾。婆睡在对面床上，悄无声息。她几乎想叫醒婆，告诉婆她又在长高了。婆说过，那是在长个儿哩。就好比树往天空钻，禾苗往上冲。想一想，她又忍住了。婆从来睡得晚起得早，夜里还起来两次给清明抽尿。老师说过，人要有足够的睡眠，才能保证身体的健康。小雪不愿意吵醒婆。早晨醒来，想想昨夜的梦魇，她平躺着努力绷直身子，觉得有一股力量从脚板心蹿出来，嗖嗖地一路蹿到头顶。恍惚中，她几乎听到了骨头骨节在嘣嘣嘣响呢。之前自己是一米三三，今天是一米三四了？或者一米三五了？睁开眼，她看见清明侧躺着，脸像扑过粉样红嘟嘟的，眼睫毛交叉着，闭合的眼皮子微微抖动，好像随时要把交叉的眼睫毛抖散抖开，却始终没有，他还睡得酣呢。小嘴巴红艳艳的像涂抹过唇膏。小雪忍不住噘着嘴去亲了一下。她还想摸一摸清明的脸蛋，捏一捏清明的鼻头，却又怕弄醒了他。正拿不定主意时，婆过来了。婆把清明从被窝里掏出来，抱着他在床头坐下穿衣服。小雪爬起来，见清明迷瞪着眼揉眼皮，好像还瞌睡着，就伸手捻捻清明的耳垂，往清明耳孔里哈一口气，说："清明节了。弟弟，今天是清明节。"

清明听了小雪的话，精神就上来了，立刻睁大了眼抬起了头："哈，是我过节呢！"

婆在清明的屁股上拍了一巴掌，往地上呸呸吐了两口唾沫："大清早的，咋又乱说了。"

"我不是叫清明吗？清明节当然是给我过的。"清明不服气，梗着脖子说。

"是给先人过的。死了，不在了的先人，哪里是你。"婆说。

"昨天就给你说过了，你只是名字叫清明。"小雪揉揉清明红粉粉的脸蛋，说，"弟弟呀，你只是和这个节撞名了。"想一想，自己叫小雪，也是个节气呢。婆说小雪有些早产，正好生在小雪节气上。也幸好早产呀，要是再晚些天，就该是大雪了。想一想吧，要是叫袁大雪，那得有多俗气。这么想着，小雪咯咯咯笑出了声。"弟弟呀，往后年年你都要撞呢。"

清明就有些丧气："我要改名字，调换一下，我要叫明清。"

"我们姓袁，你一改就叫袁明清。三个朝代呢，元、明、清。"小雪拍着手笑。

"你才元明清！你还清明元！"清明恼怒了，揉了小雪一把。

小雪见清明眼圈都红了，赶紧说："弟弟，我是逗你的。名字是爸爸妈妈给取的，要改也得等他们回来呀。"

"名字是一个人在人世上走一遭的记号。"婆说，"好多人一辈子都迷儿糊涂的。我们乖孙叫清明，清明清明，又清楚，又明白。好得很，才不用改呢。"

清明有些糊涂了，他不知道自己叫清明是好还是不好。他想应该是好的吧，不然爸爸妈妈怎么会给自己取这么个名字呢。任婆把他的手套进衣服袖筒，穿上裤子穿上鞋子。他走到镜子前，镜子里虎头虎脑的小子，龇着牙，门牙处现个豁口。清明探出个指头，指尖在豁口摁了摁，摸了摸，他发现那里还软软的，并没有牙齿长出来，回过头问婆："婆，你是不是把牙扔屋顶了？"婆说过，落下的上牙扔屋顶，落下的下牙藏门角，新牙才肯快快长出来。他本来是看着婆把牙扔上屋的，还看见那牙从这一片屋瓦跳到另一片屋瓦上，嘣嘣跳了好几下，才藏进了瓦缝里。这会儿却不放心了，好像没看见过似的。

婆笑了，说："昨天才掉的乳牙，咋能这么快长出来？"

"那得等多久？"

"插下的柳条打苞了，发芽了，我们家清明掉了的牙齿，就长出来了。"

昨天，婆剪了几枝柳条儿，带着小雪、清明在院沟岸边插了一排。院沟岸边已经有十来棵柳树了，有一棵清明一抱也抱不完。婆说，那是爸爸插下的。那时候，爸爸跟现在的清明一般大。清明迷糊得很。他记得爸爸的样子，爸爸和妈妈都在很遥远的广东，只过年回来过。爸爸那么高高大大，怎么会像自己这么小呢？自己可是比姐姐还矮一个头呢。婆说，人是从小长大再到老，再往后，就长没了，就去吃逢年过节的供，吃清明节的供了。婆的话，让清明又惊奇又害怕。他有些明白不过来，又似乎有些明白。堂屋墙上有张黑白大照片，比姐姐小雪的作业本子大很多，比自己的图画板大很多。婆说相片上的男人是爷爷，清明却从来没见过。婆说，清明还没出生爷爷就没了。清明就想，再也看不见的，应该就是没了吧。

清明回过头，正好看见婆张开的嘴，嘴里好几颗牙齿都不见了，牙肉红红地袒裸着。清明问："婆，柳条打苞发芽了，你的牙能长出来吗？"

"婆现在还长牙，就成老妖怪了。"婆说过了似乎觉得不对，又说，"一辈一辈的人，就像地里的庄稼，一季替换着一季长。婆的牙齿落了，清明的牙齿就长出来了。"

洗过脸坐到饭桌前，婆给小雪拿一盒纯牛奶，给清明拿一盒纯牛奶。清明捏弄着吸管不肯往盒子上的孔插。清明嘬着嘴说："我要喝安慕希，我要喝莫斯利安，不喝纯牛奶。"清明喜欢喝甜中带酸的安慕希和莫斯利安，不喜欢喝寡淡无味的纯牛奶。婆说："你爸妈都说纯牛奶营养才好呢。"清明嘟哝着还是不愿意。小雪故意吸得溜溜响，边吸边说："我们学校里的营养餐都只喝这个。老师说，不喝不让上学呢。"她故意朝屋顶看，眼角的光却瞄向清明。她看到清明慢腾腾捻开吸管插进奶盒，虽然还嘟着嘴，吸管却已经噙进了嘴里，心里就偷偷笑了。小雪知道，清明天天盼着上学呢，只是年龄还不到，等自己再放过一个暑假，清明才能进学校。

婆端出两个盘子，一盘装鸡蛋，一盘装馒头，都腾着热气。小雪好奇怪："婆，不是说今天不生火，都吃冷饮食吗？"

"冷饮食吃了响肚子。"婆敲破鸡蛋壳往下揭蛋皮，"你们喝的纯牛奶，算是冷饮食。先人们都是为后人着想的，可不希望你们响肚子。他们看着呢，明白着呢，不会怄气的。"说着话，小雪看见婆侧过头，目光朝向旁边的神龛，好像先人们正排坐在那，正朝向他们看。

吃过早饭，婆说她要到弗角寺去买纸。弗角寺离着五里地。

婆走了。小黑小跑着跟在婆的身后也去凑热闹。清明也想去的，被婆拦下了，让他在家里陪着小雪。小雪抬张凳子，在街沿上开始写作业。

起先，那光在小雪眼前晃过时，小雪还没在意呢，埋下头又写了几个字。那道光突然在心胸里，亮亮地一闪，闪得小雪的心小气球样，呼啦一下就胀起来了。小雪咬咬嘴皮子，闭紧眼皮子，憋了口气，然后猛地睁开眼——对面山腰的麦子地埂上，那光又是亮亮地一闪。

小雪脑袋里立刻轰轰隆隆响，婆昨晚才讲过的故事，现在就遇上了？她回头看清明，清明在院坝里抽陀螺，玩得正欢。她赶紧吆喝："清明，过来，你过来。"清明有些不情愿，扔下鞭子，噘着小嘴巴走过来："你写你的作业，有啥事吗？"

小雪把清明拉到春凳前，揽住清明的小脑袋，抬起左手，让清明顺手指的方向看："你看你看，那是啥？"

清明真笨，没有看见呢，说那是桑树。再问，清明说，那是麦子。

小雪急了，把清明的脑袋往自己脑袋前拉，两张脸都贴一起了："你仔细看呀，麦子地边，那棵桑树下的茅草笼里。"

　　清明看见了，哆嗦一下，带动小雪的胳膊也跟着哆嗦一下。"金子。"清明说，"是金子。"

　　"不是不是，才不是呢。"小雪快喘不过气了，嘴里偏偏不承认。

　　"是。婆说过，金子的光像星宿眨眼，老远都看得见。婆说过，平常金子藏在土里，遇到好天气，就钻出来透气。"

　　"要是婆在就好了。可惜婆去了弗角寺。婆那么说过吗？我咋不记得了？"

　　清明恼火了："婆说过，金子是土地里的宝物，有灵气。说不定过会儿，就嗖地钻回土里了。"他不想浪费时间去和小雪争论，扯开小雪的胳膊，爬起来就跑。他得赶紧呀，不然金子就溜了。

　　见清明有了动作，小雪顾不得再想，赶紧撵在清明后面。心里记下了，从地角数过去，第三棵大桑树下，埂子上有笼茅草，正对着桑树干，光就在茅草笼里闪。

　　婆说过，金子是世界上最宝贵的东西。有多宝贵呢，婆也说不上。小雪依稀有些知道。书本上说过，伟大的人物都有一颗金子般的心。拿金子来比人心，人要没有心就活不成了，可见金子有多宝贵。小雪和清明跑下了沟底，翻上了堰坎，到山腰了，到地角了，两个人的脸都红着都流着汗，小胸脯子都一鼓一鼓的，都张着嘴呼呼直喘。

　　"你从这边过去，我从那边过来，脚头一定要轻呀。"气喘得稍匀了，小雪赶紧吩咐。"记住了，正对第三棵大桑树。"吩咐完清明，小雪想从地后绕过去。她怕惊着金子。婆说，金子是土地养的精灵，警醒得很呢，一惊就哧溜一下钻进土里。她跨出两步了，才想起自己从这边数的桑树，从那边该是第几棵？没有数呀。她想要回头数，见清明已经从地埂过去了。来不及实施刚才的计划，她直接跳到下面地里，上下包抄也行。她顺着地崖走，呼吸放得缓了，脚步落得轻了，眼睛只盯着上面。

　　他们几乎是同时到第三棵桑树下的。清明说："是这里。"说过了，好像才发觉自己不该发声，赶紧竖根指头，在嘴前晃几晃，给小雪示意。

　　"是这里了。"小雪心里说。她仔细看，大桑树下那茅草笼里，没见那黄的光。她抬头看清明，清明也看她，脸上也是奇怪的表情。怎么就没见那光呢，刚才在屋檐下，那黄的光闪呀闪地直炫眼呀。现在就躲了就跑了？小雪不甘心，扒开茅草，一点点一点点地搜，茅草叶子扎着手也顾不得。一遍寻过了没有，两遍寻过了还是没有。只寻出几块鸡骨子石疙瘩和片碎玻璃样的东西。那是谁家用过的保温瓶，碎了的瓶胆镀着层黄钛。

小雪捡起瓶胆，反反复复看："是它发的光吗？"

清明嘟着嘴："才不是呢。那光是金子的。"

"那，金子哪去了？"

小雪看看清明，突然想起来，婆的故事里那个人捡到金子，可他不孝顺，金子嫌弃他，眨眼变成了瓦碴子。昨晚清明不肯睡，还骂婆是臭婆婆，可不是不孝顺吗？她回头来，扬扬手里的瓶胆片子朝向清明说："哈，我晓得了，是你不孝顺，骂婆是臭婆婆，金子就变了，变成瓶胆片子了。"

清明嘴一撇就眼泪汪汪的了："你才不孝顺呢。那天，你说婆是老巫婆。"

小雪想起来，那天自己真骂过婆："原来我也不孝顺呀。"

有风吹过来，晃得桑叶簌簌抖，晃得麦叶沙沙响，晃得小雪的心，好一阵惊慌。

婆从弗角寺回来了。小雪看一看清明，清明也看一看小雪，两个人都没把刚才的事说给婆。婆在堂屋里点燃一炷香，叫小雪和清明跟她一起跪下朝神龛子磕头，嘴里说："先人老子要宽恕，你们晓得没男人在屋哦。"磕了三次头，把香插进小香炉里，回头说，"好了，起来了。"

清明不起来，嘴里嚷嚷："我不是个男人吗？"

婆就笑了，扶抱清明站起来，一面拿手抹清明膝头上沾的地灰，一面说："我们清明当然是男人，是婆说错了。"

清明站着不动，黑眼珠子紧盯着神龛子。那意思，是要婆向先人老子解说清白呢。

婆就朝向神龛子说："先人老子们看着呢，知道我们清明是个男人。只是清明还不会凿纸钱，现在只是个小男人。等清明将来有劳力了，能凿纸钱了，清明就是大男人了。"

"我爸会凿不？"

"会呀。"

"我叔呢。"

"会。"

清明不好意思赌气了。爸爸会凿纸钱，叔叔也会，可自己不会呀。那么，现在自己真还算不得是男人。

婆从放针线的柜匣子里翻出钱凿子，叫小雪端来半盆水放在檐石上，自己蹲在屋檐下，往磨刀石上边浇水边磨钱凿子。等钱凿子刃口磨白磨亮了，婆拿拇指肚在刃口刮两刮，再把刃口放在眼前瞄一瞄，满意了，从屋里抬根宽板凳出来，开始凿纸钱。

纸是淡黄色，一沓一沓指头厚书本大小。婆放沓纸在板凳端头，拿个三角形的钉钩，钉钩头尾有三个突出的钉齿。尖头上的钉齿钉板凳上，岔开的尾上两颗钉齿钉纸上，纸就被老老实实卡住了。婆嘴里又祷告一回："先人老子要宽恕哈。"说过了骑坐在板凳上，拿钱凿子在纸上比画比画，然后，左手握钱凿子安放在纸上，右手扬起木槌，往钱凿子敲一下，黄色的纸上立刻咬出个月牙样的弧。敲了三下，放下木槌，把纸整沓揭起来，看到最底下的纸背面上显现出了月牙弧，才又把钱凿子在手里换个方向，在距离先前月牙两指宽的地方，又敲。纸上便面对面显出两个月牙弧，像书本上的一个括号。

婆敲打着钱凿子，嘴里问："小雪呀，你读书了，可晓得清明节咋来的？"

小雪读三年级了。想一想，她只知道清明节前是寒食节，要给先人扫墓挂纸。只知道那首"清明时节雨纷纷"的诗，这个节怎么来的，还真不知道呢。

婆说："远古时候有一个人，千难万难当上了王。就封赏帮衬过他的人，偏偏忘了一个。后来想起来时，那个人已经藏进山里了。三番五次都请不出来，王就想了个主意，放把火烧山吧，火烧火燎呀，那个人总该从山上出来吧。可那个人脾气犟得很呢，一座山都烧毁了，他死也没出来。王看着烧得不成人样的那个人，伤心后悔了，自己不该放火烧山呀。就告示天下，每年的这一天，全国都不能有烟有火，要吃冷饮食，要烧钱化纸祭那个人。时间久了，大家就把这一天叫寒食节，叫清明节，吃冷饮食上坟祭先人。"

清明好奇怪："火烤燎着那多疼呀。自己耍打火机，火苗子只在指头上晃了下，都比打针还疼。那个人咋就不出来呢？"

小雪有些得意。老师讲过，人要有气节，有些事宁可死也不能做。可什么是气节呢，怎么解说给清明听呢，她自己又说不上来。她想一想就说："清明，那个人宁肯自己死，不愿意帮王做事哩。"

婆点点头，表扬小雪说："我们小雪读书长学问了，就是这个理呢。"又说，"以前清明节，家家户户都忙着凿纸钱，扎坟飘纸，拿金箔纸银箔纸糊金元宝银元宝。还得在头一天煮一锅饭拌一盆菜，不在清明节燃火烧锅。嘿，现在纸钱、坟飘纸都有厂专门做。走过场糊弄死人呢，也不晓得先人老子用得惯用不惯。我老了你们给我的，必须用钱凿子凿。出过力才算尽了心呢。"

清明看着婆说："婆你现在就老了呀。"

小雪拍一下清明："弟弟你咋又乱说话呢，老了就是死了。"

清明赶紧扶着婆膝盖摇，边摇边说："婆永远都不会老，一辈子都不会老。"

"人都要老的。只是小雪、清明还没长大，婆还老不成呢。"婆说。

婆纳鞋底要戴眼镜，做针线要戴眼镜，凿纸钱她也戴着眼镜。她勾着腰，眼镜就滑下来，滑到鼻头子上，好像那副眼镜是专门戴给鼻蛋子的。鼻蛋子想看什么呢？一沓纸上肩并肩背靠背排满四排括号了，婆换过一沓又敲。敲了一会儿，婆停下来，向上挺挺腰，握钱凿子的手背过去，在腰杆上轻轻敲。小雪知道那是婆腰酸了，就躲在婆身后，两手捏成拳头，一先一后一上一下给婆敲。

婆说："小雪长大了，晓得体恤人了。"得了婆表扬，小雪好开心，敲过了腰，又去敲婆的背。清明也想得婆表扬，就给婆揉腿。婆闭着眼皮，很享受的样子。"小雪呀，清明呀，你们都乖呢，婆没白疼你们。"小黑也跑过来，可它没法给婆敲背捶腰，没法给婆揉腿按脚，它就探出脚爪，去扒拉婆鞋面，拿黑嘴筒子黑脸膛，往婆腿肚子上上下下蹭。

婆又开始凿纸钱了。婆一下一下扬着木槌，敲打钱凿子。"你爷以前凿纸，一锤就到底了。一回纸钱凿下来，板凳面上全是凿印子。婆老喽，敲三四下也不到底。"

婆说："以前清明节，你爷凿纸要凿一大背篼。"

婆说："以前这些活，女人干不得，要冲撞先人老子呢。只能男人干。现今啊，先人老子睁只眼闭只眼吧。"

清明挺一挺腰杆："我将来要凿纸钱的。"

婆就笑了："清明呀，等你长大了翅膀硬了，飞得天遥地远了，还有这片心，先人老子才得意呢。"

小雪不明白："不就凿个纸钱嘛，女人怎么就干不得呢？爷爷没了，爸和叔又长年在外，地里家里，啥活不都婆这个女人干？"

婆说："这是些老规矩。小雪呀你还小，长大你就明白了。"

为啥有很多事，婆都说要等小雪长大才明白。好吧，小雪只能像以往一样，期盼着快些长大！

婆把凿好的纸钱码进背篼。那么多纸钱放进去，立刻填满了背篼的大肚子。婆又从墙上摘下提篼，放进去几挂坟飘纸，几挂鞭炮，一块七分熟的刀头肉，三个盘子，两个酒杯半瓶酒，提篼也满了。再到神龛子前，嘴里叽叽咕咕算过数，从案桌上点出一些香和一些蜡，用个口袋装起来。另拿个口袋，装一把瓜子一把糖，一个苹果两个橘。收拾完了，婆又把东西一样样点过，说："好啦，小雪、清明，我们去上坟挂纸。"

院子里，清明正和小黑对峙着呢。清明端着水枪，大半个身子藏在榆树后面，只露半个脑袋瓜子往鸡棚子那边瞄。鸡棚子后面缝隙里，小黑缩着身子，只现出个黑嘴筒。清明说："小黑小黑你出来，我不射你了。"听婆招呼不愿意了，说，"我不去。"

婆生气了，捉住清明往屁股拍一巴掌："你是家里的男娃呢，有儿坟上挂白纸，无儿坟上屙狗屎。敢不去吗？"

清明不甘心，把水全吱向鸡棚子。扎鸡棚的篾片挡了些水，还有些溅在了鸡身上，鸡便满棚子扑腾咯咯咯叫。

婆背上背篼，一只手提装香蜡的口袋。提篼交给小雪，装瓜子糖的口袋分派给清明。清明还生着气，手往背后一藏，我才不拿呢。

婆瞪一眼清明："人吃饭就得做事。"清明只好拎起口袋。都要走了，婆想起来了，哎呀，火机子都忘拿了。赶紧支派清明进灶屋拿了打火机。

清明走前面，小雪跟在婆身后。路曲曲弯弯，顺着地坎顺着崖坡向山上延展。铁线草绿起来了，在路边铺展茎蔓，像蜘蛛织的网络。走一会儿，清明就忘记了刚才的不愉快，专走到铁线草织的网络上，专踩那绿的茎蔓。小黑跟上来了，它好像要为刚才的躲藏道歉，摇晃着尾巴，拿脑袋去顶清明的屁股。顶过了，它一溜烟跑到前面，到个地角上蹲下来，回转身奄拉着舌头等。那意思好像是说，看呀，我跑得多快。

清明就喊："小黑小黑，你回来。"小黑跑回来。清明说："你也吃饭了的，也得做事。"他就把口袋放到小黑背脊上。小黑老实承受了，可步调没法和清明一致，走两步口袋就滑下来。又放上去，走两步又滑了下来。

婆说："清明呀，这世上的活物，都有自己的分工。牛耕田耙地，马驮物跑路，猪屙粪产肉，鸡孵娃生蛋。小黑可驮不了东西，它就看家护院呢。"

清明只好把口袋拎起来，小黑得了解放，一溜烟又跑了。

婆躬着腰，额上的白头发垂下几绺，走一步就晃一晃。婆说："以前清明节，一大姓人哪怕像撒在七乡八镇的豆子，都开枝散叶结了果，也得聚拢来，聚在同姓人的祠堂开清明会。家里添了男娃子的，还得提个大红公鸡来祭祖，往祠堂里添上娃的名字。"

小雪奇怪了："添了女娃的呢？"

婆说："女娃的名字不写的。女娃终归要出嫁，将来就随了婆家。"

清明问："我的名字写没？"

"哪里还有祠堂呀。你爸还没出生祠堂就拆了。"

小雪还憋屈呢，正想好好问问婆，凭啥只写男娃名字？凭啥不写女娃名字？这下就不憋屈了，就有些高兴了："原来早就拆了呀，真好。"

婆又说："在祠堂祭过祖先了，高辈的便坐下来，裁本姓人家的纠纷。"

"就像村干部一样？"小雪问。

"一样嘛，"婆想一想，又说，"也不一样。"怎么个不一样呢，婆却不说了，已经到爷爷的坟前了。

爷爷的坟在山坳。下面围几层石条子，上面垒着土。石缝子和土上草都绿着。坟前有块地坪。靠坟头几片石头围个框。婆把背篓放下来，在地坪前坐下来，招呼小雪、清明说："走累了，歇一会儿。"

小雪和清明挨着婆坐下。清明抬起头，正好看见头顶上一片白云，他觉得那云有鼻子有耳朵有脚有尾，像一条撒着欢的白狗。他扯扯姐姐小雪，指着那片云说："姐，那是条白狗呢。"

小雪顺着清明的指引看过去，摇摇头说："弟弟，我觉得是只羊。你看，还有角呢。"

清明眯着眼分辨，怎么都觉得是条狗。长得和小黑多像呀，只是全身白。白狗似乎在奔跑，转眼跑到一匹山的后面不见了。清明有些丧气："它怎么就跑了呢？"

婆指指身后的山尖朝清明说："天上的云，都是这些山养的畜物。早晨，山把它们从圈里放出来，任它们在天上逛荡，到了晚上，又把它们全部招回圈里围起来。"

清明想一想，婆说得对呀。夜里黑咕隆咚，那些云万一跑出来，可是会找不着家的。他再看天空，那团像白狗的云已不见了踪影。那条狗跑哪去了呢？

婆说："每匹山都有自己的地界，它圈养的畜物，只能在自己的地界里逛荡。那条白狗肯定逛荡错地界了，自己发现了，赶紧就跑了。"

小雪学过自然了，知道云是怎么形成的，也知道云是怎么聚怎么散的。可是她听婆的解说，远比课本上的有味道。她觉得那些云就该是山圈养的畜物。那些畜物和大地上的畜物一样，有猪牛狗马，有鸡猫鸭兔。天空中呢，也应该有草地有池塘有树有灌木。

婆站起来，把盘子摆在框前，中间放刀头肉，两边放瓜子糖果，放苹果和橘。再摆放上酒杯，往杯里倒半杯酒。点燃香和蜡插进框里，嘴里念叨："死鬼老汉，我和孙娃子、孙女子来看你了。"

婆拿挂坟飘纸抖开，捡块石头，将坟飘纸一头压在坟头。坟飘纸一绺绺垂挂下来，山风吹过就轻轻飘扬，窸窸窣窣地响。婆说："你爷爷晓得我们来了，作声气了呢。"

清明向四周张望："哪里有爷爷呀？"婆说："爷爷就在这坟山里，他说不了话嘛，就摆弄坟飘纸作个声气。"又说，"婆也要老的。婆老了，也要躺进坟山的。"

小雪说："婆不会老。"清明也说："婆不会老。"婆就笑："妖怪才不老呢。"又说，"你们心里装着婆，婆就一直不老。"

婆拿出几沓纸钱，拈几张点燃放到地坪角上。小雪、清明也帮忙。清明拿沓纸揭起一叠就往火上放。婆挡住他说："得三张两张撕，多了燃不透。"可清明手笨揭不开。婆做个示范，捏住纸钱一头哗哗几抖，叠着的纸就散开了，就好揭了。

婆让小雪、清明去扯石缝里的草。自己围坟山转一圈，还好，没有狐兔挖穴老鼠打洞。转过了，招呼小雪、清明并排跪下，朝坟山叩脑袋。叩了七八下，婆说："起来吧。"又说，"现在人头都不会磕了。以前清明会，有老辈人专门教规矩礼仪呢。"婆端起酒杯，将酒顺着框沿洒了，"死鬼老汉，你慢慢喝哈，我们得去你娘老子坟上了。"

让小雪、清明先走开，婆拿出挂鞭炮朝坟山说："死鬼老汉，你晓得我不敢点，你得自己点哟。"她把鞭炮扔进正燃着的纸钱堆，也跑到一边张望。

隔一会儿，果然响起了噼噼啪啪欢快的炸响。

原发于《飞天》2022年7期

喜　鹊

● 吴永胜

一

小荷出现在拦河堰堤时，春明正起伏在堰角终年涌泉不息的泉眼里。堰水深只及胸。春明伏下身子，只把脑袋露出水面。堰角本有棵高大的苦楝树，树冠投下的阴影却遮蔽在堰中央。整个堰角就暴露在阳光下，春明脑袋上倒扣一张藕叶遮蔽阳光。脚下是碗口粗的泉眼，愤怒的泉水汩汩喷涌，细沙子激烈翻滚，合成一股力，一齐把春明往上推，好像努力要将这个阻碍者发射出去。春明不停踩踏双脚，双手左右划动，才能与激烈的推托抗衡。兀立水的沉浮感和一身的清凉，让春明心情惬意。下垂的藕叶有些蜷曲，边沿已经泛白，从藕叶与水面的空隙看出去，几十米外横亘的堰堤路上，似乎飘浮着半尺高迷蒙的烟尘。阳光太用力，把堤路上的尘灰都拍得纷扬起来了。这时，一圈醒目的白从堰角烟尘中浮上来，跟着，一个穿淡红细白花连衣裙的女孩头顶醒目的白出现在堰堤上。那白色的物体春明从未见过，它具备草帽的形体，边沿缀着一圈蕾丝花边。阳光拍在蕾丝花边上，折射出炫目的白光。跟着，高瘦的长生表叔出现在女孩身后。长生表叔戴顶泛黄的草帽，蓝色衬衫敞着襟，袒露出汗津津的胸膛，手里提着只军绿色帆布包。他们在堰角趸身，顺着堰堤往山崖走。烟尘被脚步搅动，向上纷扬旋舞。"长生表叔，回来啦。"春明挺了下身子招呼。

"春明，你又在耍水哈。看你老汉晓得了，怎么收拾你。"长生表叔脚步停了一下，看看春明，撩起衬衫抹汗。那女孩也停了一下，左手拈起粘在胸前的连衣裙不停抖动，右手往脸上呼呼扇风，她扭头朝春明扫一眼又迈步向前走了。她朝春明看时，稍微仰了仰头，原本遮蔽在帽檐下的脸闪了一下，现出红通通的脸蛋。春明缩了下身子。他觉得女孩的目光既不耐烦，也饱含漠视。

"快些回去，不然我告诉你老汉。"长生表叔也走了。

"哎。"春明曼声应承。目光追随堰堤，那女孩脚下像垫着弹簧，明明低抬腿小迈步，可怎么看都像在蹦跳着前进。她头顶的那圈白，于是悠扬起伏在春明的视线里，直到转过保管室看不见了。

一只红蜻蜓飞过来，在春明面前停住，似乎在研究藕叶上能否栖落。若在以往，春明一定会平心静气，等蜻蜓安心栖下来了，悄悄伸出两个指头捉住它尾巴，或者猛然晃动脑袋，惊吓得它落荒逃走。可今天春明没有心情，他只在电影和连环画里，见到过戴遮阳帽穿连衣裙女孩的画面。现在，戴遮阳帽穿连衣裙的女孩居然去了长生表叔家，这让他有些恍惚。他不想再泡在泉眼里了，挥挥手臂赶走蜻蜓爬上了岸。

<h2 style="text-align:center">二</h2>

屋旁竹林里，裸着上身的婆婆躺在竹凉椅上。左手握着蒲扇有一下没一下往胸膛扇风，好像全身最热的是空荡松弛的褐黄色乳房。右手捏着的两枚核桃，还在掌心里寂寞地咕咕作声。春明才刚走进竹林，婆婆闭着的眼睛突然睁开了，她把春明上下打量一番，吧嗒着干瘪的嘴唇嘟囔说："你又耍水了？"

春明不回答婆婆，他把嘴朝长生表叔家的房子努努说："长生表叔家来了个城里的小女子。"

"我就说嘛，今天早晨喜鹊闹喳喳的。"竹林外阳沟边有棵大桉树，大桉树上有个喜鹊窝。每逢喜鹊早晨喳喳喳叫得欢畅，婆婆就总说有客到。往往就是那天，不是舅舅姑妈来了，就是姑婆舅公来了。可那女孩是到长生表叔家里的，跟春明家有什么关系呢。"可能是长菊的女。这女子，好些年没回娘屋了。"婆婆又说。蒲扇往胸膛上拍了两下，婆婆陡然想起了什么似的，嘴里念叨着："这么热的天。"她从椅子上爬起来，挪动小脚走上阶沿，从堂屋门侧的墙上取下竹篓子。竹篓子里装着晒干的草药，都是些夏枯草、车前子、牛尿蒿、冬桑叶，她挑拣出一大把递给春明。"给你长生表叔送去，让他泡水喝。城里人可娇贵。炎天暑热的，还不得中暑。"

春明接过草药走出了竹林，走了几步，想起了什么似的，突然停下脚步，转身往回跑。婆婆刚躺回凉椅，欠起身子问："你去呀，咋又回来了？"春明不答话，他跑进屋里，从柜子上翻出红色背心飞快套在身上。这背心，是春明上学才穿的。

春明走进长生表叔家。屋里没有那女孩的身影。长生表叔坐在屋中方桌上方，赤裸着上身，手里呼呼摇动蒲扇。水清坐在旁边的马扎上，挺着黢黑的脊梁打哈欠。他瞌睡未消的目光落在春明身上，立刻惊醒似的问："你箍起不热？"他指指春明身上的红背心。

春明原本不觉得热，水清一说，立刻感觉背心遮着的部位热起来了。那种热带着喷薄之势，既黏又稠，在身体外形成黏膜。入夏以来，他和水清一帮孩子，上身都寸纱未着过。春明咽了口唾沫，把草药放到桌上。"长生表叔，我婆说给你们泡水喝。"他记得婆婆说的是让他泡水喝，可他却怕长生表叔真的只是自己泡水喝了，又羞于说出怕那城里女子中暑，于是把那"们"字咬音特别重。他边说边用耳朵用力搜索，却没有听到女孩的声音。

长生表叔谢过婆婆，喊水莲拿过来只搪瓷盅子，放几株草药进去倒满开水，再盖上盅盖。水莲看着春明的红背心，也像哥哥水清一样现出诧异的表情。那表情让春明心里慌乱。他有些进退两难，想走又有些不甘，想留却没有理由。他朝水清说："来，我们下六子冲。"

水清挠着黑肚皮，撇撇嘴懒洋洋说出的话，让春明恨不得冲过去一脚踢翻他屁股下的马扎。"这么热，不想动。"好在水莲立刻响应了："我跟你下。"他们就在屋角泥地面上画出格子，各捡了石子下起来。才走几步，水莲朝春明眨眨眼，头往春明跟前凑，几乎耳语般低声说："我表姐来了。城里人假眉假眼呢，这么热的天要我给她烧热水，要洗热水澡。"

春明有些惊愕："洗热水，不越洗越热吗？"整个夏天，春明他们洗澡洗头，都是用井里的凉水。

水莲嗤笑一声："还有更怪的，她姓何，叫小河。"水莲的头几乎贴在春明脸上，春明突然发现水莲头发的汗馊味不绝如缕。他往后仰一仰身子，蹙着鼻子说："你莫挨那么近嘛，头发好臭哦。"

水莲愤怒地瞪大了眼，翕动的鼻翼泛起潮红，挥手猛地一扫，棋格里的石子蹦蹦跳跳撞在墙壁上。"你以为你香吗？不下了！"她猛地站起来，差点撞在刚进门的女孩身上。女孩的脸还有些红，却不再是堰堤上时那般通红。那红春明无法形容。他突然想起婆婆过七十岁生日时，大姑送来的增寿馒头雪白酥泡状如蟠桃，桃尖一点红，红向下晕染。女孩这时脸上的红，就像那被晕染的部分。

三

"我叫何小荷，不叫何小河。是荷花的荷，不是河流的河。是'小荷才露尖尖角，早有蜻蜓立上头'的小荷。"小荷解释说。"你们背得这首诗吗？"见春明、水清都摇头，小荷有些惋惜地叹了口气，"那你们晓得小荷是什么吗？"

"荷叶莲花藕。"春明脱口而出。念出上句了，他突然惊觉下一句的粗野，硬生生把下一句闷在喉咙。水清嘴快，立刻接上了："鸡巴卵子球。"

小荷厌恶地剜一眼水清，挥手在鼻头前扇了扇，好像要把那句话的气味扇掉，嘴里鄙夷地说："无聊，这么粗野的话你也说得出来。我要告诉舅舅，看他不收拾你。"

水清不置可否地撇撇嘴。春明知道水清在想什么。这对子本来是长生表叔在院里锯大木时，讲给其他人听的。水清和自己听到了记住了。如果因此收拾水清，那就真的有些冤。他暗自庆幸，自己及时刹车忍住了。

小荷背着手，目光从水清、春明和水莲脸上环视一圈："宋朝杨万里的诗，叫'小池'。泉眼无声惜细流，树阴照水爱晴柔。小荷才露尖尖角，早有蜻蜓立上头。"她一边一字一顿背诗，一边轻轻左右晃头，黑亮浓密的头发在脑后扎出个马尾巴，马尾巴左右晃荡。

春明和水清面面相觑。他们和小荷都是十二岁。小荷最小排在年末，却已经上五年级了，春明和水清才上三年级，没有读过这首诗。十一岁的水莲上二年级，就更没有读过了。水莲戳戳春明的手臂，提议说："我们下六子冲。"说着开始在地上画格子。

春明还没有说话。小荷蹙了蹙眉头，说："我们下军棋吧，我有军棋。"

水莲说："我们下六子冲。"她探出手拉春明。春明趔趔身子，躲过水莲的手说："我想下军棋。"

水莲的脸涨红了，鼻翼旁的雀斑格外分明："你会下军棋吗？你好久下过军棋？"

"不会就学呗，我教你们。"小荷说完，进屋去拿军棋。水莲恨恨地盯着春明，趔转身走到门口，抬脚要出门了，脚尖却用力踢在门槛上，转身回来，气鼓鼓地坐到桌前。

小荷将棋布铺在桌上，讲过了棋子的职位大小功能，又讲棋布上的框子圆圈的作用。"我们轮流下，谁输了就让。"

第一盘是水清和小荷下，水清很快就输了。轮到春明，走了几步，他有些举棋不定。手里的棋子是军长，前面两步，已经捉了小荷一个连长和一个旅长，小荷躲了个棋子进圆圈，另提了个棋子挡在前面。现在春明要么退回圆圈，要么就往前再捉。春明把棋子捏在指间，一边捻动一边盘算。水莲两肘支在桌上坐在中间，她往左探下身子，觑一眼小荷的棋子，两肘在桌面一滑，头凑到春明耳旁，说："她是个炸弹。"

小荷瞪一眼水莲。水莲脸朝向大门假装没看见。春明咬咬牙继续捉子，果然是炸弹。水莲呼地站起来，跺了下脚就往门外走，嘴里恨恨地说："给你说了是炸弹，真是个猪脑壳。"

四

春明在屋檐下写作业。接连几个晚上，他都没再用凉水洗澡了，也用了热水。热水浇在身上虽然有些烫，可洗过后好长时间皮肤都是凉爽的。凉水不一样，刚洗过片刻后皮肤又滚烫了。这时水莲走过来，手往春明面前一摊，赫然是块冰糖。水莲的手汗津津的，冰糖的边沿都濡湿了。春明拈起冰糖放进嘴里，汗水的咸后是浓郁的甜。看见春明吮咂着冰糖，水莲脸上浮现出笑意。她摊开手掌，伸出舌尖啧啧有声地舔着掌心。水莲凑到春明面前，头几乎碰到春明的头了，刚洗过的头发，散发出肥皂气味。水莲有些幸灾乐祸地低声说："哈，小荷给泥蜂子蜇了。"

春明停了手里的笔，腮不鼓了舌不动了，滑动的冰糖张皇地卡在了腮帮。

"我们天天从那过，都好好的。她从那过，泥蜂子偏偏就蜇了她。"水莲抿着嘴，眼里笑意盈盈。从竹林往上进水莲家，靠路的那篷竹子下，一窝泥蜂子把泥土絮出个洞筑了巢。它们总是嘤嘤嗡嗡忙忙碌碌地飞进飞出，从来没有蜇过人。婆婆说，只要不去招惹它，它不会主动蜇人。"那些泥蜂子怕是喜欢吃香喝辣，那女子天天用香皂洗澡，洗几桶水呢，一身香皂味。"水莲扑哧笑出声。

春明恼怒地瞪水莲，水莲却没看见。她正低了头，撩起碎花布衣裳下摆，松紧带裤腰上，夹着两本连环画。她把连环画掏出来，放到春明面前。连环画的背页被汗水濡皱了。"莫让那女子晓得了。"

"你偷人家的？"春明把连环画拨落在地上，"偷的东西我不要。"

水莲的脸一下子涨红了。"冰糖也是我偷的，你哪个抿得咔咔响？"她捡起地上的连环画，怒冲冲往外走，"我再也不理你了。真是狗咬吕洞宾！"冰糖在春明嘴里咕嘟一响，一下滑进喉咙，差点把他噎住。他用力咽下冰糖，做出了个决定，要去烧了那窝蜂子。

那窝蜂子少说也有几百上千只，打定主意要去烧了，春明心里又有些胆怯。他抬头，看见屋檐下晾着一张薄膜，那是母亲晒玉米芡粉用过的，于是脑子里有了主意。他从柴房里拿捆麦草，取出柜脚下的煤油瓶，往麦草尖上倒了一汪，煤油迅速在麦草尖洇开了，煤油的气息泛滥四溢。他想了想，又倒了一汪，再倒了一汪。装过223农药的瓶子，只剩下小半瓶煤油了。他拿上火柴，扯下薄膜，夹了麦草就往长生表叔家旁的竹林走。婆婆翕动鼻子，盯着春明责怪："你又要搞啥鬼迷花样哟？煤油糟蹋了，晚上咋照灯？"春明不理婆婆，径直从她身边走过。煤油在麦秆上不易附着，星星点点往下滴。他把麦草捆尽量竖立，让油顺着麦秆往下浸润。

泥蜂子仍忙碌地飞进飞出，洞口外有许多小泥球，相互粘连向外突出。春明将薄膜缠绕在身上，只露出两只眼睛。然后点燃麦草，炽热的火焰立刻腾起来。火把抵在洞口，麦秆炸裂的声音和泥蜂子身体爆裂的声音混杂在一起。火焰吞噬了洞口，却有许多泥蜂子从泥球的缝隙爬出来，它们飞舞着愤怒地朝春明冲刺。薄膜厚实，它们蜇不穿，可缠裹却纰漏太多，交接处豁开了口子。泥蜂子扑进了口子，在薄膜内跌滚着。春明只觉刺痛灼热此伏彼起。扔掉燃烧的麦草，春明转身就跑，边跑边锐声尖叫边拍打撕扯薄膜。春明的脚下也像垫了弹簧，他连蹦带跳跑下竹林，跑过保管室，一直跑到拦河堰。愤怒的蜂子轰鸣追逐，直到春明跳进堰里，潜了一段，又潜了一段，躲进藕叶深处，那些蜂子仍盘旋不去。

春明被蜇了好几十处，每一处都鼓起红色的包。爹用了一个小时，才把嵌在包里的蜇挤出来。水莲、小荷和水清都来了。春明眼睛肿得只剩下条缝，他看见水莲的脸愤怒地扭曲，鼻孔里喷出浊重的气息，鼻翼两侧的雀斑不停跳跃。小荷眼神怜惜又关切，她拿出盒清凉油，给春明蜇处涂抹。小荷的手指很软，好像没长骨头，触到蜇处，痛立刻奇异地烟消云散。

五

小荷进屋时，婆婆刚给春明蜇处涂抹完清凉油。春明只穿了个裤头，看见小荷，他有些忸怩不安。他从身后晾衣的铁丝上扯下蓝布褂子披在身上。小荷递过来两本连环画，一本《西沙儿女》，一本《保卫延安》。"送给你。本来我有好几本的，却不见了，多半是水莲拿了。"小荷说。

春明当然知道是水莲拿的，咧了下嘴想说出来，却忍住了。

"乡下真不好玩。"小荷低垂了头，语调忧伤。目光投向脚下，长长的睫毛向下卷。"我们家旁边就是人民公园。遇到星期天节假日，公园里人多得很，人山人海呢。公园里有个大湖，湖边都是柳树。顺着湖边走，柳条总是不停在你头上身上扫来扫去。湖里有小船，两毛钱就可以坐一个小时。湖上有座桥，桥洞像月亮一样圆。"小荷抬起头，眼里闪烁轻盈的亮光。"爸爸带我去，每次都要打气球。从湖上的桥下去，墙边有个打气球的，墙上挂着五颜六色的气球，隔几米远用气枪打。瞄准气球，扣一下，打准了，气球就爆了。我爸爸一般都不打，有一次被我和妈妈劝，他打了十发，就爆了十只气球。我不行，最多打中三个。"

春明没去过县城，最远只去过金华。那是个小集镇，那里没有公园。那里来来往往的，更多是些十里八乡的赶集人。他突然有置身泉眼的感觉，冰凉浸骨的泉水漫涌而上，把他整个人都淹没了。他勉强咧嘴笑一下，有些敷衍地说："你爸爸真厉害。"

"嗯。"小荷点点头，眼里飞扬的神采突然有些黯淡。"可是，不知道他什么时候再能陪我打气球了。"她摇晃一下头，好像要把什么念头抛出去，抛得愈远愈好。她站起来，说："走，我们去下军棋。"

水莲坐在门槛边，面朝着院子正织草鞯。她的手指灵巧翻动，洁白的大麦草秸窸窣作响。看见肿着眼泡的春明跟在小荷身后走过来，水莲撇撇嘴角，猛一折身子，把脸朝向房间过道。

小荷打开棋盒，发现本来该整齐排列叠放的棋子乱了，一清点少了三枚。"我明明数得清清楚楚，怎么就差了。谁拿了我棋子？"小荷尖叫。春明把狐疑的目光投向水莲，水莲闻声扭头，正面对春明。"你看我做哪样？我可没那个闲空。"水莲翻了个白眼。

小荷脸色绯红，胸脯一起一伏："我们两个人一个房间，进进出出只有我们两个人。我几本连环画不见了还没说呢，现在棋子也不见了。"

水莲手里的辫子往大腿上一拍。"你哪只眼睛看见我拿了？"她冷笑一声，"嗯。可能是老鼠子吃了。我昨晚一晚上都听到老鼠子跑来跑去，啃得咯咯嘣嘣响呢。"

"好，就算是老鼠啃了。难不成老鼠自己把纸盒子打开的？"小荷拍拍完好的纸盒子说。

长生表叔从屋里走出来，瞪了水莲一眼："放在哪里了？快拿出来！你们是表姐妹，要互相让着。"

"没拿就是没拿！"水莲梗着脖子嚷。长生表叔黑了脸，他伸手抓住水莲的头发，把水莲从凳子上提拎了起来，响亮地在水莲背上拍了一巴掌。水莲哇地哭出了声。她跑进睡房，很快跑出来，把几枚棋子往桌上一扔，转身就往屋外跑，一边跑一边哭着咒骂："妖精。狐狸精。小反革命。马屁精。"春明脸有些发烧，他知道水莲既在骂小荷也在骂自己。小荷也抽抽搭搭哭起来。长生表叔跺跺脚，从屋檐下的柴山抽了根桑条撵了出去，院后很快响起水莲尖厉的哭号。

春明手足无措，他把散落的棋子一枚枚拾起来，第一层整齐铺排了，再把第二层整齐铺排进去。小荷手捂着脸，仍在哭泣。春明把铺开的棋布对折一下，用手掌用力抹平皱褶，抹得平平展展了，再对折一下，又抹。直到棋布刚好纸盒大小，放进棋盒扣上盖子，小荷耸动肩膀，仍在低声啜泣。水清睡眼惺忪地从屋里走出来，趿着的拖鞋扑嗒扑嗒响。他看了看小荷，又看了看正往门外蹭的春明，说："走啥子嘛，我们下两盘。"春明摇了摇头。他无限哀伤地走出门。天好像突然阴了，一大团黑云遮住了太阳。

六

小荷找到春明，把棋盒往春明怀里一塞："送给你。你保管好，再不要让猫狗老鼠偷了。"

　　春明捧着棋盒，有些慌乱："你送给我了，你要下怎么办呢？"

　　小荷咯咯笑出了声。"我要下可以找你呀。"说完，小荷有些遗憾地摇摇头，"我有台上发条的火车，红色车头，有两节绿皮车厢。把发条拧紧放在地上，立刻嗒嗒嗒跑，一直跑到发条松了才停。可惜太大了，不好带回来。"小荷走了。双手交剪背在身后，仍然像脚踩弹簧，马尾辫在脑后调皮晃荡。春明看清楚了，小荷和水莲走路不一样，水莲的足掌是平展踏出去的，小荷却是脚尖向下先触了地，然后脚跟才落地，所以脚步才轻盈如跳舞。小荷舞蹈般的脚步，把春明的心都踩乱了。他双手捧着棋盒，突然有种喘不过气的窒息感。他想，我一定得回送小荷件礼物。可是送什么呢？他却想不出来。

　　天气一如既往的热，春明溜到拦河堰，突然发现几乎是一夜间，堰塘里就开放了五六枝荷花。粉红的花挺拔在绿色藕叶间，有风从上沟吹下来，花就风姿绰约地摇曳。春明不泡澡了，他选了三朵开得正盛的荷花，连着尺长的茎折下来。来到长生表叔家时，他看见小荷居然和水莲坐在门旁，水莲正教小荷织草辫。他有些茫然，两三天时间，不知道她们的关系已经变好了。有水莲在，春明不好意思把荷花递给小荷，就把三枝花往前一送，停在两人中间："塘里的藕花开了。"水莲撇撇嘴，接过花往桌上一扔："开得好好的，你折下来做啥？"

　　小荷抿嘴笑，眼睛里亮晶晶的："人民公园里有很多荷花呢。红的粉的白的，湖里都是。只准看不准摘，摘一朵罚款五角。我以为人民公园荷花就多了，哪知道前年我跟爸爸到成都，去了新都桂湖，那里荷花才真是多呢。我爸说全国有八个荷花观赏湖，西湖洪湖大明湖，桂湖要排第一。"

　　水莲剜一眼春明，恨恨地说："好好的藕花，瓜娃子才摘。"

　　春明气得攥紧了拳头。他不明白水莲咋就忘记了去年前年，她都缠着他摘荷花，他摘过最少好几十朵给她。他猛一踩脚，嘴里嚷："我是瓜娃子，你就是瓜婆子。"他趔身往回走，边走边嘀咕，"瓜婆子。你是瓜婆子。"他走出竹林，走到自己屋角，婆婆手里的核桃仍在寂寞地咕咕响，屋檐旁的核桃树树影婆娑，一枚核桃叭地掉在脚前。那是枚谎核桃，它没有老实长核桃仁，于是瘪了萎了，被风从枝丫间夺了下来。一道亮光炫目地从春明脑里划过，春明的心情一下子好起来。他决定送个瓜婆子给小荷。

春明从屋檐下掇出根竹竿来到核桃树下，他高举竹竿目光在核桃叶间睃巡。婆婆狐疑地瞪大了眼："春明，你害娃了吗？核桃米米才一包嫩水呢。十月核桃九月梨。现在才八月。"春明不理会，他敲下了好几枚核桃，却发现哪怕最大的，里面的核桃仁也刚成形，一掐就破。最要命的是，核桃壳像纸壳一样薄脆。看着在一堆核桃壳前垂头丧气的春明，婆婆哑着薄嘴皮说："说了你不听，真像害娃了。可惜了几个核桃。"婆婆又闭上眼睛躺在凉椅上，手里的核桃咕噜咕噜响。

七

春明把写作业的凳子搭在阶沿靠近竹林的地方。以前他不会搭在那里，虽然婆婆不识字，可只要春明在身旁写作业，她一定伸长脖子看，春明架了二郎腿，或者把脚盘坐在屁股下，婆婆都要嘀咕，说春明坐没坐相站没站相。如果春明在本子上画画，或者盯着对沟的山好久不动，婆婆就会说，又在打妄逛，我要告诉你老汉。春明真是烦她，总想躲她远点。今天春明不躲了，他打开课本，专注看。婆婆说："春明，你不写作业？"

"今天没作业。今天读书。"

"寂静风隐，哪叫读书？读就要读出个声音嘛。"

"默读嘛，就是不出声地读。"

春明把语文书一页一页慢慢翻，支棱着耳朵听婆婆的动静。一本语文书都翻完了，婆婆还是躺在椅子上没动静。中午喝的玉米糊，春明已经上过两次茅坑了，他不明白同样喝玉米糊的婆婆，咋就不蹲茅坑。他想也许是婆婆干瘪的皮肤，把玉米糊的水分都吸收了。正这么想，斑竹杖笃笃触地的声音欣喜地响起，婆婆走过院子，绕到院后去了。院后茅坑出粪口用石板盖着，怕鸡崽掉进粪坑，只留了道缝。不知道是哪一年开始，婆婆夏天一热起来就不穿上衣，大白天屙尿拉屎，也不避人，褪下裤子就往出粪口撅起屁股。那两枚核桃，排放在凉椅上。春明抓起一枚塞进裤兜。重新回到凳子前，他看了看鼓出一个包的裤兜，拍了拍，支棱耳朵仔细听，婆婆的竹杖声还没有响起，于是飞快收拾书本，喊一声："婆婆，我书读完了，出去耍了。"他跑下竹林时，婆婆在吆喝："春明，看见我核桃没有？"他说："没有。"

保管室后面的牛棚空荡荡的，只有苍蝇和牛虻在嗡嗡飞。那三头水牛，这时候正泡在牛滚凼里。保管室后有个竹子环绕的大水凼，凼底淤积着厚厚的软泥。牛下去了，侧身来回滚几滚，就沾上了厚厚的泥。屈膝卧倒，眼睛鼻子露出水面，一直到天阴了，再拉出水。

春明来到牛棚与保管室连接的那堵墙前，扒下块泥砖，现出个洞，里面放着钉子、小刀、竹片、白线。春明把核桃立放在檐下石板上，他看见那只核桃硕大无比，原本黄褐色的表皮黑得油亮，深刻的槽纹全都磨低了。他用两块石头把核桃夹住，用钉子慢慢钻了个对穿的孔。横在眼前看看，那孔两边一般大，孔壁完全没有破损。侧面的壁上，也钻出一个孔。选块坚硬的石头，一只手拿着核桃放在石板上，另一只手扬起石头顺着横茎轻轻敲，敲过一圈，横茎裂一道缝，轻轻一掰成了两瓣。掏掉发黑萎缩的果仁隔膜，刮得光光的竹签上，白线打一个结，然后一圈圈缠绕，直到竹签鼓出了肚子，两扇开孔的核桃套进去，线头从侧面的孔拉出来，合上。上方，刮削得薄亮的竹片楔进竹签，一个瓜婆子就成了。线头绑一截短竹片，捏着竹片往胸前一拉，白线出来了，竹签顺势转动，顶上的竹片也跟着转。手里竹片一松，竹签立刻反向转动，竹片立刻逆转方向。不停拉放线头，竹片一反一正快速转动，在空气中擦刮出呱呱声。

小荷接过瓜婆子，按春明的指点玩起来，在呱呱声中，她咯咯咯笑。

八

春明天黑才回家，爹黑着脸坐在屋中间，语气冷漠地朝春明说："把板凳端过来，条子自己拿。"尽管春明早有准备，知道少不了挨打，可心里还是有些害怕。他把那根笨重低矮却有三掌宽凳面的长条凳端到爹面前，然后趄身走到屋后柴房，选中根尺五长小臂样粗的桑枝，进屋递给爹。爹把桑枝在手里掂掂，虚挥一下桑枝，作势要落在春明身上，但只挥一半却停住了："骨头敲断了，想让我继续白养你？换根细的。"

婆婆说："不是他拿的。我多半是放失了手，唉，可能掉茅坑里了。"

"妈，你不用老是护着他，三天不打，上屋揭瓦！那天烧蜂子窝我没有收拾他，今天又偷核桃。不是他是哪个？你看他满手沾的啥子？"春明剥嫩核桃时，核桃液沾在掌心，两个手掌都乌黑发亮。

"婆婆搓了五年的核桃呢，你弄到哪去了？婆婆手不好，搓核桃活动筋脉。这下哪去找合适的？"娘说。

春明有些难受，也觉得有些对不起婆婆，狠了狠心，抽了根柔韧的黄荆条，出来趴在凳子上。爹用黄荆条点点春明的短裤，说："裤子打烂好买新的嗦？脱了！"

春明不作声，两只手从凳下穿过去，紧紧抱住凳子。"脱裤子！"黄荆条在春明屁股上拍了一下。春明不作声，手抱得更紧，脸贴在凳面上，凳面温润光滑。"脱裤子！"黄荆条抽在屁股上。火辣辣的灼痛立刻蔓延，春明打了个哆嗦，手抱得更紧了。爹暴怒了，黄荆条雨点般抽下来。春明紧紧抱着凳子，脸几乎粘在凳面上，他的腿从凳面绕下去，脚踝勾住张开的凳脚。第一回，春明不哭不喊，紧紧闭着眼。他依稀看见，小荷咯咯笑着，瓜婆子在她手里，竹片往复旋转呱呱大叫。

黄荆条是婆婆从爹手里抢下来的。她扬着手掌，一下一下拍打爹裸露的肩膀，说："不就是个核桃呀，你想打死娃儿？"爹颓然跌坐在板凳上，大张着鼻孔呼呼喘气。"是个核桃的事吗？不是，不是个核桃的事。"他喃喃着自问自答。

吃晚饭时，爹脸色和缓了些。他用筷头点点春明说："明天一早，你去三舅爷家要点核桃。"三舅爷是婆婆的堂哥，远在四十里外的王家山。那里高山绵延，有许多核桃树，春明去过几回。三舅爷家里，随时都有隔年的核桃。问过春明还记得路不，爹又说："对路去，对路回。好好戴罪立功！"

九

　　春明从三舅爷家回来，是第三天下午。他走近自己屋旁，婆婆扑扑打着蒲扇，说："喜鹊喳喳叫，真是有客到。这喜鹊子一早就闹喳喳的，半上午长菊就来了。"

　　春明突然涌起不祥的预感，颤声问道："哪个长菊？"

　　"还有哪个长菊？你长生表叔家当官的姐姐呗。"

　　春明放下核桃，就往长生表叔家跑。他跑过竹林，跑进院子，看见长清坐在屋檐下，正蘸着唾沫翻连环画，他光光的膝盖上，叠放着好几本连环画。水莲坐在旁边，嘴里吸溜着什么，手里拿着瓜婆子，正一拉一放。水莲看见春明了，露出欣喜的笑容，停下拉线的一端，从裤兜里掏出两粒糖，说："大白兔奶糖呢，大姑给的，我给你留了两颗。"

　　春明不接糖，他有些瑟瑟发抖，指指瓜婆子问："怎么在你这里？小荷呢？"

　　水莲翻了个白眼："她走了，再也不来了。她不要了，就给了我。"

　　水清停了翻书，说："大姑专门来接小荷，她们明天都要跟姑父走。"

　　"去哪里呢？"春明失魂落魄。

　　"好像是新疆。"水清说。

　　春明觉得全世界在一瞬间轰鸣着炸裂了，他没有理会水莲的招呼，转身就往家里走。走进院子，婆婆仰着头，看着头顶的桉树。两只喜鹊喳喳喳叫着，围绕着桉树顶盘旋飞舞，它们的叫声喜庆欢欣、热烈清脆。

　　"狗日的喜鹊！叫你妈的……！"春明拾起块瓦片，抡圆胳膊用力朝树顶掷去。愤怒的瓦片才飞到树身一半高，就无力地擦着树干飘出去了，歪歪斜斜落到那边的水田里，"咚"的一声，溅起一簇浑黄的水花。

原发于《飞天》2023年8期

向上飞翔

● 董泽永

那时，我刚冲到斑马线上，不想，随着刺啦一声急刹车的爆响，突然有人从背后拉扯着我的衣服，一边说"你这是不要命呀"，一边像拎一只鸡一样，将我拎回到了街边的警戒线上。拎我的人是个汉子。汉子一脸焦急地说："你急啥呢你急，看这多危险呀！"我落魄而呆滞地看着他，看着眼前晃动的一切。

这儿已是涪城的边缘，人车稀少，但城市的格局，比如宽阔黑色的街面，鳞次栉比的高楼，扎眼的广告，反而胜过因改建受阻的城市中心。比如银行口、车路口，这些老旧的闹市区，商铺没缝儿地在街两边排列着，即使大白天却也灯光十足地在那儿故弄玄虚般招惹行人。那些物件的真实性，被美化了。有心或无心的行人，当然就被一种叫繁华的氛围包裹着，在狭窄的街衢里，在的士、单车、摩托车和人力三轮车之间，像蚂蚁或蝌蚪一样，徐疾有致地行进在自己的方向上。空气里有种黏稠的东西，也不像汽油，或羊肉的膻味。总之，有点刺鼻，或是辣眼。

我正是从银行口那儿过来的。

我去那儿找一个朋友，小希。几乎半个月了，我天天晚上都梦见小希。总梦见她在海边，或是悬崖处。昨天晚上，甚至梦见她在东站的铁轨上，跟火车赛跑，我着急得嗓门都喊破了，也没叫住她，直到醒来冒了一身的冷汗。

　　可小希不在，小希的同事说，她刚出去，之前她接了一个电话，说是有急事。"也不知道是啥急事呢？"那同事没正眼看我，一直在忙着点鼠标。但从这位同事的口气里，我感觉她对小希有点淡漠。当然，好像是对我的探询，有种淡淡的蔑视。我为此作了短暂的反省。我觉得我没有一丁点不太友好的举止。我向来都比较严谨，也因此是比较客气的。我记得，我问话的语气放得很低，像从钢琴，或二胡一类最低音阶那儿发出来的。我说："请问，美女，小希在吗？"想想看，只要带了个"请"字，任是太粗野的俗人，也不会太粗俗到哪儿吧。当然了，那位同事也没拿太难看的脸色给我。她只是显得很忙，像根本顾及不到我。但我急，我管不了她那么多。我说："我昨晚做了很不好一个梦！"那位同事抬起头来，看我是在认真地对她说，就有些好奇地问："怎么，你那个梦跟谁有关吗？"我说："当然了，我梦见了小希！"那位同事没有顾及我的提示，好奇地认真看了我一眼后，转身过去继续敲打她的键盘。我突然觉得，面前的她真是一个冷漠的人！我真为小希悲哀，她怎么遇上这么一个冷漠的同事！正这样想，转个身碰上一位着黑色西装、打红色领带的女孩站在旁边，我上前一步问："你是小希的经理？"女孩微微点头，说："有事吗？"我说："我找小希。"女孩说："小希有点事刚出去了。"我说："我昨晚做了很不好的一个梦！"女孩有些好奇，竟然一脸吃惊地看着我，没有言语。这让我很失望。

　　我退出门厅，站在银行外的台阶上。我四下里张望了几个来回后，突然一个闪念：小希出事了！

　　我飞也似的朝城外跑。我用"飞也似的"这说法似乎有点夸张。我都四十开外的人了，走路还能像飞吗？笑话！我自己都这样认为。但那天，我在城门洞那儿，汪倩倩看见我，远远地，手一挥，说："你跑啥，雪儿？"汪倩倩是我高中时的同学，一年前，或两年前吧，我们几乎天天，也不，应该是周周都要相聚。

　　我没有顾及汪倩倩问我啥。我飞也似的跑得更快了。因为我们同学都知道汪倩倩是个没心没肝的人，任你同学哪个有什么急事要事，你对她讲一千遍，她都是那个表情，淡淡的，其实就是没有任何表情，甚至末了对你淡淡地说，就那么个事嘛！

我的跑，可能胜过那辆公交车，或是那些电动三轮，甚至像在抢人家的士的饭碗。在过城门洞的斑马线上，一位的士伸出头来，朝我吐了泡口水，同时甩了句毒毒的话在风中："你忙着投胎呀！"对此，我并没理睬，因为我顾不上。

我继续飞也似的跑。

在又一处的斑马线上，我正要跨街，却被一位姑娘挡着了。姑娘将手持的一面小彩旗挡在我胸前，说："阿姨，你急啥，这是红灯！"我一听，没来由地火了。我对着姑娘喊："你问我急啥？我急着救人呀，难道红灯就不让我救人！"我说着，四肢无力，身子颤抖，却感觉脑子在膨胀，眼睛在喷火。姑娘一定是被我狰狞的样子吓着了，颤颤地问："阿姨，你又不是120，120救人才可以闯红灯的！你这样太危险！"我更急了，说："不都是救人呀？120又咋样，我是130、140呢！"这时，一群人围上来，他们七嘴八舌地像都在指责我。我昂起头来，大喊："你们懂吗，小希太危险了！"说着，我一把将姑娘横在面前的小彩旗抓过来扔了，接着，拿出奋不顾身的勇气，冲过了街对面。

我一直在提醒自己，为了小希，我必须跟时间赛跑。

在继续行进的过程中，我猛然觉得，身前身后突然有无数举着小彩旗的姑娘、小伙，甚至有警察和不明真相的市民。但他们都再没有要阻挡我的意思。我感觉，他们目送我的眼神里，充满着理解和善意。尽管小希和我，就是他们中间某人的朋友，或亲人，但他们不知道小希和我当下的情况。当然，即使他们知道了，也可能会显得无奈，或干脆听之任之罢了。

总之，我没被彩旗姑娘挡着，没有淹死在满街人的口水里，我就为小希赢得了时间。瞬间，我便有了胜利者的骄傲。

然后，我径直来到城市的边缘，也就十分钟，我感觉胸口那儿有点潮湿，背脊和额头也是。汗水从这些地方冒出来，证明我跑得真是有些用心用情。

我能不急吗，小希出事了！

前天，不，应该是上周五，从小希的眼神里，我就预感到她要出事的。还有小希的朋友张薇，有点像被小希的情绪感染了似的。小希的眼里像有一团雾，薄薄的，似乎都顺着眼袋那儿溢出来了。张薇也是。她们看我的神情，像在审视什么，很费力的样子。那时刚过六点。她们站在银行外的台阶上。我在街对面向她们招手，同时一边呼她们的名字。

"小希！小希！"

"张薇！张薇！"

我的声音并不小，但她们像听而不闻，甚至也像视而不见。她们把我给忽略了似的。等我跨过街，站到她们面前，向她们问好，她们才难为情似的，朝我努努嘴，笑笑。我感到她们的表情里已经有了一种捉摸不透的幽怨。甚至那种幽怨都快刺伤了我的心。那天晚上，我从回家直到躺到床上很长一段时间，我总想不通，小希和张薇为什么一下子变得那么高傲和不近人情！她们蓝色的眼睫毛、黄色的头发和火样红的嘴唇，在我眼前晃了一夜。最后我终于弄明白了，她们是被麻将，还有没完没了的应酬给害了。小希、张薇，还有汪倩倩，她们都喜欢麻将，喜欢唱歌，喜欢天南海北地旅游。我才不喜欢这些呢！我觉得她们一个个都像孩子一样，都快被生活宠坏了。回头想，我家先生也是被生活宠着的。他在县里边做了个官，就是比县长小，却比局长大那种，究竟是什么职务，近来我都没心思过问，再说他成天早出晚归的，即使想问，也难找着机会。

但，我也曾试着过问他一次。

那天是周五。我感觉现在的人，真不可思议，一提到周五，一个个跟打了鸡血一样，瞬间就会兴奋得脸红脖子粗起来。记得中午在饭桌子上，我问我先生，晚上想吃点啥？我的口气，是十二分的讨好。因为，我感觉那天先生的心情像给阳光照着，暖烘烘的，那模样，我真是觉得久违了。我想让它长时间留住，至少，在这个周末，不希望让它轻易跑掉。我想用嗲嗲的口气对他说话，可一时嗲不出口。我自己都有些着急了。这样的时候，我才真正感受到，一个人要学着伪装，是多么难的一件事情。谁知，在我还没决定是否放弃伪装的时候，先生把筷子朝桌上一砸，说："你忘了今天是周末吗？"在先生红着脸、瞪着眼的表情面前，我这才突然意识到，我是多么无知，竟然忘了今天是周末！于是，我想在一个温暖的周末，问问我们先生工作之事的计划，就这样被残酷地扼杀了。都回想不起来了，那个晚上，我究竟是以什么方式，在什么时候，走进梦里的。只是醒来的世界，跟先前的模样无异，黑咕隆咚的屋子外，充斥着各种响声，夜晚像在跟白昼抗衡，正雄性十足地显示着旺盛的活力。那当儿，我才想起了一句话：夜生活才开始呢！这句话好像是小希说的，也好像是张微和汪倩倩说的。其实，我们家先生也说过，而且不止一次。

　　记得两年前吧，那晚从歌厅出来，我哈欠连天地看着手机说："回了吧，都十二点半了。"小希说："急啥，夜生活才开始呢！"接着，张微和汪倩倩围上来帮腔，说："就是呢，夜生活才开始！"我家先生上来了，只凶了我一句："不懂得夜生活你就回去吧！"我很不服说我不懂。我说："那走吧。"我尾随着他们。他们像刚上足了发条的闹钟，被放在一个灌胀了气的轮子上，马力十足地跑啊跑，涪城的半条街，几乎都装不下他们了。而我则像一片树叶，在他们身后的水上漂浮。不知拐了多少个弯才来到了好吃街。好吃街我都腻了。烧烤、火锅、汤锅、简阳羊肉、江油肥肠、兰州拉面，还有肯德基和涪城牛肉，上百个大小餐饮店，没日没夜地吞云吐雾，像张着的一百张嘴巴，总那么来者不拒地想把所有行人，都朝肚子里吞下。我不明白，小希她们为何总满怀着被吞下的快乐。他们一头扎进那个99烧烤店后，像井阳冈上的一群好汉，不等坐下，就对店主人吆三喝四地喊："酒呢？菜呢？"他们把脸喝红了，又喝青，喝青了，又喝红，我都听到他们肚子里酒和菜相互冲撞和摇荡的啵啵声了。啵啵，啵啵。可我却想呕，但又呕不出。那晚后来是怎么样的，我真的是压根儿想不起了。

　　昨晚夜里的那个梦，小希在铁轨上跟火车赛跑的样子，真是叫人后怕。我看着她的头发本来是拢在额前的，可一下子飘起来了，瞬间又变得很长，像黑色的轻纱飘在她身后，渐渐地，小希被黑色的轻纱吞噬了。火车一晃而过，我听到一声惨叫！我自己把自己惊醒了。我觉得这个梦，于小希实在是大为不吉。不等冷汗干过，我急忙下床从书架上取来半年前买的那本《周公解梦》。这本书我已经翻看过上百次了。单为了梦见小希，当然还有小希家儿子、父母，以及她家的猫猫点点，我就查阅过不下五十次。可直到七点半起床，已经错过做早饭了，我也没有查到关于一个人跟火车赛跑的梦的解析。但无论如何，我都觉得这是一个恐怖的噩梦，是一个不吉的兆头！事不过三！可小希已经无数次出现在梦里的悬崖、海边、黑夜、水里和墓场，她拿自己和生活当儿戏，她面临一种灾难而全然不知。这是多么危险！我顾不上，也没有心思吃早饭，为的就是要赶去早早地提醒她！可她那位冷漠的同事，那个眼神好奇而没有言语的女经理，竟然不自觉地成了她大难临头的帮凶。她们不过问小希究竟因何事，去哪儿了，可我却预感，并料定到了她的去向。

在城市的边缘这儿，有一座正在建筑的高楼。这座楼已经封顶，而且外墙装饰正接近尾声。几个戴着黄色头盔的工人，在最顶层的钢架上作业，看上去就像几只飞鸟栖歇在上面啄食。

我在喘息和擦汗的间隙，朝那儿望去，几个工人的头顶上方，有三个字——金碧轩。"金碧轩"是用钢架焊接的，真的是金光闪闪，气宇轩昂地矗立在顶楼，似乎是刻意地在那儿向整个涪城昭示着自己"一览众山小"的意味。

就那一瞬间，我的意识里，有种崩溃的轰鸣，突然哗啦啦地响过。接着，有一串声音在问我，你急什么急？你跑到这儿来干啥呢？这声音，分明是小希，好像还有张微和汪倩倩，甚至我家先生的声音也混在其中，根本就分不清哪是哪。我使劲地拍了一下额头。我感觉，我有一千个理由装在自己的脑子里。而小希出事了，这是唯一一个最大的理由。那天，小希约我散步。我们从银行口出发，到金碧轩这儿，走了三十八分钟。三十八分钟是小希看着手机给我说的。小希说："雪儿，你看，只差两分钟就四十了呢。"意识里，小希的出事，给了我一种爆发力，否则，今天，我怎么也不可能用十分钟来完成曾经三十八分钟的行程。

我从楼顶处收回目光的那一瞬，街对面有一条高大的狗，应该是藏獒，正和它的主人一起，拿眼睛直直地望着我。他们像在辨认我是不是哪个熟人。那一刻，我也觉得他们很熟。那不是张薇吗？那件米黄色的风衣，是去年我和小希陪她一起在万达广场买的。她家的宠物狗狗也是藏獒。她还说过，她家先生和儿子曾经极力反对过饲养宠物，反对的理由是花钱、费精力、不卫生，还说，他们想把它送人，或直接拖到红谷森林去放养，还人家藏獒一个自由。张薇反驳。张薇说："没你们说的那么多不好吧，宠物有时比人还通人性呢。你们要是敢对它怎么样，我就跟你们拼！"张薇说，那天，她放出那句话后，她家先生的身子陡地缩了一大截。张薇说着，一边自己把颈项一缩，再一蹲身子，给我们做演示。张薇的演示，把小希给笑得差点眼泪都淌了一地。小希长时间笑不停，就那样手撑肚子，弯着腰，最后竟然跟张薇互相把着肩膀，狂欢到快在地上打滚了。我没，我连微笑也没有。我觉得，小希和张薇是不是都太神经质了，有必要那么夸张吗？我确实说不出养宠物有什么好，也说不出有什么不好。我看他们真是把生活当成了玩笑，想怎么着就怎么着。可这还像生活吗？我想，生活本该是个严肃的事情，也就容不得任何人放荡不羁才是！可是，我这个想法曾被我们家先生批得体无完肤。那好像也是一个周五的中午。饭间，先生安排我说："约几个朋友过周末。"我立即说："该不会又是约小希和张薇吧？"先生好像有些敏感，圆睁着眼睛，轻声问："怎么，小希和张薇是瘟疫？"我觉得先生的表情和问话，都很怪异。当时，我心里不是好奇，而是难受。我很想说，总不能把生活当玩笑啊！但我说出口的话是，就开个玩笑嘛。我是刻意不希望拿话惹怒了先生的。可先生接着以他惯常超人的理解力，提高嗓门，作报告似的说："你以为生活是块冷冰冰的铁板呀，玩笑又怎么了？没有玩笑的生活，还是生活吗？！"我这才明白，我即使是个超级辩论家，也无法击破先生的生活观。我知道，小希不是瘟疫，张薇也不是，就连张薇家的藏獒也绝对不是的。

　　我突然觉得，我把藏獒和张薇的记忆回放得太久了。我赶忙对着街那边喊：

　　"张薇！张薇！"

"张薇！张薇！！！"

我还叫了"雄爷！雄爷！"。我知道张薇家藏獒的名字叫雄爷。那次我还很不解地问张薇："你咋把宠物都叫起爷来了？"张薇一本正经地说："它就是俺的爷们儿呀！"当时听她说后，我暗自想吐了很久。

我估算着我声音的速度，和抵达街对面，直到进入张薇和她爷们儿耳鼓的时间，应该在三秒之内。可就在大约四秒的时候，我看见黄色风衣的下摆，猛地扇动了一下，接着，那只藏獒扭头，用嘴衔着黄色风衣下摆的一角，一起逃离似的远去了。

那不是张薇和她的爷们儿。

我为此感到了一次莫大的捉弄！

但我，很快把这样的捉弄给忽略了。因为我想，小希出事了，这才是我当下必须面对的最大的事情。

那天，小希指着"金碧轩"三个字，回头来对我说："要是从那儿像鸟一样飞下来，该是多么快乐！"

我已不记得小希当时怎么突然说出了这句话。我只是跟大家一样佩服她，她有着才女一样的气质。她曾经给我和张薇、汪倩倩说过，她读高中时，就在校刊上发表过两篇散文和一组诗歌。那次我们都对她说："就遗憾你没坚持，不然中国文坛一定会多一位叫小希的诗人呢。"但是那天的后来，也就是我和小希分手回家以后，我突然觉得，小希散步时说的那句话，并不单纯是一个诗人随意发表的感慨。我觉得那是她从意识深处发出的一句告白。但她究竟想要说出什么，我三个晚上失眠，也没想出个结果。最多，我只回忆起了一个细节，就是小希说那句话的当时，我们一齐看见一只风筝，在金碧轩那儿盘旋了数秒，然后，鲲鹏一般，冲向了高空。但我又用三天的时间，把这个细节与那句鸟儿一样快乐的话依然联系不起来。现在想来，应该是小希当时说那句话时，她的思维已经开始变得不正常了。推而广之，她和张薇、汪倩倩，她们早就被自以为快乐的生活麻醉了。她们像瘾君子，拒绝不了生活中像罂粟花那样的诱惑。从那天起，我就开始为她们担心。尤其是小希，丈夫在飞机上遇难后，上有四个老人，下有一个快满三十岁的儿子没找着工作。想想看这该有多大的压力！可是小希像根本看不见这些。她说："老人又不要我背，儿子又不要我抱。"听她说得如此轻松，我都为她脸红。我想对她说，小希，你这叫作不负责任。可我话还没出口，小希示意我，她要接个电话。然后，她回转来对我说："汪倩倩约晚上吃火锅，请你一起。"我说："我不，我胃不好。"小希说："你的胃？是锻炼少了！"她说得斩钉截铁，似乎根本不容我解释。

小希那天为什么要带我到金碧轩这儿来？

她为什么要突然说像鸟儿飞一样的快乐？

会不会一开始她就有什么隐情？

我站在那块广告牌前，冥思苦想。风撩着我披肩的头发。我觉得无数不解的疑问，正在朝脑子里奔涌。头发像草一样，正一根根从头皮上拔起，但不痛，也不痒。我突然觉得，广告牌上那个女明星刘涛就是小希。张薇就说过："小希像刘涛，方脸，眼明，气质超好。"难怪，那天小希也指着这幅广告对我说："我特喜欢刘涛了。"那口气，就像刘涛的粉丝。可再看时，我又突然觉得，广告上的刘涛，更像我家女儿欣欣。欣欣昨晚还从美国打电话给我。都一点半了，欣欣问："我爸呢？"我说："你爸不在。"欣欣没再问。欣欣说："妈妈你睡不着，我给你讲故事。"欣欣讲美国人为什么有种族歧视，为什么拜登快八十了还可以当总统，为什么……欣欣还要讲。我说："欣欣你不讲了，妈不想听，妈就想你回来坐在对面跟我说话。"欣欣说："妈妈，我还有两年，两年后还要考博。"我没有再说了。我好像觉得电话那头，欣欣在哭。电话挂了，我立即服了双倍的安眠药。

一阵风，又撩了下我的头发。我看见一只鸟，该是一只信鸽，突然收了翅膀栖歇在广告牌上方的横梁上，然后好奇似的俯头朝刘涛伸了伸颈脖，再后又转了个身，飞走了。不想，就在信鸽飞走那一瞬，我看见刘涛的脸上多了一滴泼墨般的痕迹，细看，那是信鸽刚刚拉下的一泡屎。

我觉得，这是一个极为不祥的征兆。

不是说小希像刘涛吗？小希究竟出什么事了？

我突然间又想起了一句话，小希说的。那天散步到这儿，朝回转走的时候，小希说："我们什么时候去金碧轩楼顶看看。"

我觉得这句话，就是小希为自己出事埋下的伏笔。

因为我想，小希说要去那儿楼顶看看，这绝不是她随便说的。难道因为金碧轩高，就必须是我们要去它上面看的理由？我一点不信。至少，我觉得这个理由的百分之八十，甚至九十，都是不成立的。喜马拉雅山高不？珠穆朗玛峰高不？因此，我不认为小希的话会是空穴来风。

都快一个小时了，没有看见小希，我只顾急，却根本忘了给她打个电话。可等拿出手机来，手又颤抖得几乎一点也不听使唤了。

我使出了万分的克制。

最后终于打通了。可手机里说，对方暂时无人接听。我再打，手机里还那样说。我很不服气，又连打了十遍，可结果依然。

我觉得，这便是小希出事了的铁证。

铁证着事情的万分危急。我直直地面对着金碧轩。我感觉整幢金碧轩在膨胀，像动画片里破土生长的蘑菇，或含苞怒放的花朵。我感觉自己一双眼睛的视力快够不着金碧轩膨胀的速度了。而小希像在那蘑菇的顶端，或花朵里，她正被虚拟的美丽一点点地吞噬着。她全然不知那是一个陷阱。

我大张着嘴巴，一个劲地喊小希，却像被迷在噩梦里一般，怎么也喊不出来。

我想起了张薇和汪倩倩，她们跟小希是闺蜜。我本来跟她们仨儿也是，可是生活似乎都把我们隔断很久了。我意识到，只有张薇和汪倩倩出场，小希才会得救。

我打给张薇，手机里说，对方暂时不方便接听。再打，手机里又说，对方正忙。

我打给汪倩倩，通了，却是她家先生接的。对方说，汪倩倩忘了带手机，刚出去了。

说也奇怪，电话都打到手机发烫了，我反倒一下子一点没有了悲伤感。我觉得是小希她们在生活的那一面太忙了，忙得都快不知道休息了。她们不是要存心忘记我，她们是顾不过来。

想到这，我竟然快活无比地大喊了几声。

我喊小希。

我喊张薇。

我喊汪倩倩。

我觉得，小希、张薇、汪倩倩，还有我家先生，他们都在金碧轩的楼顶上。他们在全神贯注地打麻将或观景。于是，我又开始放声大喊。

我喊小希。我喊张薇。我喊汪倩倩。

我也喊我们家先生。

喊着喊着，我竟猛然发现，自己什么时候站在了金碧轩的顶楼——涪城最高的建筑物上，而且，身子轻得快飞起来了。天空云蒸霞蔚，暖风浩荡。腾云驾雾的感觉，漫入了全身每一个毛孔。

是多少天后，我已经无法知道了。

一阵阵脚步声，从我的病床前经过。迷蒙中，我隐约听见有人在轻声地说："我早就看出，雪儿迟早会出事的。"

那声音，极像小希。

原发于《滇池》2023年第9期

邂　逅

● 李龙剑

　　郭剑雄今天一大早就来到办公室，紧靠在半开半闭的窗子下面坐着。办公桌上，一只透明的玻璃茶杯里，几朵金菊花在开水的浸泡下，一缕缕香气慢慢溢出，随着袅袅升起的丝丝水雾，在办公室里缭绕。初春的阳光透过窗户飘洒在郭剑雄的脸上，他的一只胳膊斜搭在椅子上，眼睛微闭，看上去似乎有些疲惫。是的，郭剑雄好想轻轻松松地睡上一会儿。昨晚一起交通事故，处理结束已到凌晨两点，本可以在家好好休息，可又约了苏小舟来调查案子。今天郭剑雄倒要看看，这个说话风风火火的女人，究竟是一个什么样的角色，有什么大事脱不了身。郭剑雄可是有很多理由来修理她。

　　郭剑雄的心里到现在都还是愤愤不已。一想起路虎交通事故，他总感到像是自己受了委屈一般被人捉弄。是的，交警通知车主，先是无人接听，好不容易拨通电话竟然说自己有急事要办理，他郭剑雄的话还没说完就压掉了，找借口也不动动脑子！郭剑雄可还从来没受过这种窝囊气，再难的交通案子，只要郭剑雄出马，那都不是问题。当然，有些时候，也让郭剑雄很尴尬，自认倒霉。就拿前几天来说，市里创建省级文明城市，集中整治电动车乱象。郭剑雄和同事在迎春市场外设卡检查，一女士骑着一辆雅迪电动车冲了过来，被郭剑雄拦下了。女子的行为真是让郭剑雄哭笑不得。

　　"为什么不戴头盔？"郭剑雄问。"做生意没赚到钱。"女士答道。

"不戴头盔要受处罚。"

"不是说了嘛没钱买头盔。"

"违章，要扣车哈。"

"人可以扣，但车不能扣。"

郭剑雄感觉女子有些胡搅蛮缠，他瞪大了眼睛，心里似乎升起一团无名怒火。

女子话一说完，骑车溜了。拿她咋样？追她，出了事故谁负责？

正当郭剑雄坐在办公室迷迷糊糊地胡思乱想之时，一位靓丽的女子轻轻地敲门走了进来。那特有的女性气息伴随着飘逸的身影卷进了办公室里。

郭剑雄通知苏小舟上午九点到市交警支队配合调查，这让苏小舟的心里确实感到有些疑惑，她不知道自己究竟是违了什么规。但苏小舟这个人很好奇，什么事情都想探个究竟，她倒是想去看看，这个老给她打电话的郭剑雄，不给她说出一个子丑寅卯来，按苏小舟的性格，不举报他郭剑雄性骚扰那才怪！

漂亮女人本身就是一道风景。但凡是见到苏小舟的人都会说，苏小舟就是这道风景中最美的一处。说什么苏小舟要是去当演员，那形象气质、学识格局不亚于当下的大腕明星。苏小舟听了只是莞尔一笑，当明星潜规则道道多，我才不干呀。

苏小舟确实有让女人见了都嫉妒的俊俏模样，只从她那富有个性的穿着打扮，就可以让人感受到大自然般的清新。苏小舟身材高挑，脸蛋微微透着淡红。她上身套着一件纯白宽松的上衣，下身裹着深蓝色的牛仔裤，乌黑的秀发披散在肩上，随着微风拂动轻轻起舞。那如一泓湖水般清澈的眸子，以及长长的睫毛，像天空中轻柔的一片片云彩，走路的时候，苏小舟那傲人的胸脯不停地起伏着，似一阵阵浪花卷来。

当郭剑雄看到苏小舟走进办公室，顿时感到特别惊讶和诧异，似乎不敢相信自己的眼睛，整个办公室里的气氛几乎一下子凝固了。苏小舟似乎也没想到，世界上还有这么巧合的事情发生。只见郭剑雄下意识地从座位上起身，像触了电似的站在那里不知所措，半张着嘴，不知道说什么才好，脸上青一阵白一阵，双手放在办公桌上像是被磁铁吸住了，动也不是，不动也不是。郭剑雄这是咋了，他在市交警支队可是个能言善辩的人，说起话来那真像一挺机关枪。

静，瞬间的寂静。除了感觉到对方轻微的气息声外，那就是窗外树枝上传来的阵阵小鸟嬉戏的声音。

苏小舟就不一样了。她见到郭剑雄，先是瞬间一怔，犹如处在一阵梦境之中，真还有些不相信这眼前的事实，她有些纳闷起来。但苏小舟毕竟是苏小舟，马上就从恍惚中镇定下来，是他，真的是他。

"你在交警支队上班？"苏小舟淡眉轻轻一扬，抿嘴一笑。那声音，虽然很轻，也很细，但从苏小舟的小嘴里溢出来，总是甜甜的，如涓涓细流，一下子打破了办公室的沉寂。

"是的。"郭剑雄显得有些慌张、被动，感觉事情有些突然和意想不到。他看到苏小舟落落大方的样子，心里很是困惑，思绪也一阵混乱，更不知道如何来化解眼下这场尴尬的局面。"你……请坐。"郭剑雄虽然显得有些紧张，但还是边说边用手指了指对面空着的座位，并转身准备去泡茶。苏小舟扬了扬手里的矿泉水，又微微一笑，脸上泛起一对迷人的小酒窝。她风趣地说："谢谢哈，我就喜欢这口，纯。"

苏小舟话一说完便飘然坐下，那动作优雅、轻盈，节奏明快，让人如像在欣赏优美的舞蹈。苏小舟望着郭剑雄，一张洁白的小脸依然充满着淡淡的笑意。郭剑雄可紧张坏了，难道她还要提什么要求？他心里嘀咕着。当然，无论说什么，郭剑雄都会答应她，因为苏小舟可是自己的恩人呀！

"你说吧，有什么需要我帮忙做的，我会尽全力去完成。"郭剑雄鼓起勇气说道，"谢谢你！真的！如果不是你，或许我会终生遗憾和后悔。"郭剑雄的眼里，流露出感激的神情，没有一丝牵强和虚伪的感觉。"那天离开后，我也一直在想办法找你。"

"郭警官，帮助别人是我的本分。"苏小舟又浅浅笑道，"我不是专门来找你要回报，我确实还没得这个时间哟，我的警官同志。"苏小舟说话直截了当，既风趣又洒脱，说完，她从小提包里拿出自己的驾驶证本本递给郭剑雄。"不是通知我，要我到支队来接受处理。我还真不知道是啥意思。"

"啥？你是苏小舟？"郭剑雄忽然间蒙了，感到异常诧异。苏小舟也很诧异，仿佛丈二和尚摸不着头脑。这人，是神经错乱呀，苏小舟的脸上似笑非笑的样子。

郭剑雄迅速地打开电脑，从系统里查了一下苏小舟驾驶路虎车的违章记录。难道……郭剑雄一看，脸色瞬间变色，从微红变白，又从白慢慢变红，他坐在那里猛然感到无地自容，真不知道该如何走出这窘境。他不相信有这么巧合，电话还是自己亲自打给苏小舟的。当然，让郭剑雄不可思议的是，像苏小舟这样的女子，在医院里温柔体贴的行为，又是让他百思不得其解。

然而，世界上的事情就是这么奇特，很多让人难以捉摸，又意想不到……

洪城坐落在美丽的涪江边上，有"花园城市""诗酒之乡"的美誉。初春时节，整个城市的道路被装扮得繁花似锦。早上，苏小舟像往常一样，开着她的路虎，从太和大道往南一路行驶。她一边听着温馨的音乐，一边欣赏着街道两边醉人的风景，心情既舒畅又愉悦，仿佛自己置身于一片花海之中。

苏小舟今天很兴奋，也很激动，昨天市里通知，省城一位投资商准备到她公司里考察，叫她好好准备一下，这是市里将要引进的最大一笔资金，千万马虎不得。这可是天大的好事情，苏小舟还能不高兴？

苏小舟，90后，中医大学研究生毕业后就自谋职业，年龄虽然不大，可在川中已是小有名气的女企业家。她的生物公司在河东经开区，也是三年前新冠疫情暴发后才组建的，主要生产口罩和疫情防护用品，是省内较有影响的民营企业。苏小舟面容端庄清秀，身材窈窕迷人，看上去玲珑娇美，但为人却干练泼辣、豪爽仗义，处事雷厉风行。在疫情防控期间，她不计公司成本，向社会捐赠各种防疫物资，是全市有名的爱心企业家。如果这次投资商能注资企业，苏小舟的生物公司一定会虎虎生威，实现上市的梦想。

苏小舟想着自己公司辉煌的前景，脸上不禁荡漾起丝丝微笑，小嘴也随着车载音乐哼了起来。当苏小舟正行驶到城南蔬菜批发市场的时候，只看见非机动车道上有人躺在那里，四周围着的人正议论纷纷。"一定有什么事。"苏小舟没多想，她来了一个急刹车靠在路边停下。苏小舟跳下车，看到的是一位中年妇女躺在地上，身边是一辆装满各种蔬菜的三轮车。"不能动，万一是碰瓷咋办？"有人提醒。苏小舟才没多想，她本能地用手轻轻在中年妇女的鼻子前试了一下，立即脱下外衣，然后轻轻地抬起中年妇女的头，把外衣折起垫在头下。此时的苏小舟也顾不了什么，俯下身子迅速给中年妇女做起心肺复苏来，只见汗水一颗一颗地从她额头上掉下来，胸脯也随着自己身体的起伏翻滚着。转眼之间，中年妇女微弱地呻吟了一声，这时的苏小舟才长长地松了一口气，但马上又用恳求的声音说道："请大家再帮个忙抬上车，还必须尽快送去送院，另外……"苏小舟向四周望了望，对旁边一个拿着手机的女孩说，"拜托您马上联系一下市中医院急诊科，叫做好接收病人的准备。"大家轻轻地把中年妇女抬上车后，一位年轻小伙子还自告奋勇地上车护送。

苏小舟载着中年妇女，打着双闪灯，一路向中医院疾驶而去。苏小舟虽然是中医学校毕业，但她还是不清楚，中年妇女究竟是什么原因造成的晕倒。可有一点苏小舟明白，病人必须尽快送去医院检查，刚才只是临时的急救缓解。

苏小舟一行很快就到了中医院急诊科。通过检查，医生告诉苏小舟："病人突发心肌梗死，多亏你及时采取措施，再迟几分钟，后果也许不堪设想，请先去办理一下住院手续，现在还只是脱离了危险期。"

苏小舟感激地冲医生抿嘴一笑："我不是病人家属，具体个人信息还不清楚，但请放心，我先去办理住院手续，救人要紧。"

那天，在太和大道和美丰大道交叉路口，郭剑雄正带队巡逻，突然接到报警，说一辆路虎车不按导向行驶，野蛮超车时差点和一辆大众车对碰，大众紧急避让，碰向了路边花台，而路虎车直接逃逸。但他们记下了车牌号。郭剑雄在查看了现场后，立即调取了路虎车主的电话，可打电话一直没人接听，好不容易拨通才问两句就被对方强制挂了电话。这让郭剑雄当时非常气愤，只好向苏小舟发出了事故处理通知。

中午，郭剑雄在支队食堂吃完饭回家午休，发现母亲还没回到家里。平时，只要郭剑雄一开门，母亲总是乐呵呵地递上一杯热开水，自从自己警校毕业上班后天天如此。郭剑雄非常爱自己的母亲，父亲过世得早，几岁时就和母亲相依为命，是母亲靠一辆三轮车批发蔬菜来维系着生存和供自己读书。郭剑雄想到母亲，在家里急得团团转，内心如火燎一般，打电话手机又一直忙音。正在郭剑雄束手无策的时候，自己的手机响了，是中医院的电话，说母亲病重正在医院接受检查和治疗。郭剑雄一听，心里陡然紧张起来，职业习惯让他敏感地想了很多，难道是母亲遇到了……郭剑雄不敢想象了，真的是那样，他郭剑雄说不定什么傻事都会干的。此时的郭剑雄血压在不停地上升，情绪也显得有些躁动起来。他急忙穿了一身便装直奔中医院而去。在进入病房的时候，郭剑雄看到一个年轻漂亮的女孩正端着一碗稀饭喂着自己的母亲。一定是她惹的祸？职业习惯让郭剑雄仿佛有些愤怒起来，他的脸上带着冷酷的表情，正准备上前问个究竟，只见病床上的中年妇女向他轻轻招手。"儿子，多亏了这位姑娘呀，不然，妈妈……"中年妇女颤颤地用微弱的声音说道。郭剑雄一听，一下子怔怔地站在那里，疑惑地望了一眼那位女孩，嘴唇嚅动着，脸上渐渐地露出了一丝愧疚的神色。"是呀，多亏了她及时抢救，又把你妈妈送到医院，不然，你……""没啥子哈。"还没等正在换输液药水的小护士把话说完，苏小舟就立即制止了她。"还说哩……"小护士又说，"你真是活雷锋，忙了整整一个上午了，现在都还饿着肚子，大家还以为你们是母女俩哟。"

　　此时的郭剑雄尴尬得要命，他失去了先前的冲动和气势，内心感到无比难堪。很久，他才慢慢地镇静下来。"我……谢谢您！"郭剑雄走上前，猛然间向苏小舟深深地鞠了一躬，一把握住苏小舟的手，不停地点头致谢。突如其来的动作，让苏小舟显得有些措手不及，脸上不禁泛起阵阵红晕。郭剑雄一看，立即松开手："对不起！刚才有些冒犯，我太激动了。"说完，他的脸上一阵热，似乎为刚才的冲动行为显得有些内疚和自责。

　　"没什么啦。"苏小舟嫣然一笑。她似乎对眼前这位年轻男子的行为不屑一顾。但当她看到郭剑雄的一瞬间，心里也的确升起了一丝特殊的感觉。这种感觉让苏小舟的内心暗暗地兴奋起来，当然，或许是她并没有发现郭剑雄刚才的鲁莽举止。可郭剑雄不一样了，他内心很难过，也很纠结。难过的是刚才差点冒犯了眼前这位漂亮的年轻女孩，纠结的是自己如何来感谢这位恩人才是。

苏小舟似乎看出了郭剑雄的心思，她脸上依然挂满微笑，又浅浅地说道："你不用感谢，我也不需要你承诺，好好照顾阿姨吧，公司里还有一大堆事等着我去处理。"说完，她像一阵风似的转身离开了病房。郭剑雄还没反应过来，名字、电话什么都不知道。只听他妈妈用嘶哑的声音叫他："儿子，还有住院押金，都是姑娘缴的。"……

郭剑雄从微机系统中查完后立即站起身，他望着苏小舟，脸上的肌肉绷得紧紧的，心里感到很过意不去。"前天，有人报警，说你不按导向行驶，超速、野蛮地把一辆大众逼得撞在了路边的花台上，造成了大众右前轮爆胎。"

"有这回事吗？我怎么一点印象也没有呀。"苏小舟依然微微一笑。

郭剑雄望着苏小舟，内心既惊喜又忐忑不安，特别是在苏小舟这种气势咄咄逼人的美女面前，他郭剑雄只能是甘拜下风，或许，这都是苏小舟的模样和气场所致罢了。

"实在对不起！"很久，郭剑雄才从恍惚中清醒过来，"我母亲平时批发蔬菜，每天都起得早，突发这种急病还是让人难以接受，真是多亏了你！"

郭剑雄还告诉苏小舟，那天，当自己从病房跑出来追她还钱的时候，苏小舟已经不见踪影，还后悔当时没问电话和名字。

"是吗？我叫苏小舟。"苏小舟又露出迷人的笑，那捉摸不透的眼神，更让郭剑雄的内心升起阵阵不安。郭剑雄似乎不敢正视苏小舟的眼神，苏小舟愈平静，笑声愈清脆，郭剑雄愈感紧张，愈感像是即将迎来一场暴风雨。果然，苏小舟又淡淡地说："其实，当你走进病房的时候，我已注意到了你的表情，只是我不想难为你罢了。"

郭剑雄一听，更是显得很难为情，手脚仿佛都不听使唤了。此时的他恨地上没生一条缝子，否则一定会迅速钻了进去。

"当然，我不会那样做。我想，当时若换成我，也会有那些想法。"苏小舟话锋一转，有些满不在乎的样子，只是她的话，带着一些酸酸的味儿，让本已无地自容的郭剑雄，更是显得难堪极了。还能说什么呢？本身内心已是充满愧疚感的郭剑雄，也找不出什么理由去辩解，谁让自己去误会眼前这个端庄漂亮的苏小舟呢？

"那天中医院的电话，也是我打的。你不是查到了我的电话，还没这个印象？"苏小舟又淡淡一笑，一副有理不饶人的样子。

郭剑雄也真的是难堪至极。还能解释什么呢？郭剑雄心里清楚得很，如果不是送自己母亲去医院，苏小舟一定不会出现那样的事故。

"医院的押金我一定亲自送到你公司。"郭剑雄鼓起勇气轻轻地说道，他想尽快收场，不然他会一直处于难堪的境地。

"我叫苏小舟，提醒，说话的时候请带上名号，就像我叫你郭警官一样。"苏小舟像是有些故意而为之。只见她双手轻轻一摊，诡异地一笑，"不然，名字都不知道，你到哪里去找我还钱？"苏小舟的笑容，像一场小雨过后盛开的粉菊，清幽淡雅，撩人心扉。这似乎就是一个女人的天性吧，在喜欢的男人面前，总是那样刁钻刻薄，故意显摆自己，总是压迫着对方。可苏小舟不是这种人，她今天心情还是那样好，说话时嘴角还是那样挂满微笑，脸儿还是那样漂亮迷人。也是的，苏小舟哪天不是无忧无虑的样儿，烦心的、烦人的东西都是离她很远。昨天，省城来的投资商现场拍板投资十亿元。今天，苏小舟又见到了郭剑雄。这个身高足有一米八的男人，身材魁梧、匀称挺拔，一张棱角分明的脸上，透着一丝冷峻，眉宇间显露着几分傲气，一身警服，让本来就英俊的郭剑雄更显得潇洒威武。她感到心里有一种说不出的喜悦和兴奋，这感觉让苏小舟自己都有些莫名其妙。苏小舟从内心深处激动，你说说，她能不高兴吗？

"好嘛，叫你苏小舟同志。驾驶证就先暂时放在这里，处理的事我来负责，本本到时我给你送去。"郭剑雄一说到职业上、工作上的事，马上又滔滔不绝，几乎又没有了刚才的难堪拘谨，"虽然你救的是我的母亲，但这种助人为乐、见义勇为的精神确实值得我们大张旗鼓地宣扬，让洪城到处都充满友善、和谐！"

"得了吧，你是警察，莫去把宣传部门的事做了。还唱高调，你这纯粹是假公济私。知道吗？"苏小舟嘻嘻嘻地嘟着小嘴，反问道。

"弘扬正能量，这也是我们交警的责任。"郭剑雄一点都不像刚才见到苏小舟时的样子，"另外，你救的病人也想见你。"郭剑雄都不清楚怎么会突然冒出这句。

"是吗，病人？她又是你什么？"苏小舟瞪大了眼睛。她望着郭剑雄，一半微笑，一半惊讶，内心不禁萌生了难以表述的冲动之意，脸上也感到一丝儿燥热，苏小舟对男人还从来没有这种强烈的感觉。郭剑雄呀，我苏小舟也看得出哟，你也不是什么省油的灯，还设套子来让我钻。苏小舟的思绪反而乱了，被郭剑雄两句话就搞得乱了方寸，"好吧，我……我去医院看看。"

郭剑雄呆了。

郭剑雄呆呆地望着苏小舟走出办公室的影子，可这次不是真呆，一种难以抑制的渴望迅速地燃烧起来，猛烈撞击着他的灵魂深处，让他的热血一下子沸腾起来。郭剑雄清醒得很，从那天在医院见到苏小舟的那一刻起，他就一直后悔当时没问她姓甚名谁。

人，有时还真要信。郭剑雄当然信，为认识苏小舟。这就是缘！郭剑雄明白其中的奥妙，他望着窗外灿灿的阳光，下意识地摇了摇头，脸上露出一丝微笑。苏小舟刚一离开，他猛然间仿佛就意识到了什么。

"苏小舟！"郭剑雄大叫一声，一下子从座位上弹起来，迅速蹿出了办公室的门，急匆匆地追了出去……

原发于《草地》2023年04期

铁厂夜话

● 吴永胜

走到五桥，蒲老五停住脚不走了，龇牙咧嘴一脸苦相："不走了吧，风太大了。"

我们是夏天到铁厂工地的。每天晚饭后，我们都要顺公路走到五桥。江风浩荡，让人舒爽。现在冬天了，走上半小时，背心热乎乎的。可桥上江风扑面如荆条子抽脸。蒲老大揉揉脸，说："回吧，回吧。"回去仍没电。据说每年冬天这一片都要例检，都得停电。停多久不得而知。这次已停两天两夜了。在门口，蒲老五停下来，说："反正没电，这么早哪睡得着，进城逛逛嘛。"吃晚饭时他就提出过进城，蒲老大却不搭腔，只前面带路朝五桥走。蒲老五只好跟在后面。工地上几十号人，蒲老五天不怕地不怕，在他哥蒲老大面前，却不单蹑手蹑脚，说话声音也要低些。

蒲老大说："田娃子读高中了，你女人又病恹恹的，进城来去都得打车。再说进城了你做哪样？还不是在街上瞎逛。"可能觉得自己口气太冲了，又缓和声音说，"你们到姜伯那等我，我去买酒，烤会儿火喝会儿酒，人暖和时间也好打发。"

门卫室在砖围墙中间，往里一排框架房，框架房还没有填砖，很宽敞，将来要安装机械的。守门的姜伯正对敞开的门坐在框架房口，面前燃着堆火。没电，以往陪他值班守夜的电烤炉子用不上。好在办公和生活区在装修，木头和层板的边角废料很多。

　　姜伯一边招呼我们，一边往火堆上再添些木头、层板，让火势旺些。捡块砖头再铺张纸箱板围着火堆搭成座，蒲老大回来了，提着两瓶柳浪春、两袋天府花生。邀请姜伯，他把煨在怀里的手掏出来，摁住大腿从上往下抹，好像要抹平裤子上的皱褶："哎呀，老是喝你们的酒哈。我去拿几个纸杯。"抹了两下，他站起来走向门卫室。

　　蒲老五岔开手掌晃一晃："姜伯，要五个杯子。"算上姜伯，我们只四个人，在蒲老五旁边却多出个座位来。蒲老五看一眼蒲老大，拉开羽绒服拉链，露出里面线脚很粗的红毛衣，"喊李桂芳也来嘛。"李桂芳在食堂帮厨，也住在工地。

　　姜伯看一眼蒲老大，说："不晓得李桂芳进城没有，好多人都进城去了。"

　　蒲老五的脖子用力左右偏倒几下，听得到筋骨扯动的声响。"她肯定没去，亮着灯呢。"工棚那边靠厨房那间小屋，果然有昏黄的光亮。

　　蒲老大说："你眼睛尖哈。"正咬住花生口袋撕扯，声音从牙缝里挤出来。

　　蒲老五嘿嘿一笑，扭过脖子朝工棚喊："李桂芳，李桂芳，出来烤火！"

　　小屋的光灭了。门口亮起荧光，李桂芳举着手机出来了。姜伯给每人拿出来一个纸杯和一个咸蛋，说："尝下嘛，我女子泡的。香倒香，就是有点咸。"

　　我把咸蛋和花生分到每个座位前的层板上，再把杯子拿到蒲老五面前。蒲老五咬开瓶盖往杯里倒了，再又放到层板上。蒲老五边倒酒边说："咸蛋嘛，当然要咸喽，不咸就没味道了。"

　　蒲老大向后仰着身子，手掌朝向火堆平撑，脸侧向我这边，他的眼睛眯得很细，皱着鼻子，好像火堆里有难闻的气息令他不舒服，或者火堆的火苗就要燎到他脸了。"盐都是那么咸，醋都是那么酸。"

　　李桂芳过来了，穿件齐膝的红色羽绒服，淡黄色毛衣领口顶着下颌。她的脸可以用银盘形容，毛衣领不堪重荷，于是皱巴巴地叠着。她站在座位前，手插在羽绒服兜里，套着保暖拖鞋的脚朝杯子点一点，说："背时老五，这是给我的吗？我不喝酒呢。倒这么多？"

蒲老五朝向李桂芳笑笑，指点着面前的杯子，说："就怕你说亏欠。我们都倒满了的，就你半杯。天冷，喝点暖和嘛。"

李桂芳探头朝我们的杯子看，姜伯端起杯晃一晃，酒面上浮出几个气泡。"我老汉家都是满杯。"跟姜伯经常喝酒，他这个老汉家的酒量许多年轻人也望尘莫及。李桂芳向后撩起羽绒服坐下来，说："我真好久没喝酒了。"她从手腕上褪下个橡皮圈衔在嘴里，两手往后拢住散乱的头发套起来。

蒲老大端起杯子，朝大家晃一晃，说："女人自带三分量。来，喝！"

都喝了。蒲老五往嘴里剥花生，没来由地笑起来，一片绛红色的花生皮沾嘴皮上了，他用舌头舔了下，朝火堆呸地吐了。"老大，你说女人自带三分量。我遇到个女的，酒量那叫吓死个人。"他看一眼李桂芳，李桂芳正低头在砖角上磕咸蛋，"那年我们在工地吃团年饭，三桌人，有个做装修的工头带个女的，年轻，人也漂亮，一看肯定是外面撩的。一直说不喝不喝。她越说不喝，就有人越要去惹她。把她惹毛了，外衣一脱，毛衣袖子抹到肘拐子上，站起来就说：'喝就喝，不喝的是我儿！'喊服务员把杯子全部换成喝茶的钢化杯。

"本来我们喝酒用的杯子，是装一两四的，钢化杯装多少？最少四两！她先给自己倒满一杯，说：'我看了下，你们都还没喝完三杯，我也不占那个便宜，先补起来。'脑壳一抬，杯沿嘴皮都没有沾，酒就像从一个杯子倒进另一个杯子，吞吞吞就下去了。工地上干活的哪个不能喝点酒？但没哪个像这样喝。跟着，那女的就挨个喝，都是一个一杯，一杯一口。有个三台的杨国勇，牙巴劲比酒量好，嬉皮笑脸说：'我喝不了，我给你当儿嘛。'

"那女人瞅眼杨国勇，撇一撇嘴：'生个儿像你这样，我和你老汉摸黑造的。'惹得大家都笑。笑过了还是不行，还得喝。说儿要随娘。一圈没走完，有趴在桌子上的，有缩在桌子下的，其他人都吓得跑了。那女的啥事没有，坐回座位还给自己倒了杯酒。"

李桂芳瞪圆了眼，问："她喝了好多哦？"

蒲老五抓了抓头皮，说"应该有四五斤吧？"

李桂芳看一眼蒲老五，笑出声："那个杨国勇是不是你化名哦？"

"你个鬼女人，我哪回拉稀摆带了？砍头不过就是个疤，喝多了充其量就是个醉！"

大家笑一回。蒲老五讲喝酒的女人，倒让我想起个女同学。"我有个女同学，有文采，人也漂亮，在家大公司里任宣传部部长。她老公呢，在我们县城一个局里当一把手。两口子在我们高中时就恋爱了，在一帮同学里头混得最好。有一回同学会，她一个人来。先喝酒还斯斯文文，架不住同学劝，不都说最深的感情是一起同窗一起扛枪嘛，就喝大了，有些迷迷愣愣。酒局散了，招呼她走，她说我不回去。招呼几次，她都说我不回去我不回去。晓得她喝大了，去扶她，她抓着桌沿子不起来。好不容易扶起来她又挣脱，干脆坐地上抱住桌子脚又哭又喊：'我不回去！我不回去！'喝醉了酒，一个人的力气你无法想象，她像和那桌子脚铸在了一起拉都拉不脱……"

姜伯抿口酒摇了摇头，他的头发稀疏而且都已白了，却留得很长，向后梳着覆盖半秃的头皮，一摇头，那些披覆的头发打滑似的往两边晃荡下滑。他放下杯子，岔开手指慢慢把散开的头发往上捋顺。他的动作，让我总觉得他像个机关领导。近七十岁了却还在守工地，这就不好打听了。"酒还是适可而止好。喝过量了把握不住要出事的。"

"是啊。后来我们同学会，她两口子都很少参加了。不过倒是愈过愈好，她现在当了公司副总，老公都副县长了。"

不知道是喝酒的原因，还是火光的映照，李桂芳的脸红通通的。两个指头拈着颈口的毛衣，把毛衣的高领往下扯了扯，露出一点颈项。"姜伯，你老人家见多识广，讲个故事来听嘛。"

姜伯拿根木条在火堆下扒划出个空膛，火势更旺了。"嘿嘿，要我讲嘛，我还不太会讲呢。这么吧，讲个我老汉以前讲给我听的。我们老家本来是安县的。早些年，我们老姜家一位先人到洪城求生。我这位先人谋生的手艺是做豆腐。嘿，他可是推得磨得好豆腐。又白又嫩，闪凌凌的，任你煎煮熘炖不散不化，那可是了不得的功夫。不一年光景，先人做豆腐的名气就响亮了。先人早先来的时候，只有买一担黄豆的钱，一担黄豆只够一天卖。常常担子一腾空，赶紧去粮行里买担黄豆挑回去第二天用。先人攒了些时间，可以一次买一牛车黄豆了，就贮在租的房子里能用半月。一车黄豆贮在屋里，先人白日里又通常不在，不怕被偷吗？不怕。先人过来的时候，是一人一猴。

"要说啊，这猴和狗一样有灵性。猴是打小从深山里带出来的，先人练过硬排，硬排你们晓得不？那是种拳脚功夫。猴也捡样子学了些，比十条狗还凶。谁招惹它了，吱吱哇哇蹿过来了，抓啃蹬踢，保证让你狼狈得没人样。它还特别认生，生人给的东西，花生核桃、梨子苹果，哪怕饿三天五天了，也不会瞅上一眼。

"先人就留它守门。

"城北有家姓李的，也开豆腐坊。以前我先人没来前，城里的豆腐几乎都他们垄断的。我先人来了，他们生意一天比一天差，想撵我先人走，我先人的硬排功夫派上了用场，李家的人没讨到好，就使出了阴招。

"李家有个子弟叫李云，一脑壳的烂点子。他在我先人房前屋后转了三天，一点下手的机会都没有。猴蹲在檐前核桃树上，人走到离房子二十步左右了，叭，一团泥准准落到额头上。人再壮胆向前走，猴嗖地蹿下来龇牙咧嘴凶得很。李云左思右想，还终于想到个法子。"

姜伯停下来喝了口酒，又接着讲："隔天，李云提袋花生提壶酒，在屋前几十步远的地方剥花生喝酒。猴蹲在树上瞅他。李云天天来，来了就剥花生喝酒。上十天了，那猴开始悄悄打量他。又过了几天要走时，故意散落些花生在地上，第二天来时还在。捡起来剥着下酒。回去的时候又散落些。再来仍然没动，又剥来吃了。走的时候又散落些，如此过了三四天，再来地上的花生一颗不剩了……"

蒲老五在腿上拍一巴掌，扬起些锯末屑。他做木工操作圆盘锯，身上总散发着锯末的味道。"狗日的好主意呢。"李桂芳把头侧向一边，手在鼻头前扇一扇，好像要把扑起来的锯末屑扇开。

蒲老五反手按在大腿上，往下抹了一把，似乎想要把锯末抹回裤褶里，说："嘟个，呛到你了？"

李桂芳咴地笑一声："我放了个屁，你没闻到臭吗？"

蒲老五张开嘴正要接话，蒲老大咳了一声，蒲老五只得闭了嘴端起杯子跟李桂芳碰了一下。

姜伯接着又讲："后来猴子和这李云耍在了一起，先猴子还只吃花生，再后来喝酒，李云那酒壶专门做了名堂，壶有两个腔，一边是酒一边是水。按住壶腰出来的是水，不按出来的是酒，有那么一天，猴就给灌醉了，醉成了一摊泥。李云往黄豆里掺了药。先人不知道，做出的豆腐惹出了祸患。先人吃了官司，坐了七八年牢，出来两条腿都废了。"

"就完了？"李桂芳张着嘴问，牙齿在火光中闪着亮光。

蒲老五接话说："你还想听续集啊？"

李桂芳嘻嘻一笑："我以为那猴子后来还找李云报了仇呢。"

"鬼女子电视看多了哦。那猴子倒是有结局，李云事办完了，它被吃了猴脑。"姜伯叹一口气说，"这世上的人也一样，扛不住诱惑，早晚要出事的。"他的神色有些黯然，我心里一动，赶紧端起杯来敬他。蒲老大也端起杯子碰了下："我也来讲个。

"我三叔原本是个半吊子厨师，合乡并镇那年，托个关系到镇里食堂里帮厨。去了没多久，赶上镇里团年，凡在镇政府里待着的，全被拉到磨眼桥头上的得月楼吃席桌。

"我三叔本来能喝酒，平常三婶唠叨很难由着性子喝。这次镇里摆席酒是敞开了供应，我三叔一下子施展开了。三叔坐那桌都是勤杂人员。镇长过来敬酒，正好看到三叔自斟自饮，脚跟前搁了只空瓶，一问说是三叔一个人喝的，再问三叔，说能喝两三瓶，眼睛都直了，立刻拿了两瓶酒来考验。我三叔抛开杯子提起瓶对嘴吹，镇长一根烟还没燃完，瓶已见了底。一连喝了三瓶。激动得镇长拉住三叔的手不放，说凭他这量，要掀翻哪个就哪个！

"打那以后，镇里有招待都要带三叔出场。只要三叔出场，都能让被招待的人喝得左脚磕右脚。

"我三叔风光了。肚子有模有样胀起来，也穿西服打领带，见了我们这些侄娃子，也学个领导样子见面握手。可好光景不到两年就到头了。

"我们镇挨着的弗角寺镇也挖出个能喝的角色，过来点名找三叔拼酒。从中午喝到晚上，数数瓶子不多不少各喝了六瓶，三叔咧嘴一笑，说再开一瓶。酒还没开呢，挑战者瘫下去了。三叔一歪也栽在地上，张嘴就吐，吐的都是血。

"住了一个月医院出来，医生告诫我三叔说，再喝酒就别送医院，直接送火葬场。酒不能喝了，三叔想重新回食堂帮厨，可菜刀都捏不稳。三婶不依，找镇长理论，说当兵受伤有补贴，做工受伤有抚恤。三叔因公喝酒，咋能不解决？后来镇里说，三叔不在编制内，正常抚恤补贴说不过去。一次性帮补了三万元，然后给三叔搞了个低保，现在每月也能领百八十块钱。"

"喝得合适是热闹，喝得过量是胡闹。"姜伯把头发往后理抹顺了，捡两个木截子放在火堆上。

蒲老五掏出手机，笑着嚷嚷："我这也有段呢。说的是喝酒的五个阶段：处女阶段，严防加死守。少妇阶段，半推又半就。壮年阶段，全来都不够。寡妇阶段，我来找你斗。老太阶段，不行还硬凑。"

李桂芳笑得直打哆嗦，在蒲老五肩膀上掐了下，说："啥样人说啥样话哈。这是你的总结吧。"

蒲老五觍着脸怪笑着连呼好痛好痛。他穿的是羽绒服，李桂芳真要掐得他痛，哪有那么容易。

蒲老大手里正剥着咸蛋，突然吼一声"打"，跟着把手里的蛋壳扔向身后柱角，"现在老鼠都不怕人了。"他坐在靠柱子的方向，定是看到了只老鼠。他端起酒杯跟我碰了下，"眼镜，你有文化，讲一个跟酒没关的故事来听？"

和蒲老大把酒喝了，我说："你一撵老鼠倒让我想起桩跟老鼠有关的事。

你们相信不，我救过只老鼠？"

蒲老五撇一撇嘴："铲铲。眼镜你吹嘛！"

"那老鼠肯定是老鼠精。"李桂芳扑闪眼睛，眼里泛滥出波浪。

我笑笑，开始了讲述："我还在老家李桐沟时，有一天正睡午觉，突然被一阵老鼠吱吱的叫声惊醒了。我恼火得很，从床下拖出根柏树棒，就悄声息气地往屋后去。"

蒲老五插话了，他左手捏着咸蛋，右手两个指头拈着块蛋白，鼓着眼睛看着我："眼镜，你书读多了脑壳木哦。打老鼠棒哪得行？得用扫把，扫把枝枝杈杈覆盖面积大……"

李桂芳瞪一眼蒲老五："老五，拿蛋把嘴巴塞住吧。少打岔行不行？你懂得多，施工图该你看嘛。"

蒲老五把蛋白放到嘴里，呷巴着嘴皮说："施工图又有啥子难看嘛，我其实看得来。"见李桂芳又朝他瞪眼，赶紧朝我说，"眼镜，讲，讲，继续讲。"

"在屋后的那坪地里，你们猜我看到了什么？我看到只老鼠和条拇指粗的菜花蛇！

"那老鼠两只前爪抠在地上，地上一道道抓痕。老鼠的身子像张绷紧的弓，脑袋微仰，眼珠血红，毛都针样竖着。由于恐惧，它在不停地抖颤。在它身后有块皱巴巴的布头，三只还没睁眼的老鼠崽挤来挤去。往前大约一尺远，菜花蛇蚊香样蜷成一盘，只昂头，分叉的舌头晃来晃去。

"突然，蛇的身子弹簧样弹开了，在老鼠脑袋上啄了一下，跟着弹转回去重新蜷成了一团。老鼠脑袋上扬起几丝灰毛，抖得更厉害了，嘴里叽叽吱吱乱叫，爪子在地上胡乱抓挠。这时蛇又发起了攻击，身体弹直朝向老鼠脑袋。老鼠本能地将脑袋向旁边一躲，蛇身从它头顶划过，从后面叼起只老鼠崽子。

"老鼠像忘记了自己的实力悬殊，疯了样朝蛇扑去。那样子像是要抓破蛇头抓破蛇腹，从肠胃里掏出老鼠崽。但还没有扑到蛇跟前，就被蛇在肚子上啄了一下。像被鞭子抽了一下，老鼠在地上打了个滚，爬起来又扑向蛇头。在离蛇头大概一尺远近，老鼠突然收住了脚，掉头开始兜圈子。它围着蚊香样蜷着的蛇，像绑在线头上的陀螺，兜着蛇身子一圈一圈跑。我明白了，它是想要这样设道防线。那蛇呢，把头缩进了蚊香圈中，只舌头不停地吞进吐出。

我知道，这疯跑的老鼠即使不被蛇攻击，也会体力耗尽累死。我看不下去，'嘿！嗨！'吼几声，希望能吓跑它们。但是没用，那只老鼠已经疯了，根本没有慢下来。我伸出柏木棒，挑起蜷成一团的蛇往外一抢，蛇落向了远处的草堆，那老鼠仍在一圈圈跑……"

我讲完了，抓几粒花生剥。姜伯看着我说："小吴，你这个水平，在工地上委屈了。单位上好多笔杆子都没你这水平。"我苦笑了一下，不好作答。在工地，除了姜伯叫我小吴，其他人都叫我眼镜。

李桂芳端起酒杯，在火堆上朝我晃，说："眼镜，到底是文化人哈，讲得惊心动魄呢。我敬你一下。"

蒲老五端起酒杯找姜伯碰了一下，喝过了抹抹嘴皮笑："眼镜，有文化的都假眉日眼，硬要讲得流汤滴水，用些书面词。你就说我看见只母老鼠为了救崽，不要命围着蛇打圈圈。一句话就概括了嘛。"他欠起身子，拿起酒瓶给大家添酒，正好挡在李桂芳和我中间。

都倒了，见李桂芳有些发愣，蒲老五一边往她杯里倒酒一边说："你说好就好哈。"李桂芳没说话，脸朝向火堆，她朝向火堆的眼睛亮晃晃的。"老鼠虽然讨人厌，可听了眼镜讲的这个，让人心里堵。呵，当娘的可能都很伟大吧。我也讲一个。"蒲老五见她心思并没在酒上，倒了一点就停了。

"我表哥十几年前中专毕业进烟厂做会计，前几年烟厂改制下了岗，只领了三万多元的安置费。四处找工作都没着落。四十出头的人，只有个中专本本，又口笨得很，往往三句话没说完便被人家撑了。他屋头都是表嫂当家的，这么一来在家就更抬不起头了。以前屋里的家务，买菜煮饭、扫地洗衣，都是他一个人包揽。现在下了岗，白天像没头苍蝇四处找工作，早晨起来还得替他老婆扫大街。我这个表嫂只混了个初中，一直在解放街扶扫把。她脾气不好，一直把表哥呼来吼去的。现在我表哥没了工作，表嫂憋着口气，就说没找到工作前要表哥替她顶班。我表哥说顶就顶，只要表嫂高兴，莫说五百米长的解放街，就是几公里长的沱牌大道也一样扫。我表哥这个人性子太懦了。

"有天扫完大街回家，表嫂又骂：'嫁汉嫁汉，穿衣吃饭。老娘倒了八辈子的霉，偏偏嫁了你这么个窝囊废！'我表哥苍头绿脑的，搞不明白表嫂咋又发作了。等看到屋角还带水珠的白菜时才明白了，晓得是表娘来过。表娘孤身一人，住在三十里外的碧山庙。三年前表叔去世时，本来表哥想把表娘接来一起住，可话一说出来，表嫂还没有表态，他看到表嫂板着的脸，立刻就改了主意，主动说每月给表娘一百二十元钱生活费。其实我表嫂心眼并不坏，只是脾气不好。一百二十元够做个啥子？不够你们男人家两三天的烟钱。"

蒲老五说："你买盒化妆品，恐怕也要百八十元吧？"李桂芳喝一口酒，不搭理他。蒲老五无趣地端起酒杯，朝蒲老大碰一下。

"这三年我表娘虽从表嫂手里拿了几千元钱，但每次进城都会带好多自己种的蔬菜。表嫂这个人呢，脾气真的不好，虽给表娘拿了钱，却常常没得个好脸色，还要指东骂西的。

"表嫂嘴上不饶人，当时粗声大气骂表哥：'嘿嘿，现在倒好了，老娘每月挣两千来块钱，要养你们一家老、中、青！我要是你，抹把鼻涕把自己淹死算了！'

"我表哥不敢作声，提起旧皮包溜出家门。从车棚里推出自行车，一路向河东赶。车骑到涪江三桥上，我表哥后来说，要不是因为放心不下正读高中的儿子，真想把车一丢往江里一跳一了百了。表哥从昨天的"城市在线"上看到家具厂招会计的信息，说的是年龄不限，但要十年以上的工作经验，他想去碰碰运气。

"负责招工的张主管，却不想看我表哥的学历证明和从前的工作证：'学历啥的咱们都不看。现在花点钱，啥学历会没有？像我吧，不过就初中毕业，老总还不是让我做了主管？我们要的是工作经验。'

"我表哥真是恨不得给张主管磕几个响头。之前他去的单位，既要学历高，还要年纪轻。张主管拿出叠账目，说只要考核过关，立刻走马上任。要求我表哥把那些账目清理好，时间是两个小时。

"将所有账目粗看一遍，我表哥心里有了底，立刻清理起来。一个半小时不到，那些账目就完全清理完了。张主管接过清理过的账目一看，当时就表了态：'嘿嘿，有经验就是有经验，那些科班出身的娃儿女子，三个小时还弄不完呢。'跟着又说，'不过我对账目啥的一窍不通，回头我就把你清理的账目找内行看看，然后向老总汇报，三天内给你消息。'

"对自己清理的账目，我表哥百分之百有信心。看来这份工作八成干定了。从厂里出来，我表哥心想得买点东西回去殷勤一下表嫂，几个兜都翻遍了，只有三元钱，便买了包水煮瓜子，然后蹬着车往家里赶。快到十二点了，正好回去做午饭。

"回到家时，表嫂刚睡了回笼觉起来，听了我表哥的汇报，脸色也和缓了许多。见表嫂脸色和缓了些，我表哥赶紧拉开皮包拉链往外拿瓜子，说：'我买了你爱吃的瓜子。'瓜子还没拿出来，人却傻了。本来只放着学历和工作证的包里，居然有三张百元钞票！

"'这钱哪来的？'表哥和表嫂都惊住了。

"我表哥自己是晓得的，即使向表嫂要十块八块的零花钱，也得费好多口水，更不会神不知鬼不觉放三百元钱。那这钱是从哪来的？把整个上午的经过重新讲了一遍，仍然对这飞来的三百元钱说不出来路。表嫂这个蠢女人哟，她以为想到钱的来路了，还很得意：'我晓得这钱是哪来的了。'见我表哥还是苍头绿脑的，一巴掌就拍到我表哥头上，'你个猪脑壳，这么简单的问题都想不通？肯定是那个姓张的主管放的！'她说，办企业的既怕做会计的脑袋瓜子不活泛，又怕会计心术不正做假账什么的，所以放三百元钱继续考核。

"我表哥仔细一想，整个上午，自己骑车时皮包在车兜，走路时皮包在手里。只有张主管考核自己时，皮包才被放在旁边过。看来表嫂的话有道理。在表嫂的指点下，我表哥骑着车，又风风火火赶到家具厂，张主管刚好站在厂门前送个客户，见到我表哥，有些奇怪：'有啥事？'

"我表哥掏出那三百元钱，一边往张主管手里递一边说："张主管，这钱……"

　　"张主管却不收钱，他说：'用不着等三天了，我现在就可以告诉你，你不可能成厂里的会计。'

　　"我表哥当时就傻了。他怎么也想不明白，这事咋就这结局。他推着自行车走到自家楼下时，表娘正等在楼下。表娘勾腰驼背，背个卖完菜的空背篼，见表哥的样子，一个劲问：'大虎，你六神无主的咋回事哦？'我表哥名字叫李大虎。他明明懦得很，却偏偏取了个'虎'字，还是大虎。

　　"我表哥没精神把事件全说出来，只摇头，'我，我在找工作……'

　　"表娘劝我表哥说：'人活一辈子，苦呀乐呀的都得经历，咬咬牙撑撑就过去了。我听说你下岗了，老早就想来看看你，又怕白天找不着你，只好趁着早。哪晓得，屋里只有你女人在。她把你管得紧，你出去找工作，说不定得买包烟啥的。那三百元钱，可不要让她知道……'原来表娘听说我表哥失业了，主意她出不上，只好把省吃俭用抠出来的钱，拿到镇里换成百元的，顺道卖点菜，一早就进了城。她找儿子，一般都会避着表嫂。没想到表哥去顶表嫂的班了，只看到睡眼惺忪的表嫂，两个人关系不好，几乎说不上话，就把带来的钱塞进我表哥天天提的皮包里，然后到菜市卖菜，等菜卖完了，又到楼下等我表哥。

　　"我表哥这才明白过来，张主管那么快就变了态度，是因为自己把表娘拿的钱送过去，让人家认为是想贿赂。我表哥冲着表娘就嚷：'你咋早不送迟不送，偏偏这节骨眼上送？！你要害死我啊，娘！'我表娘傻了，等我表哥把事情经过一说，表娘脸全白了，转身踮着脚就跑……

　　"我表哥不敢上楼，他是被邻居连拉带劝弄回家的。表嫂从楼下邻居的议论中听出了事情原委，见到我表哥只说：'桥是桥来路是路，这以后你滚去和你那老娘过！'

　　"邻居七嘴八舌劝说时，我表哥电话响了，是家具厂张主管打来的，说表娘在他面前跪着呢。

　　"我表哥转身就往门外跑，快到门口时，突然回转身冲到表嫂跟前，往表嫂脸上抽了一巴掌，然后一边拍打着自己的脸，一边冲出了家门……"

李桂芳讲完故事，眼眶红红的，眼角隐隐有泪光。她背过头去拧了把鼻涕，拿指肚抹了抹眼角，回头来涩涩地笑了下，捡起块层板，投到火堆里。大家都低着头，仿佛都有许多心事。火苗活泼地跳跃着，投进去的层板起拱了蜷曲了。

蒲老大端起酒杯，说："来来来，一起喝一个。"大家都响应了。蒲老大问李桂芳："你表哥表嫂现在处得怎样了？"

李桂芳伸出手，靠近火焰慢慢晃动着烤了烤，然后沙沙沙地搓动着，说"也没怎样，还是一起过日子呗。表哥在家具厂当会计，人家很信任他。表嫂嘛，找了个比在环卫工资高的活。"

蒲老大掏出烟，递给姜伯，姜伯摇头说不吸，然后给我和蒲老五派了，点燃了烟吸了口说："其实人啊，常常是背起娃儿找娃儿，娃儿明明就在背壳上嘛。可是自己恍里惚兮的，却看不见呢。"

李桂芳站起来到身后捡了些木头层板，往火堆上添了些，剩下来的，放在她与蒲老五中间的空当。

"八九年我到河南焦作下煤窑，老五晓得，是冬天过去的。那边有一帮我们大桠口的同乡。晓得我要去焦作了，这个喊带双鞋子，那个喊带顶帽子，加上自己的铺盖衣裳，满满当当七个包。也没得个人搭伴。从洛阳下火车转客车，还好有四川出来的老乡帮忙，到了焦作东站，看到从客车肚子掏出来的四个蛇皮口袋、两个帆布提包和一个长腰桶包，我犯愁了哟。

"本来以为可以喊个三轮车，龟儿的车站呢得在站内下车，出站还得经过很长一段铁栏杆通道，绕个弯出去才能喊到。那个时候也没得现在方便，打个手机喊人来接就是。我给站上的人说好话想放几只在她那，分两次拿。那个鬼女人脸就像块铸铁板板样，说个话刀砍斧切的。说车站规定卸客的这片车场，人只准出不准进。

"我正不知道怎么办，过来两个学生样的女子问我到哪里。我说要到外面公交站乘车到西王庄，其中有个脸上长痘痘的女子，可能看出了我的为难，说帮我提到公交站。本来是求之不得的事，可我却犹豫了。你们想，在外头跑的人，哪个相信平白无故好心帮忙的？还不等表态，那俩女子就动手提包了。我只好赶紧提起包一起往站外走。

"我当时有意走后面，眼睛眨都不眨盯着她们。一边盘算万一出现异常，拿什么办法对付。还没把盘算想清楚呢，就已经到公交站了。我松了口气，赶紧向那俩女子道谢，低头再看脚前的包时，猛然一惊，只有六只！那只桶包不见了！重新再数一遍，还是只有六只。我蒙了，一路上我眼都不敢眨啊，那只桶包咋就不见了呢？

抬头看，还好那俩女子并没走远。我晃着手高喉大嗓嗨了声，那俩女子一起回过头，我的一张脸啊肯定像被鸡血泼了样，当时一个劲地点头哈腰连声说谢谢谢谢，搞得人家怪眉怪眼地看我。羞死个先人哦，哪晓得我晃手时才发现，那只桶包我一直背着的。"

大家都笑起来。看看时间，已经十二点过了，酒瓶也见了底，就都喝干了杯里的酒。李桂芳去门卫室拿扫把，说是要把花生壳、咸蛋皮扫一扫，姜伯说："算了嘛，我来就是。"

李桂芳背朝着我们笑了声，说："这是女人家该做的事呢。"

蒲老五站起来，一边拍打沾在裤子上的花生壳，一边晃头踢腿，没头没脑地说："回喽。各人的铺盖里煨着热乎！"

回到工棚躺在铺里，也许是在火堆旁坐得太久，我仍觉得眼前有簇火苗一直在活泼地跳跃！

原发于《贡嘎山》2022年第2期

竞　选

● 李龙剑

　　这几天，程一凡一走进办公楼，就总感到有无数只眼睛在盯着自己，像扎了针似的浑身上下不自在，让他本来就有些烦躁的心情平添了几分焦虑和不安。

　　"主任好！"程一凡的前脚刚迈进办公大楼，保安王胡子手中的体温枪就对准了他的额头。新冠疫情期间，这几乎是例行动作。"好麻烦。"程一凡随口吐了一句。是啊，既然疫情已经解除，还天天戴口罩、测体温、扫健康码。王胡子望着程一凡，一双大眼睛仿佛从浓密漆黑的眉毛下使劲地钻出来，透着诡异的目光："你是大主任，向台里反映反映，我们保安都觉得天天这样搞有些烦。""烦啥子？全国好多地方这几天都紧张了，变异毒株。"程一凡斜了王胡子一眼，那眼神对保安王胡子似乎很不满，你娃吃长了，好像预感老子马上要"下课"，什么大主任，说话也敢阴阳怪气的，是讽刺我，还是啥意思？

　　程一凡的办公室在二楼，作为电视台总编室主任，拿大家的话说，业务上的领军人物，宣传上的硬火药，这个是一点也不含糊。但就是这个位置，这次被列为中层干部竞选的试点岗位，这让程一凡很难理解，他心里非常困惑和想不通，干吗非要拿总编室开刀，自己当了几年的总编室主任，但没有功劳也有苦劳嘛，市上哪次外宣不是我牵头去策划完成的？上送省台、中央台的新闻在全省都是排在前几位，自己连续多年都被市委、市政府评为外宣工作先进个人。可这个新来的台长，搞什么干部年轻化、梯次培养，花花肠子、鬼点子倒不少，不知葫芦里又是装的啥子药，上面都还提倡干部任职不唯年龄，不唯文凭，更何况，我程一凡还不到四十岁！

程一凡感到心里有些烦躁，而且烦躁得眉头皱成了一堆堆。早上出门，老婆子王雪芹还叫他去找一下教育局的何局长，娃儿读初中，现在又分啥子片区，均衡教育，不按户籍按居住地，宿舍对面就是第一中学，抬腿就到，就因为隔一条街，十五米宽的距离，就把娃儿划到了另外一个片区。王雪芹带着娃儿去报了几次名，一中校长哭丧着脸不停地给她倒苦水，说什么程主任和我都是老同学，但这是市教育局的新规定，这个口子不好开，几十个娃儿等报名的，开了口子我就得背书"遭下课"呀。王雪芹好话说了一箩筐，悲情牌、友情牌、啥子令牌都耍尽，校长就像是得了颈椎病，脑袋犟，理你是疯子。程一凡这几天心里本来就纠结，老婆子这一唠叨，心里就更像是窝着一团火，这火烤得他五脏六腑直冒烟儿。"难求得找哪个，读二中就读二中，不就多两三公里路程，远点嘛。"急得程一凡爆粗语。"说得倒轻巧，你每天去接送哇。"王雪芹说，瞪着一双大眼睛，满含委屈，急得眼眶里的泪水直打滚。程一凡一看，心儿一下软了大半截，是的，娃儿一直是老婆子在管，自己倒成了一个甩手掌柜，每天都说工作忙，应酬多，没事都想找点理由去搪塞，还不是想和他那几个狐朋狗友喝酒聊天冲壳子。"好吧，我接送，反正马上我的空余时间也多了。"程一凡说完拿起公文包就急匆匆地出了门。"一凡，你说的是啥子哟？"王雪芹感觉今天有点不对劲，跟着就撵出了门去……

程一凡走上二楼，台长的办公室就在上楼的左手边，门口的两侧原来各放着的是一盆君子兰，新的台长上任后，君子兰撤了，又换成了两盆墨绿的绿萝，说什么君子兰好看不中用，绿萝还可以净化空气。办公室主任也很会来事情，第二天走廊上一下子全都换成了清一色的绿萝。新台长那天还说，这样好嘛，换换新鲜空气，调节一下氛围，何乐而不为呢？程一凡在上楼的时候，看到台长办公室的门虚掩着，他站在那里，想伸脚进去，向新台长汇报一下思想，但迟疑了一下，又迅速离开了。程一凡害怕同事看到自己，还说什么选举时候，我程一凡去巴结台领导，那多丢人现眼呀！

　　程一凡来到办公室，坐在对面办公的小美女文卉立即站起身，满脸微笑地叫道："头儿早！"一双大眼睛流露出十分尊敬的目光。程一凡把公文包往办公桌上一放，示意文卉坐下，并轻声说道："小文，以后不要这么客气，都是同事哈。""那啷个要得哟，你是领导，又是大哥哒。"文卉边说边坐下，说话的声音很甜、很脆，也很真诚，这让程一凡郁闷的心里瞬间感到一丝慰藉和宽心。

　　文卉告诉他，刚才台办公室通知，叫下午参加竞选的同志，每人准备五分钟发言。"有啥子准备的嘛，反正都是按照领导意图办。"程一凡轻轻说道，他望了一眼文卉，那满不在乎的眼中似乎也带着一丝怨气，但在一个小姑娘面前，程一凡还是拿捏得十分准确，分寸也把握得恰到好处，他在说话的同时，又是微微一笑，也是该准备一下才行呀。程一凡很清楚，新来的台长前天还找他谈话，说什么这次搞竞选是上级组织部门的要求，要正确认识和对待，虽然年龄大一点，但你搞宣传的经验很丰富，点子多，办法多，这些我是早有耳闻，我还是希望你能再担重任哈。从新台长那双似懂非懂、让人难以捉摸的眼神里可以看出，要卸磨杀驴，还得要说出你一百个该死的道道来。这或许就是现在的处世法则，一朝天子一朝臣嘛。年龄大一点，再挑重任，屁话，咋个从我开刀，还拿年龄来说事情？廉颇老矣，尚能饭否，这个浅浅的道理，谁还不懂？

　　这次台总编室主任职位竞选，程一凡当然得报名，不然，他新台长还认为他程一凡是绣花枕头一个，好看不中用，金玉其外、败絮其中的南郭先生。因为他相信自己有精力、有能力、有担当，程一凡可不是那种站着怕累、弯着腰疼的人，他可是满肚子藏着墨水，是一个地地道道的文化人。为完成一部专题片，他程一凡坐在那里屁股不抬，三天都不吃饭。还有一个候选人就是副主任杨小飞，据说还有两个人争着要帮他组建什么竞选团队，这小子，还玩起了阴谋诡计、耍起了小聪明。我不信，就凭你一个愣头青，还能翻起大浪来，我程秀才的美名，这可是老台长给的雅号，可不是浪得虚名的，没有几刷子，没有点独门绝艺，这顶帽子能轻易扣在他程一凡的脑壳上。几次市上重大宣传，他程一凡策划的宣传方案都得到了市委书记、部长们的认可，虽然领导们不知道是他程一凡在操刀，但老台长心里可是一清二楚的。现在老台长到市委机关任职了，新的台长一上任，说白了，就是想来搞点新花样，搞点政绩，扩大点影响，吸引一点市上领导的目光，让领导们的眼角稍微挂一点电视台，醉翁之意不在酒呀！这次杨小飞出来和程一凡竞选，真是点错了鸳鸯，竞选其他部门把握性可能大，可现在是成了针尖对麦芒。杨小飞二十八岁，科班出身，学的是传媒专业，当初还是他吴一凡要到总编室的，提副主任也是他向台里打了多次报告，现在好了，有点打翻天印的意思了，不感恩不要紧，夺位还夺到他师父头上来了。当然，这话只是私底下议论哈，他程一凡对杨小飞的工作也还是十分赞赏的，人年轻，干劲大，思路新，小脑瓜子灵活，胜任总编室主任还是绰绰有余，毕竟是自己带出来的兵。但是有一点，虽然在程一凡那里也得到了一些真传，取到了一些真经，但在火候的掌控上，他绝对还是要差好大一截，毕竟宣传工作是瞬息万变没得现成模子可以套。

程一凡坐在那里，呷了几口浓茶，脑袋爪子像电机似的飞快旋转着，正想着曹操，这曹操就到了。"主任，这是我策划的乡村振兴宣传方案，市里指示尽快做一期新闻节目送省台，以提升我市的影响力。"杨小飞说，手里拿着一份宣传方案，毕恭毕敬地放在程一凡的办公桌上。一双眼珠子不停地打转转，左右晃动，那光点都没聚焦在吴一凡的脸上，眼神中仿佛隐藏着一丝不安的神情，可以看得出，他还是有些惧怕程一凡。要是平时，程一凡绝对笑呵呵地说，好好好，小飞呀，我马上看。可今天，程一凡不一样了，他似乎清楚得很，新台长已越过他程一凡，直接把工作安排给杨小飞，这不是癞子脑壳上的虱子明摆着的，我程一凡反而像一只桌子上的花瓶成摆设了。此时的程一凡心里异常郁闷，越想越生气，越想心里越难受，他连头都没抬，眼睛盯着材料，压着心中的不快，只硬邦邦地甩了一句："谁安排做的？"似乎有些明知故问。"是台长。"杨小飞说。看到程一凡一副不悦的表情，杨小飞心里好像有些不自在，但不自在归不自在，又不敢显露出来，你娃可是程一凡一手培养起来的哈。这次竞选总编室主任，如果不是台长几次找他说，年轻人要敢于担当，勇于展示自己，不要一碗好肉埋在锅底里，让大家闻到香吃不到嘴里哈，他才不得来蹚这浑水的。"新台长说，你这几天忙，叫我草拟的一份，中午下班之前送给他。"杨小飞仍然面带笑容，声音柔和地说。"我忙？我不忙呀，你看，我这不是正喝着茶打着瞌睡的。"程一凡似笑非笑地望了一眼杨小飞。

"你那不是打瞌睡，你那是在闭目养神想问题，想工作哈。"杨小飞像是在拍马屁，惹得一旁的文卉扑哧一声笑了出来。"好笑吗？"程一凡问。"有点好笑。"文卉傻答，一个小女生，大概不知道其中的奥秘，还以为正副两个主任在吹牛闲聊。

"行了，材料我已看了。"其实，刚才程一凡一边在说话的时候，一边就在看材料，"很好，只是在抓乡村振兴的经验上还要好好挖掘一下，从创新上、特色上加以提炼，找出亮点。"姜还是老的辣，程一凡刚说完，杨小飞就显得有些激动起来，说："好主任，我马上去改。"

程一凡心烦，为今天下午的竞选烦，他本来可以不管这些事，既然你台长都不安排我来做，自己又何苦自找麻烦？但程一凡可不是那种小肚鸡肠之人，对人对事都是心如明镜，一根肠子通屁眼，没得一点儿弯拐转，难怪大家都很尊重他。

整个上午，程一凡很无聊也想得很多，本来平时是偶尔抽一支烟，可今天一支接一支，点燃后吸一口又捏在手里，食指和中指被烟熏得都有些发黄，烟缸里的烟头横七竖八地躺在那里。其实，他也想申请退选，去当个记者或编辑，每天扛个摄像机搞采访，回来文稿一交就完事，也不在乎领导的手势怎么挥、脸色怎么变，这样轻轻松松地过日子，工作、家庭两不误，自由多了。但细一琢磨，我程一凡才多大，年纪轻轻就打退堂鼓，放弃责任和追求，那这辈子还谈什么人生的价值和取向？程一凡思来想去，他还是下定决心面对现实去搏击，他相信自己的实力。

程一凡清楚地记得，他第一次参加总编室主任竞选，说是竞选，其实还是领导一句话。那天，他的五分钟发言，精妙绝伦、口若悬河，从抓改革做好人才资源的调配，抓宣传强化外宣亮点的挖掘，谈到广开渠道全员创收等，当时听得老台长眉飞色舞，大声叫好，由于一号人物都点赞，下面的当然只有举砣砣，谁还敢唱对台戏，连那个候选人都主动放弃竞选，反而把票投给了程一凡。

　　果真老台长是慧眼识英雄，他程一凡走马上任才三天，一份电视台发展方案就放在了老台长的办公桌上，从全台人员各自特长确定从事宣传、创收、管理人员的岗位，大胆提出了实施奖励机制。由程一凡亲自策划的全市精准扶贫、乡村振兴等多条市委重点工作的宣传报道，上了省台和中央台，硬生生地把电视台的目标考核在市直部门排位中往前拔了十几位，全台经济创收整整翻了一倍多。

　　职工们说，绝了，连老台长也夸他秀才是个宝贝疙瘩儿。呵呵，可现在，时代变了，宝贝儿也发不出光和热，仿佛快变成一堆废铜烂铁了。搞得风生水起的总编室，也被确定为中层干部竞选部门，这不是明显给程一凡难堪，让他下不了台阶。我程一凡可不是窝囊废，不是只有什么台长认可了才得行，我不信我会输！既然当了候选人，天平的方向还是向着他程一凡倾斜的。

　　选举会在四楼演播大厅举行。主席台上有市纪检、宣传、组织部门的领导，他们正襟危坐，一副严肃、神圣的模样；主席台下的职工们，有的人交头接耳，有的一副淡然的态度，似乎对选举并不放在心上。

　　选举会开始了，主持人一段热情洋溢的开场白把会场气氛活跃了起来。程一凡坐在第一排候选人席位上，感觉背后仿佛有无数双眼睛直直地盯着自己，是鼓励、信任，还是鄙视，他永远说不清楚。他庆幸自己抽签安排到最后一个，今天共有五个人演讲，其中三个竞选综合部主任。程一凡不在乎他们演讲时说什么，岗位职责都不一样。他想的是自己，临门一脚，一定要踢出个震天响来，就凭自己一个市演讲与口才协会副主席的头衔，有几个能扳倒自己的？但他又想到万一自己马失前蹄落选后老婆子王雪芹那埋怨、失落的眼神，还有保安王胡子那双着实让人讨厌、生气的眼睛。他想起早上出门时王雪芹的追问。"今天参加竞选，中午就在食堂吃。"他说。"老程，一定要给我雄起!"王雪芹扑上去抱住他,重重地给了一个吻。程一凡想到这里,脸上不禁浅浅地露出了一丝微笑。

演播厅里掌声、赞美声此起彼伏,一派热闹的景象。正在这个时候,程一凡放在桌上的手机屏幕亮了起来,他看到了一条短信,是办公室主任发来的。"放心吧,台长已暗示大家,走走过场。"程一凡心里猛然一惊,似乎感到事情有些愕然,脑袋里仿佛成了一团糨糊糊,这是咋的?既然定了,干吗偏要整个大阵仗,做表面文章,非要作秀搞得轰轰烈烈,不仅自己被人捉弄了,当猴儿来要,连台上坐着的一帮领导还要来跟倒陪杀场。他的内心仿佛又掀起了一阵阵波涛,自己像是一只脖子上套着铁链的猴子,正在大家的围观下摆弄着令人作呕的姿势,乞求、讨好大家。这时候的程一凡,脸上感到一阵热乎一阵冰凉,他摇摇头,轻轻地叹息了一声。

当程一凡还在低头沉思的时候,只听见主持人正大声叫道:"下一位请程一凡上台演讲。"主持人刚说完,台下就响起一阵阵雷鸣般的掌声,像是为出征将士擂起了冲锋的战鼓。

程一凡立即从座位上站起身,正了正衣襟,面带微笑,在走向演讲台的一刹那,心胸一下子仿佛也豁然开朗,他感到胸有成竹。只见在掌声的簇拥下,程一凡步履轻盈地向演讲台走去,步子异常庄重、坦然。他清了清嗓咙,对着麦克风,似一声惊雷震撼全场。

"红花虽好,但还是需要绿叶扶持。我愿做那片默默无闻的绿叶……"

瞬间,台上愕然、台下愕然,会场上鸦雀无声,所有的人都瞪大了眼睛,惊讶、茫然……

原发于《椰城》2022年第3期

落英缤纷

● 王海全

　　和苗丽的相识缘于"5·12"地震，相恋一年多的记忆挥之不去，就像在跳播着一部电视连续剧。

　　地震发生后的那一个多月，李灿始终处在连轴转中，感觉自己快要累趴下了。中途他挤时间回去看过父母、儿子几次，每次都是匆匆而来又匆匆而去。

　　5月末的一天，李灿陪分管工业的副县长去一家县属重点化工企业视察。头天下午，他与厂办联系，一并告知此行还要慰问工人。接电话的是个女性，声音温柔明亮。她详细询问了时间、人数、姓名及领导职务。片刻后，电话打回来了，那位女性告知，她已向领导汇报了，明天厂领导会准时在大门外迎接他们。

　　化工厂大门口，高矮肥瘦的一群人中，一位身材高挑、穿白色长裙、扎马尾辫的女子分外显眼。下车、握手、寒暄，李灿眼光一直旁视着她，觑见她在旁边指挥工人搬运物资，有时她也搭一把手。听声音，分明就是昨天接电话的那人。

　　一行人往厂区里走，那女子"噔噔噔"小跑着跟上来。待靠近李灿身边时，她放慢了脚步。李灿回过头来："你是昨天接电话那个吧？"

　　那女子用手撩了撩额上的头发，大方地伸出手："对，我叫苗丽。"握住那绵软的手时，李灿竟有些许的紧张和不自然。

在研究恢复生产的座谈会上，苗丽负责做会议记录，她端坐在会议室一角，间或抬起头，侧起耳，边听边记。李灿望着她那温润光洁的脸、轻柔摇曳的眼波不由得有些分神。会上商定由苗丽执笔，将厂方面临的一些问题形成报告，起草完成后直接交给李灿。

苗丽和李灿互留了电话，加了QQ，约定第二天上午再联系。

第二天临近中午，苗丽给李灿打电话，说报告已传他邮箱，请他审阅。李灿细读邮件，材料行文缜密，语言流畅，但也许是她不懂公文行文方式的缘故，在规范用语、详略把握等方面存在一些问题。李灿想了想，拨通了苗丽电话，告诉她材料需要改的地方。

苗丽有些着急："厂里要求今天就报上去，李主任，能不能麻烦你帮我改一下？"李灿稍微沉吟了下说："这样，你带上公章和文件头子到政府办来，我趁现在还有点时间给你改，改好后就可以直接打印盖章报政府办了。"

不一会儿苗丽就到了。她穿着碎花连衣裙，一条腰带将她的身材勾勒得凸凹有致，昨天的马尾已散开，披肩长发丝滑亮泽、蓬松飘逸，散发着体香和洗发水混合的香气。她走得有些急，额头上渗出了几滴细小的汗珠。李灿打开电脑，招呼苗丽坐在身边。他认真地逐处修改，向苗丽解释修改的理由。好几次，他似乎感觉到苗丽用欣赏的眼光在看他，抬头看时，苗丽的目光闪到了电脑上。

地震的阴霾渐渐淡去，生活回归到它本来的面目。7月的一天，经县府办一个大姐介绍、催促，李灿答应去见一个因地震丧夫的女人。

他是政府办副主任，离异多年。这几年，给他介绍女朋友多数是离过婚的或丧夫的，要么交往时间不长，要么觉得不合适，李灿渐渐心灰意冷。

李灿把见面时间定在晚上八点，挨到快到点时才打车前往约定的咖啡厅，正徘徊该不该给那个女人打个电话时，却看见前妻谢红和一个男人从门口出来。

一眼就可以判断谢红脸上扑了粉、化过妆。两人径直走到一辆车前，那男人把副驾的车门打开，用手在车门框上沿为她挡头，李灿竟看到她回头对那男人莞尔一笑。

李灿一时有些发愣，怀疑自己看花了眼。

那女人说话就像在裸奔。她直接告诉李灿婚后不可能再生，要搬过来住，把自己的房子留给她的孩子。此外，每个月还要为孩子存两千块。李灿暗想，你怎么不问我看上了你不？我又图你什么？越想就越觉得坐不住。中途他去了一趟洗手间，转来后推说政府办有急事，匆匆逃离了他再也不想多待一分钟的地方。

李灿回到家，心里空落落的，有些发慌。他打开一瓶酒，一个人自饮自酌，不禁有些泪吟：我这辈子就不能找到一份真正属于自己的感情？越是这样想，越是有些难过。

李灿打开电脑，胡乱地浏览网页，然后登了QQ，眼光就扫到了苗丽亮着的头像。他突然有了好奇和冲动，敲过去一行字："你这么漂亮，追求你的人应该从县政府排到化工厂了，怎么没听你说有男朋友？"一连串疑惑的表情符号后，苗丽反问："听说你离婚几年了，咋还没有再婚呢？"

李灿告诉苗丽，大学毕业进机关第三年，经长辈介绍认识了谢红，相处了段时间，就结婚生子。结婚头几年，因为工作，家里的事照顾得少，谢红怨气很大，两人从小吵发展成大闹，婚姻就走到头了。儿子李可和两人名下的一套房改房都归了她。

"呵，你当甩手掌柜，婚离得任性哈。"苗丽调侃地说，并追问道，"你没有考虑复婚吗？你们难道都不后悔？"李灿说："感情是婚姻的基石，得之我幸，失之我命。有什么可后悔呢？"他有些触动，试探着问，"你说，世上到底有没有真正的爱情？"

半晌无语，李灿都以为她下线了，才看到屏幕上飘出"真正的爱情只有一年零三个月"。李灿问她是什么意思，苗丽许久也没回答。

沉默的气氛让人压抑，李灿在瞬间找到勇气。他敲去一行字"做我女朋友吧"，苗丽发过来一连串调皮开玩笑的表情符号，仿佛隔着电脑屏幕都听到她咯咯咯的笑声。

过了许久，苗丽终于回复："你怎么想的？"李灿给自己打气："我未婚，你未嫁，就这样简单呀！"

长时间的沉默后，李灿再次被点燃："我知道我大你十一岁，也许年龄差异和我有小孩这事是摆在我们面前的问题。但我可以保证，我会从这段失败的婚姻中吸取教训，会精心呵护你、照顾你。"消息发送出去了，李灿内心狂跳莫名恐慌，胆怯似的立刻退了QQ。

之后的几天，李灿好几次打开QQ，想看看苗丽有没有回复，但什么都没有。他想：也许真应验了那句话："有些话一旦说出来，就是开口死。"哪知，苗丽主动打来了电话。

苗丽只字未提QQ聊天的事，问李灿县政府大门外是否有门面房出租。她有个最好的姐妹任菊开了家广告公司，迫切想租用几间门面。李灿记得有一次无意给她提过，之前有个做文化用品的要搬走，政府办正准备拿来出租，于是答应帮忙。

几乎没使上多大的力，李灿就让任菊拿到了门面的租赁权。任菊几次约吃饭要答谢他，李灿都推了。这期间，李灿和苗丽偶尔也会通个电话，谁都没再提那晚上的事。

北京奥运会开幕的那段日子，苗丽所在的工厂得到了对口援助省份的大力支持，工厂开始提档升级。某晚上9点过，李灿正在观看比赛直播，电话响了。

苗丽吐字含糊不清："许……峰……我好难受，……你在哪里？"

"啥？许峰？我是李灿，你怎么了？"李灿大声问。

苗丽似乎清醒了一些，可声音还是那么软弱无力。李灿急得在屋里打转，待问清苗丽在哪里后，立马穿好衣服，下楼打车去接她。

酒店大门口往左约100米处，在街角斑驳的光影下，李灿隐约看到一个人歪斜在花台边沿，正是苗丽。

苗丽浑身瘫软，满是酒气。李灿揽着腰把她扶起，苗丽的头耷拉在他肩上，嘴里一直不甚分明地喃喃低语。问她家住址，却总是问东答西。李灿左思右想，给任菊打了电话。

任菊噔噔噔噔跑来，给苗丽买来葡萄糖口服液，两人一起把苗丽送去了酒店，待给苗丽开好房，留下任菊陪她后李灿才回了家。

第二天下午临近下班时，李灿纠结了好久还是给苗丽打了电话："昨晚没啥事吧？"

"没啥，昨晚上我们老总请援建方几个骨干人员吃饭，把我也叫去了，大家兴致都高，厂里也想表达感激之情，一来二去就喝多了——真不好意思哟，本来我想一个人打车回去的，可车还没打到，电话就打到你这来了。"

"喝那么多酒干啥，你一个女同志难不成别人非劝你喝不可？——还好你没事！"

"放心吧，我有分寸的。"

"许峰是谁？你新交的男朋友？"李灿有些不死心。

"过去的一个朋友。——都是往事了，不提了。"

李灿觉得苗丽一定有事瞒着他，这姓许的和苗丽关系一定不一般，否则，苗丽不会在恍惚中叫错名字。从另一个角度想，也证明在她最需要帮助的时候，心里其实是有我的。这么一想，李灿的心情真有些不是滋味。

一连几天，李灿脑子里各种想法像一团乱麻理不清。

周末晚上，李灿加完班，开车出政府机关大院已是华灯初上。

广告公司还亮着灯，橱窗里隐约可见任菊蹲在地上比画着什么，李灿把车开到门口，鸣了几声喇叭。

任菊要李灿等她几分钟。

等任菊的这几分钟，李灿在储物箱中翻到一个礼品盒，里面是一套镀银的"福禄寿喜"挂件，方才想起是上次参加一次企业发展论坛会送的。

任菊换了件白色的小方领衬衣，脖颈上系着一条彩色丝巾，蹦蹦跳跳着走过来。这是个丰腴圆润的女人，干练中透着妩媚。

李灿推说挂件自己用不上，任菊可拿来装点门面。见李灿态度坚决，任菊收下了。很快，她就和盘倒出了李灿想知道的。

苗丽曾经爱上了一个厂里引进的技术人才，这人就是许峰，他们在一起有一年多时间。当初许峰瞒着所有人他结过婚的事，实际情况是他和妻子闹离婚，分居了近两年。后来，他的妻子以许峰有外遇为借口，狮子大开口，死活不同意离婚。

"苗丽这个傻女子是真正投入进去了，这半年多时间都还没完全走出来。"任菊愤愤地说。

任菊还告诉李灿，前段时间许峰离婚了，托朋友多方打听苗丽消息，甚至把电话打到她这里。许峰对她说，离开苗丽后，他生不如死，恳求她在苗丽面前帮他说好话，原谅他过去善意的欺骗，说一切的一切都是因为太爱苗丽。他还说，辞去厂里工作后应聘到省内一家化工设备采购公司，等段时间还要到厂里来做设备安装技术指导呢。

李灿一脸愕然。任菊劝慰道："苗丽其实对你是有好感的，只是她还没准备好去面对有些问题。"见李灿似有顾虑，任菊继续说，"事实上现在的男女朋友，哪个不如同结过婚的，只是形式上少了张结婚证而已。"

李灿想，苗丽之前是在错误的时间遇到了错误的人，那么，我呢？是在对的时间遇到对的人，还是在对的时间遇到错的人？他相信一定是前者！内心不由得滋生起保护她的欲望。

李灿业余时间和苗丽的联系多了起来，对于喝茶聊天、开车兜风这些事苗丽并不排斥。双方似乎都在给对方机会，又似乎都在等待机会。直到有天，苗丽在电话里哭着说："李灿，你在哪里？我父亲摔倒了，人都站不起！"

苗丽在市里出差，她告诉李灿，父亲是搭凳子去擦灯具上的灰摔下来的。

李灿放下手中文稿，开车就往她家赶。

一个五十来岁、皮肤红润、有些发富的中年妇女为他开了门。客厅沙发上，一个面容清瘦的中年男人把一只脚翘在矮凳上。李灿试着把他扶起，他右脚站起，左脚刚沾地却"哎哟"一声又痛得坐了下去，脸上挂满汗珠。

看来得赶紧去医院！李灿背着苗丽父亲下了楼。

拍片结果出来了，左小腿腓骨粉碎性骨折，住院！

预付住院费时，老两口面面相觑，身上都没带够钱。李灿用自己银行卡垫付了住院费，又拉着苗丽的母亲回家取住院用品，把一切安顿好了才离开。

苗丽回来后，连说父母夸李灿好，坚持要还钱。李灿实在推不脱也就收下了。

11月中旬的一天，李灿接到苗丽电话："明天晚上一起吃饭吧。"

李灿嬉笑着说："你是不是决定做我女朋友了？"

苗丽逗他："不做你女朋友就不能请吃饭？——明天是我生日。"

李灿内心一阵激动。

李灿连跑了市区几个大型商场挑礼物。他记得苗丽说过喜欢紫色，左挑右选，看中了一条紫水晶毛衣胸链，他想象，苗丽戴上它一定会衬托得更加美丽。

晚餐过后，李灿打车送苗丽回去。离苗丽家门口还有一段路，他提议下车走走。

李灿牵住了苗丽的手，苗丽把头靠在他肩上，李灿暗想，就这样一直走下去吧，我再也不会放手了。

不知不觉，两人来到苗丽她家楼下。朦胧的月光下，两人的影子被拉长。四目相对，竟有些不舍。李灿拿出下午给她买的紫水晶挂链，帮她戴在胸前。此时，对面楼上的灯光打在她脸上，照着她的脸如同温玉一般。

回想起恋爱时光，李灿脑子里总是出现苗丽害羞脸红的样子，心如琴弦般颤动。

每天下班只要有时间，他就会开车去接她，可苗丽并不想他这样做。她要么直接去李灿家里，要么回家后收拾了碗筷再去。没见着就想见，只要空闲一点就要联系。恋爱的感觉就像一块糖总想含在嘴里，又像一件柔软的内衣，总要穿在最贴近肌肤的地方。

春节前，李灿被抽调到县安置办负责灾后重建第一批住房交接房，几天下来，他嗓子发哑、扁桃体发炎，几乎失声。年三十的下午，从区乡返程的路上，苗丽发来短信："保温桶里是熬好的鲫鱼汤，你回家记得喝了。"

家里窗明几净，床单被褥上散发出刚换洗过后的阵阵馨香，保温桶里鱼汤氤氲着热气。李灿望着眼前的屋子，既熟悉又陌生，温暖的感觉充溢全身。

家里有个女主人，有个知冷知热的人真好！他好想立刻见到苗丽，好想和她一起回家过年。只是，我这时出现在她面前会不会节外生枝？终于，他克制住自己。

回家吃过年夜饭，李灿陪父母看春晚。父亲喝了两杯，脸上泛着酡红，从国家大事到街坊邻居想到啥说啥，李灿翻着手机QQ上的信息，下言不对上句地应付着。

电视里出现了地震灾区的儿童，父亲念叨着："你要是早点再婚，第二个孩子现在都大了。"

李灿如触电般站起，说："有一件事需要我马上去处理。"

李灿开车去往苗丽家方向。路上车辆稀少，街头巷尾间或升腾起冲天的烟火，忽明忽暗地映照着他的脸。这大半年来，那一幕幕鲜活真实的美好场景仿佛就在眼前。我爱她，今晚就要大声地告诉她！

接到李灿电话，知道他在楼下要带她去看烟火的那一刻，苗丽心里怦怦直跳，她缓和了一下心情，对父母说，有事需出去一趟。

车子驶到县城边岳华山顶寺庙前的空坝上。庙前的香炉前早已挤满了赶着烧头炷香的人们。站在空坝的边缘，远处的涪江水有些油光般泛红发亮，噼里啪啦的鞭炮声此起彼伏，交相升腾的烟火给城市的夜空穿上绚丽的衣裳……李灿拉着苗丽的手，环绕空坝。空气清冽带着寒气，他解开大衣，将苗丽拥入怀中。

两人如石像，伫立在夜色的斑斓中。十指相扣、耳鬓厮磨中李灿有些情不自已，他对着脚下的江城，用几近嘶哑的嗓子大声喊："苗丽——我爱你！——我要永远和你在一起！"

一夜之间，李灿和苗丽的关系在升腾。

第二天，李灿硬拽着苗丽去商场买衣服。他想，苗丽和他正式在一起了，怎么也该有所表示。

商场里，他左比右选，用手机拍下几套满意的试装照，不由分说就去付款。

李灿坚持叫苗丽将新买的衣服换上，不时有男人的目光投到她身上，李灿拉了拉她大衣的衣边，苗丽回过头来："你干吗？"

李灿努了努嘴："那些男人的眼珠落到你身上了，我替你抖抖。"

"你讨厌！"苗丽脸上闪过一道红晕。

苗丽在一处卖玉器的柜台前停下了脚步，盯着里面的玉器挪不开眼，左比右选。过了一会儿，她似乎想好了，抬头对李灿说："老李，我也送你个礼物吧。"

"送啥送，我什么都不需要。"李灿往外拉她。

"别别别，你乖乖到旁边等我哈。"苗丽双手把李灿往外推。

苗丽拿了块生肖玉牌乜着眼对着灯光照，顺着她视线的角度，李灿竟然看见谢红提着东西，拉着李可的手从前方过来。那一刻，他竟有些慌张地躲了。

苗丽四下找李灿。

"你跑到哪里去了呢？一晃人就不见了！"苗丽嗔怪着。

李灿把苗丽搂在怀中："你跟我在一起受委屈了。"

"你怎么今天说话奇奇怪怪的。"苗丽一脸不解。

李灿决定让李可认识并接受苗丽。

初三的傍晚，李灿接李可回家。

苗丽打开门，李可回过头，疑惑地看着父亲。

李灿微笑着说："这是你苗阿姨，爸爸今天特意请她来帮忙的。"

李可是个眉清目秀的男孩，瞳孔漆黑发亮，让人顿生爱怜。苗丽伸手去牵他，李可缩回了手。

满桌子都是李可喜欢的菜，他咂巴着小嘴，两手齐上，干脆连筷子也不用了。李可吃饱了，开始随意地在盘中东拣西选，边吃边给李灿讲这几天在姥爷家的事。

趁苗丽去厨房切水果，李灿悄悄对李可说："你觉得苗阿姨如何？"

李可头也不抬："不错呀，做的菜真好吃。"

突然，他意识到什么，两眼直愣："老李，你啥意思，莫不是你给我找的后妈？""今后又多了一个人爱你不好吗？"李灿期盼地看着他。

苗丽走过来，手里端着水果盘。李可把筷子"啪"一声摔在桌上。

"我说老李你今天咋的？爷爷奶奶一直说不要浪费，你今天咋煮了这么多！"

"你这孩子是怎么的？你苗阿姨辛辛苦苦给你做的，你不说声感谢就算了，耍啥脾气！"

李可两眼泪汪汪："呜呜，我不要你给我找后妈，——我只有一个妈妈，你干吗和妈妈离婚？干吗不管我了？"

李灿噌地站起了身，苗丽紧张地拉住他，李灿缓缓地坐了下去。

李可嚷着闹着要回去。一路上，他背向李灿，两眼望着窗外。李灿心里隐隐作痛，再慢慢想法解决吧，毕竟我给他的爱还是太少了呀！

刚回家，谢红就打来电话，责怪李灿让儿子受委屈，还说继续这样，他今后都别想见儿子。李灿再也忍不住心中的火："还不是你教的，自私、偏激，哪一点都像你！"

苗丽静静地看着眼前发生的一切，默默收拾完屋子。

第二天，苗丽在电话里说，她已向父母摊牌，这几天两人暂时不见面。

节后，李灿到市上参加青干培训。傍晚时分，苗丽说她已在过来的路上。

李灿在宾馆附近茶楼找了个靠窗的位置坐下。天上下起了细雨，在路灯的照耀反射下，雨丝追逐着灯光飘飘洒洒、漫天飞舞。

苗丽清瘦了许多，许是睡眠不足的缘故，她眼眶有些暗影。李灿叫了外卖，看着苗丽慢慢地吃着，渐渐地，她脸色红润起来。待收拾好碗筷，李灿探雷般小心问她发生了什么。苗丽鼻翼翕动，双肩轻颤，"哇"地哭出声来。

父母坚决反对她和李灿在一起，认为李灿比她大许多，又有小孩，不会给她幸福，甚至把她以前那段经历拿来说事。苗丽又气又恨，她开始不吃不喝，把自己关在屋里。父母看似妥协，实则变相加码，要李灿拿出40万元彩礼，他们就答应，还说这一切都是为了她，如果将来有什么变故也不会什么也得不着。

"我离家出走了，你不会不要我了吧？"苗丽抬起头，用纸巾擦拭眼角的泪，嘴角上挂着一丝凄苦的笑。

李灿心痛地揽住她的肩："傻姑娘，我怎么会不要你呢！"……

李灿和苗丽公开在一起了。上街时苗丽喜欢挽着李灿的手臂，不再躲闪旁人投来的或诧异或艳羡的目光。但李灿发现，静下来时，苗丽情绪时好时坏，偶尔她会从梦中惊醒，直愣愣坐在床上发呆；当着他的面，眼神会游离，回过头来，眼角似乎还挂过泪。

李灿想，苗丽一定是恋家或出走时受了刺激吧，暗自心里难受。背地里，他托了苗丽父亲的朋友去劝，可他们就是不松口。李灿几次主动上门去求他们，都吃了闭门羹。我还能做什么，我又能为苗丽做什么？他苦苦问自己。

李灿从苗丽QQ空间里看到她写的一篇日志，是纪念"5·12"地震北川中学遇难学生的。她有个心愿，要去祭奠那群废墟下的亡灵。李灿想，也许出去转一圈她心情会好些呢。

越临近老北川县城，四周山体滑坡，桥梁、道路、房屋垮塌的场景就越触目惊心。车子从老北川县城废墟边的公路上缓缓驶过，来到北川中学旧址。过去教学楼所在的位置现在是大片的草坪，后面是建设中的"5·12"汶川特大地震纪念馆。

李灿和苗丽下了车，默默低头伫立在草坪前，面向北川老县城，双手合十。李灿在心里默念：愿天堂里没有地震，愿学生们在那里开心快乐，愿那些逝去的生命好好安息！抬起头来，苗丽双眼挂着泪，他心痛地把她揽在怀里，用纸巾为她擦干泪水。

从北川回来后，苗丽心情似乎好了许多。她开始痴迷做菜，早、中、晚变着花样在做，精致而不浪费；家里的地每天都要拖不止一遍，一点杂物都逃不过。

李灿和她商量，准备国庆节结婚。

山区的秋天来得早，树叶开始发黄掉落，李灿分明感觉苗丽有心事。问她的时候，她要么说没事，要么转换话题，眼光躲躲闪闪，像秋水般迷离。

这天临近傍晚的时候，苗丽打电话来说晚上公司有应酬。9点已过，见她还没回来，李灿踱步到楼下去等她。

秋日的鸣蝉鼓动着最后的聒噪，李灿隐隐约约看见小区篮球场旁边的树荫下有对男女在吵闹，声音听不真切，他小心翼翼往前走了几步。

"别说了，你还这样说有意思不？不可能了，别这样，请你尊重我！"

那男人外地口音，听不清楚。苗丽的话他再熟悉不过！本想知道他们到底在说什么，但当那个男人试图去抱苗丽时，李灿只觉得一股热血直冲脑门，快步冲上去，推了那人一个趔趄："你娃要做甚？滚一边去！"

李灿攥紧了拳头，怒目相向。苗丽紧张地拉住他，那人悻悻地走开了。

李灿愤懑难平。

苗丽抬起头，眼角挂着泪："我们结婚吧，明天就去办。"

"结婚？结脑壳'昏'！"李灿甩开苗丽的手，心里翻江倒海。

一夜无语。早上起床后，餐桌上摆着豆浆油条，苗丽已出门。昨晚上那句话冲口而出后，李灿就有些后悔，晚上再和苗丽好好谈谈吧，他对自己说。

晚上回到家，李灿觉得家里有些异样，他翻看衣柜、抽屉，苗丽的东西少了许多。他拨苗丽的电话，怎么也打不通！李灿开始慌张、抓狂，给所有认识苗丽的熟人、朋友打电话。

任菊敲开了他的门，送来了一封信。

李灿：

　　当你看到这封信时，我已在飞机上。援建方资助厂里在大学开办专业培训班，学期一年，厂里安排我去。

　　谢谢你这一年多的爱，让我从噩梦般的过去苏醒。无数次我梦见父母认可了我们这段感情，但醒来后却是自己骗自己。

　　如果，一年后，所有的等待、努力都是值得的话，我们还会在一起。

李灿瘫软在沙发上。

深秋的岳华山，遍地金黄。李灿踯躅在山道上。苗丽会等我吗？是不是我和她不得不分开，然后，彼此忘了呢？电脑上怕丢失重要的东西可以备份，爱呢？一旦到了不得不放弃的时候，我又到哪里去备份呢？他在心里重复了千万遍：丽丽，你回来吧，回来后我一定会娶你！

原发于《贡嘎山》2022第5期

散文类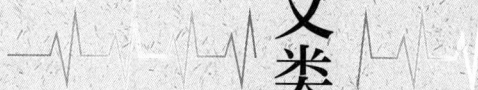

就这样一直跑下去

● 王海全

河堤、晨跑与写作

春日的阳光从阳台的纱窗中漏过，斑驳地洒在脸上，温暖中有些迷眼。结束晨跑回到家，简单洗漱过后，我换上睡衣，泡上一杯香茗，坐在窗前的竹质摇椅上，拿起刚收到不久的一本杂志，那上面刻印着我的名字。许是看久了的缘故，我闭上眼，将杂志摊开在怀中。

有煦暖的风吹动手中的杂志"哗啦啦"地响，如同我在默读上面一篇篇的文字，与众多的作家在神交。

十多年前，即将迈入不惑之年的我，正经历思想的低谷期。拿基础和年龄与己相当的人比，我仍停留在原地；与曾经的梦想对照，我一直在苟活。我不能给自己清楚地定位，又看不到未来，开始相信宿命，用寡淡的眼光看待一切。

我很想把过去的生活积累、思考写出来，安顿自己并不本分的心。最初我只是在写故事——准确地说，是在写自己。几个月后，就写了几万字。当时，对是否写下去比较犹豫，很想看看读者的反映，开始往文学网站上投稿，没想到点击率还不错，刚发出几章网站就要和我签约，于是写下去的愿望愈发强烈。

　　白天一有空闲，我就把自己钉在电脑桌前，不停地和文字较劲。晚上，为了静下心来多写，很多时候都没回县城的家（我在四川省射洪市柳树镇工作，镇上到县城开车只需要半小时）。老婆倒也理解我，只是叮嘱我注意身体。我自己兴头高，又觉得人年轻，根本没有把肠胃不通畅、手脚偶有些麻木无力这些现象当回事。直到有一天，多年未见的一个大学同学顺道来看我，惊诧我变了样，像个弥勒，还拿心脑血管来说事。同学的话让我吓了一跳，待她走后，我才几个月来第一次认真照了照镜子：两鬓蹿出花发，肌肉有些松垮，脸上多出了一个下巴，肚子大了一圈，活脱脱的一个未老先衰。

　　真不想在同学眼中是这般模样，真不愿为了写作搞垮身体，我下决心去锻炼、去减肥。

　　我工作的地方1公里外就是河堤。前些年，沱牌舍得集团打造中国酿酒生态园，花巨资对河堤进行了重建，对河堤下靠柳树镇这面几公里长的地带进行了园林式的绿化。每次我乘车或开车路过那里，望着那片蓊郁的树林，听着啾啾的小鸟欢叫，都暗自在想：这里真是个养身健体的好地方。

　　河堤临江面的浅滩可见溜达的老牛在悠闲地吃草，间或扬起头"哞哞"地鸣叫；河段中间，由于有江中小岛分流，水势平缓，河里就成了鸭鹅"嘎嘎"扑腾的乐园；枯水季节，江边石头冒顶，踩在上面可清楚地看到水里柔软的水草；随着视线向前，江中小岛上芦荻飘摇，绿野成畦，竹林掩舍，炊烟袅袅……好一幅湖光山色、田园风光！

　　河堤上总有风，或丝丝顺滑、温润入喉，或惠风和畅、衣袂飘飘。穿越那片园林往回走，四季的花香与我伴行；有时待走近了，绿树或花草丛中的鸟雀才扑腾而起，仿佛在和我嬉戏一般。这样的景象自然而又亲切、温暖而又抒怀，以至于每次跑完步我常到江边去驻足远望，时不时引吭清啸几声，感觉创作的激情被打开。

　　一年后，我被调回县城工作，我仍然坚持写作，仍然坚持去县城的河堤上奔跑。

　　那时，县城的河堤还是1981年那场特大洪水冲毁后重建的，条石砌的护栏、炭渣和碎石铺就的路面，虽显简陋，但纵贯县城最东边，上面可以通行汽车。江边到河堤一带灌木丛生，再往外是铺满卵石的浅滩以及江帆点缀、远山倒映下的涪江水，满有"野旷天低树、江清月近人"的感觉。我基本上沿用了过去的习惯，跑完步后去江边走走。

一个冬日的早晨，迎着扑面而来的浓雾，我走下河堤。杂乱且满地的鹅卵石硌得脚底生痛。离江边越来越近，我分明听到了流水冲击乱石滩发出的"哗哗"的声响，江面上似乎有什么东西在闹个不停。浓浓的大雾裹挟着水汽扑面而来，透过雾气中的那一丝光，一群不知名的鸟雀在蒸腾的江面上翻飞。我静静地待在那里，直到阳光穿透水雾，远处一只白鹭展翅而起。也就是在那一刻，太阳跳出山顶！

我被眼前的景象所感染所定格，尝试写了一首诗："吐纳、呼吸，夜的黑一点点褪去，迎着扑面而来的弥漫，重叠心中朦胧、稀疏的倩影，朝着湿漉漉的方向，踩着亿万年前的嶙峋，遍拾金黄的柔嫩的记忆……"感觉思想在奔涌，创作的激情被打开。

老城区：时光中留存的记忆

那时，站在河堤上往下望，靠近河堤中心区的几个地方，比如圆木帮、盐码头、车路口，还保留着一大片门挨门、壁对壁，穿堂而过的民居。连绵的青瓦、层层重叠的屋檐下，隐隐约约可见蜿蜒的小巷，把思绪带向那看不到的尽头。

孩提时代，这里可说是洪城最热闹的地方！码头上，不时有货船在这里停泊趸货，搬运工肩挑背扛，路人背包带伞，呼儿唤女……堤干内，去东岸的汽车、摩托车、自行车、架子车混杂在一起，排队等着摆渡过河；堤干外，酒馆、茶社、旅店林立，街头巷尾遍布演猴戏的、耍魔术的、摆地摊的……河堤靠城区这面有不少类似城墙的垛子，或孑立独行或左右相伴，向下串接起供人们上下的口子。沿坑坑洼洼的石板路而下，转个弯，探个身，伸出手就能触摸到河堤下住家户的门楣。我和小伙伴们常常瞒着大人，从这片老街穿过河堤闸门，在那些挑夫、背夫以及乘船过河行人的身前身后跑着闹着来到码头，去河边看那轻舟摇橹一江碧水，去细数天边的江帆远影，去浅滩水草丛中捕捉那些窜过去游过来、色彩斑斓的小鱼……

小时候，我还喜欢去这里的一处院子。院子中间有个天井，天井中间有个花台，种着一棵花椒树、一棵桂花树。天井四周都是房间，在一处向外斜伸着木质格窗的房间里，常常有一个青年男子临窗在那里作画。他画的是油画，各色颜料在调色板中反复碾匀、比对，然后一笔笔勾勒到画中去。他留着略有些卷曲的齐颈长发，穿着背带裤，里面配搭着花格衬衣，作画的表情温暖而专注。他家里满满都是书柜，摆着各种文学、文艺画报类的书。只要你不吵不闹，不弄脏他的书，他就给你一颗糖吃，并不反对你翻书来看，只是不能带出去。

现在想起，我的文学启蒙之路就是从这里出发的。

从柳树回县城的头两年，我写作进入了瓶颈期。写不下去时，我喜欢去这里寻找灵感，尤其喜欢去靠河堤防洪闸门的那家老酒馆。这是处木板铺面的穿斗结构房屋，通前至后约100平方米，前面是酒馆，后面是供主人住宿的地方。目光所及是污垢发亮的桌子，有些破损歪斜的长条板凳，四壁张贴的陈旧斑驳的海报。在那略有些昏黄的灯光映照下，那酒柜上一排大口玻璃罐中泡着的拐枣、花椒、柠檬、枸杞酒……透着或深或浅、或红或黄的诱惑。那家酒馆的老板鹤发童颜，他看我的表情总是那么和颜悦色、波澜不惊。很多时候，我醺醺然有了醉意，东倒西歪傍着眼前零碎的月光往回走时，身后才传来上木门板发出的"哐哐"声。

也就是七八年前的一个早晨，我骇然看到县政府的一个通告——疏散防洪通道，改造河堤，离河堤100米范围内的建筑一律要拆除。几天下来，我发现，这里的人们并没有因拆迁而影响到他们的起居和心情。一大早，这里有捅蜂窝煤或劈柴生火煮饭的，有小孩在院坝里读书的，有卸下茶馆酒馆门板，开始打扫卫生做准备的。待家家户户煮好饭后，一把竹椅，一碗白粥，人们三三两两或坐或站，谈论周边新闻，社会趣事，哪个街坊生病了，哪个孩子成绩考了一百分，今天菜价几何，美国是否准备对伊朗动手，等等。这样的场景温馨中让人感动，以至于我常常驻足观望，用手机拍下眼前的场景，仿佛在一一为它们送行。

那是一个我出差几天后重新站在这片老区的早晨，举目四望，满眼残垣断壁，似乎一夜之间，这里的人和事就消失殆尽。我脑子里"嗡嗡"乱响，那些过去的人事物都在眼前晃动，不自觉地眼眶涌出了泪，人竟呆在了那里！

静下心来后，我想，该来的终究会来，这片老区的变化不由我悲不由我喜，我爱故我思，她就会永远留存在我心底。

散步（登山）：行进中的选择

短短几年时间，这片老区的土地上修建了纵贯南北的滨江路，打造并串联起了未来、启航、盐井等休闲娱乐广场，沿线的商住小区也噌噌往上冒。每当我站在过去曾经走过的地方，眼前车辆川流不息的通衢大道和四周鳞次栉比的高楼大厦，竟让我恍惚中有隔世般的感觉。

我在生活的起起伏伏、情感的磕磕绊绊中写完了我的第一部作品，我很为自己作为初学者能够坚持下来的那份毅力而自豪。几年的磨砺教会我用包容、怜悯、开阔的眼光看待世界，由此带来了个人境界和能力的提升。

去年春节过后的一个早上，我跑完步后准备去吃早餐，在店里碰到了一个多年未见的文学前辈。当初，我在开始写小说时曾找过他帮我看看，他曾鼓励我把作品写下去。

我们彼此热情地打招呼。他问我这些年还创作不？我微微一笑，告诉他我偶尔在练笔。

"你真该加入我们，加入作协。"他听完我的情况，极其耐心地向我介绍作协情况，让我不由得悄然动容。

由于有作协前辈的推荐，我很快就加入了当地作协。这一年间，我先后多次参与了作协组织的各类创作培训，与文友、老师们学习交流写作经验，拓展写作视野。没有想到的是，我那些过去未公开发表过的作品似乎又恢复了生命，先后有几篇经重新修改打磨后被省、市级刊物发表。

去年，我搬了新家，住所离河堤远了，但离周边的花果山、凉帽山更近。双休日，只要时间充裕，我仍然坚持上河堤奔跑。其余时间，我主要去登山。

周边的花果山、凉帽山都不高，从山脚到山顶也就几公里的路程。往往我能坚持从山脚跑到山顶，然后，找个空坝，停下来，伸伸腰、压压腿，吐纳着晨气，环视着脚下这座城。有雾的日子，我能清楚地数出周遭高楼的尖顶，看它们拔节似的生长。待云开雾散后，历历晴川一收眼底。

从20世纪80年代末到21世纪前十年这三十多年时间，县城从修建第一座涪江大桥开始，先后在河堤上架起五座大桥，并从修建太和大道开始，纵横修建几条大道，赶着趟地往南、北、西面拓展，分片开花，各成一体。再后来，开始打通各个堵点和枝节，密织一张网，触手般延伸出去。

俯瞰抑或平视，涪江从远处逶迤而来，纵列的群山拱卫着脚下这片土地，满眼湖光山色、青翠欲滴。凝目远眺，桥那头串联起河东新区，那里是中国锂电产业园和省级经济技术开发区所在地。高速公路从山坳之间飞架而过，城市的建设早已打破了原有的区位空间布局。

脚下的万物都在舒展着筋骨。我好想去河东那边奔跑，去感受这座城市新的气息。

老人与我：一样的奔跑

今年春节前，河东新区景观大道落成。初二早上六点，我独自开车前往那里。

车轮压着新铺的水泥沥青路面沙沙作响。笔直宽广的道路、大片的绿化带彰显新区的与众不凡。这里的建设上档次，是有区位空间整体考虑的，工业园区位于新区的最南面，往北主要是打造城市综合承载服务体。

一幢幢风格迥异的高楼、一排排整齐的厂房从车前慢慢划过，陌生的感觉激发了我想双脚踩在道路上的欲望。大街上偶有零星的车辆驶过，几乎看不到人。我把车子停在辅道边，换上运动装和跑鞋，下车深吸了一口新鲜空气，然后往前跑。

耳边有轻微的风，我双脚踩着有节奏的频率，感觉无比舒畅。

跑上快三公里，我开始出汗，不得不放缓脚步，打算往回跑。正有此念，发现前方辅道上有个人影贴在一棵新栽的树木主干上，不仔细辨别的话，还以为是根斜靠的木桩。

一个老人双手撑着树干，胸脯如鼓腮的青蛙般一张一翕着。

"老人家，你怎么了？"我赶忙上前。

老人抬起头，通红的脸如沟渠般纵横，嘴里喘着大气，就是说不出话。

"你家在哪？儿子、女儿呢？"我担心老人出意外，不停地问。

老人气喘匀了点，对我摆摆手，示意我不要管他。

我静静地守着，直到老人缓过气来慢慢往前走，我一路紧跟，追问要不要送他回去。

老人见我一番好意，也就打开了话门。

老人告诉我，他今年91岁了，曾经是名志愿军，参加过抗美援朝，大大小小的仗打过几十次。去年旧房被政府拆除了，还房搬到新区。从年轻时起，他就养成了一个习惯，每天早上无论刮风下雨都要出来跑一圈，现在跑不动了，改成了慢步走。

"你这么大的年龄了，万一发生什么意外咋办？"

"今天有些感冒，气有些紧，休息一下就好。——只要我还扭得动，我就要一直走下去。"老人家的眼睛发亮。

我陪老人慢慢走回停车的位置，坚持要他上车送他回去，这次老人没有拒绝。

把老人送到家，我开车回去，不免唏嘘感叹：怎会想到，会遇到这样一位几十年如一日在奔跑的老人！是情感的坚守、理念的传承，还是机缘巧合？我觉得都是！一时，我竟有些感动，为老人，也为我自己。

如今，脚下这座县城已升级为县级市市府所在地。城市规模从过去的3万人、3平方公里扩展到30多万人、30多平方公里，并在加快她蜕变的速度。我仿佛听到了天地之间正吹响奋进的号角，看到了一张气势恢宏的蓝图正铺就在这块让人眷恋的土地上。

前段时间，晨跑路过一商场，看到一张化妆品广告，一个美女眉角轻扬，回首巧笑嫣然，主题广告语是"就这样一直美下去"，我驻足良久，心中感慨颇多，突然想到一句"就这样一直跑下去"。跑下去，感受这座城市的变化，激发清晨那最初的萌动；跑下去，体会那份闲适和真实，感悟人生的风风雨雨；跑下去，更加珍惜生活，珍惜亲情和友情；跑下去，跑出健康和活力，我们的明天会更美好！

昨晚，我做了一个梦。梦中我在一处乡村路上奔跑，沿途鲜花遍地。渐渐地，我飞了起来，飞进了城市，脚步落在了城市楼房的楼顶。随着我的奔跑，所有楼宇的楼顶都在我眼前闭合，我跑遍了城市的每一个地方……

原发于《西藏文学》2023年03期

爱里几分轻轻的痛

——回望家乡沈水河

⬤ 董泽永

　　家乡沈水河，是我真正的母亲河。

　　沈水河不是一条大河，全长不到一百公里，从飞机上看，像天女散落在地上的一段银白色的飘带。

　　我出生在沈水河北面数公里处的三溪村。三溪河是一条更小的河。河水流动的声音，轻得像遥远丛林里飘来的一段曼妙的葫芦丝曲。三溪河往下，不足公里远就汇入流经广生场的汇龙河。汇龙河再往下，稍宽的河面，就真像龙身一样弯弯扭扭地朝前爬行，还带着哗哗的声响，赶趟儿似的，不久就投入了沈水河的怀抱。

　　两河相拥处，正是沈水河流域中点上地处西充、蓬溪、盐亭、射洪四县交界处的仁和镇。这个我曾读书和教书的镇子，显得小而局促，除东西向一条"U"形的过境公路外，怀抱的两条小街都在百十米上下。沈水河流过，在镇南边，在低处，似乎昼夜不停地絮语着要把小镇扛在肩上带走，带到比河那边西充坝更宽阔的地界上去。

　　就这样，沈水河曾给无数代人走向远方的幻想。我曾经也这样幻想着朝远方走去。可最终我发现，几十年过去了，我还在原地。尽管我的脚步一次次伴着沈水河前行，直到抵达它的尽头涪江，而且跨过涪江，在繁华的县城供职安家了，可是，我的心，我的梦，常常还在仁和镇和它脚下的那段沈水河上。

　　第一次在仁和镇街上行走，那时我的年龄还很小。我是被母亲牵着手，到镇近郊三堆山下外祖父家出门赶集去的。那是二十世纪跳"忠字舞"的年代。在人潮涌动的街上，母亲和外祖父轮流把我托在肩上。满街飘动的旗帜、标语，五颜六色的商品以及震天价响的锣鼓声，让我莫名地惊喜和痴迷。我摆着手，蹬着腿，心都飞起来了。可我同时看到，干瘦的外祖父和羸弱的母亲，那一脸无法掩饰的疲惫，像隐隐透出衬衣外的汗渍。当我鼻息里有种酸涩感时，母亲牵着我，跟随外祖父来到不远处一条名叫上底街上的一家茶馆。

　　这个茶馆很老土。鱼鳞似的小青瓦下，黑黢黢的屋梁上，晃动着几只灰扑扑的红灯笼。大白天里，满屋的茶客容颜灰暗，却饮兴不减。他们像喝酒似的呷吧着嘴，吞咽的声响咕噜咕噜的，让我看着他们鼓动的喉头，就禁不住心痒嘴馋。外祖父见了，便从衣兜的很深处取出一个小硬币，让母亲去街边为我买来一颗糖。这是颗由一根小竹签顶着的名为"糖巴巴"的水果糖。

　　当我正不断吮吸，又不断取出，很甜蜜、很享受的时候，面前突然出现一个比我个子矮一点的男孩。那时小男孩的眼睛都快掉到我的糖上了，我就特别地警觉，把糖长时间地含在嘴里，一动不动。母亲见了说，乖娃，你给这个弟弟抿一口吧。我迟疑了很久，才把糖从嘴里取了出来。小男孩没主动伸手来接，他先把母亲看了又看，再看着我，又转过身去朝远处望，像很没勇气似的。可是，他已经嚅动了许久的嘴，最终没能抵抗面前的诱惑，那颗沾着我唾液的水果糖，最后还是被他含进了嘴里。我们因此立即变得很友好，彼此一边轮流地用嘴抿糖，一边拉着手张望那些陌生而新鲜的东西。

　　当我们登上那架临窗的木梯往外看时，禁不住都惊呼起来。我们看到了一条从没见过的大河。那条大河就在我们的面前，几乎靠近了茶馆外的墙角。看着宽阔的河面和泛着波光的流水，我既惊喜，又害怕。既想象着随水漂流而去到远方的无限美好，又担心不慎掉下去，担心掉进那河里从此就再不能吃上水果糖了。

　　可就在这时，我捏在手里的水果糖掉下去了。我为此突然失声大哭。我无端的哭声，差点让小男孩被误解为"惹事"而挨上他姑姑的一顿重揍。当知道我是因为掉了糖而哭时，小男孩的姑姑立即安慰我说没事，并表示她立马下去为我捡上来。可小男孩的姑姑刚转身过去，那块残糖却被突然飞来的一只鸟衔走了。然而，也许是那只鸟在我们的吼声中受到意外的惊骇，一瞬间，那颗残糖从鸟的嘴里掉下来，只在流动的水面上漂了一漂，就不见了。

很长时间，我目不转睛地望着河面，盯着我那块残糖消失的地方。好大一阵后，我突发奇想：要是那颗糖能让整条大河的水都变甜就好了！当我这样美美想着抬起头来远望的时候，河对面一大片我从没见过的麦苗，茂盛、嫩绿，在微风中轻轻地起伏，与面前的河面相互映衬，美得像书上的图画。

后来我知道了，这条河叫沈水河。因为它比我老家的三溪河宽上几倍，那时我就觉得它很大很大。那次回去后，我便对院子里其他的小朋友夸耀，说我看到了一条大河、一条大街和一片无边的麦田。还一边说一边拍着手，形容它们那无法丈量的大小。这让小伙伴们惊羡了许久许久。

真正知道沈水河并不是条大河，那是在我带着它曾给的那个幻想，在仁和镇上读完高中，又伴随着它的脚步，经过下游的青岗镇、金鹤乡、洋溪镇，直到跨过又比它宽若干倍的涪江河以后。

一晃，三十多年了。因为继续学习深造，工作考察，或度假旅游，我顺流而下，先后多次去过长江和东南沿海。但无论是在水流湍急的江河，还是在浪高千尺的大海中行游，我总会时不时地想起我的家乡，想起家乡的小镇，想起家乡小镇旁边的那条沈水河。我常常面对着浩瀚的江海，在心里发问：没有家乡的沈水河，没有无数沈水一样河流的汇聚，你能如此恢宏壮观吗？

于是，我把回家乡、观沈水，视为自己一生的快乐和骄傲。

不久前一个春暖花开、惠风和畅的日子，我又一次回到了家乡的小镇。当我带着朝圣一般的心情，步入上底街时，那儿的情形完全变了。临河的数十米街房没了，而剩下的半边街，因其身后新街的"挤压"，似乎也已经缺乏继续存在的底气，显得破败而萧索。不过，我非但没有因此而哀愁顿生，反为看到一个历史的"死角"，将被发展的规律无情淘汰而感到欣喜。可是，当站在当年那个老茶馆处的一段旧基石上，看到沈水河的河面变窄了，水位降低了，流速减慢了，且水色浑浊而没了当年的灵光，我的心便感到了几分隐隐的灼痛，以致最后，当我的目光定格在当年从飞鸟嘴里掉下我的那颗残糖的河心，再次想起那个跟我共享一颗水果糖的小男孩的时候，我竟然对我们当下这个时代，对世事变化和人情冷暖，感到了几分不可名状的迷茫……

沈水河啊，究竟是你在流传清澈给大海，还是大海在呼唤你回归固有的清澈！

原发于《西藏文学》2023年05期

射洪城市之美在细节

● 谢　蓉

　　一粒沙观世界，一滴水映太阳。一个人的品格性情，往往体现在细微处；同样，一座城市的美，也需用细节说话。这个春天，人们发现射洪城悄悄地变了，这种变，不是翻天覆地、轰轰烈烈的变，而是春风过处润心肺，于无声处听惊雷的变，格外清雅美丽，养眼又养心。射洪城市之美，尽在细节之处。

　　洪城之美，美在古意雅韵遍布角落。

　　楼群林立，街道纵横，必然导致城市的拥挤和喧闹。车水马龙，人流如织，生活的节奏一天天加快，人的心情因此紧张和浮躁。建筑还是那些建筑，街道还是那些街道，但在射洪闹市的转角处、大树下，一些容易被忽略的角落，会闪现出一圈圈玲珑可人的花坛，里面种上颜色各异的花：紫红欲滴的杜鹃，清雅可人的雏菊，迎风摇曳的郁金香，或者让一株火红的三角梅爬上一棵枝干遒劲的古树。花坛边上再砌一道曲线婉转、浅白粗朴的石头，在这里，你可以观赏，可以静坐。匆忙走过转角，你的眼前突然闪现这样的一处风景，来不及反应就已经置身在这幽花小草、天然山石之间，一种大自然的气息迎面扑来，脚步不由得慢下来，似乎忘却了喧闹和逼仄，心情也跟着舒展，满满的小欢喜如溪流淌过心间。把自然山水搬进了城里，给心灵一个栖息之地，甚是惬意，也许因为一个角落的精致，你会爱上一座城市。

如果街道旁边有水流经过的，围栏处就种上芦苇！秋风飒飒，雪白的芦花飞扬，涌上你心头的，或许是童年漫山遍野飞舞的芭茅花的记忆，或者是"蒹葭苍苍，白露为霜"的古雅诗意。两边的人行道虽然很窄，但足够和家人一起安稳地散散步，牵着小狗遛遛弯儿，生活顿然变得闲适恬静起来。我很喜欢这样的古意盎然，喜欢这样的雅韵悠悠，它是小而清新的，是淡而有味的，是大建筑中的小点缀，是宏阔旋律中的小插曲，它们在角落里安然闲卧，等待与美丽的眼神相遇。

洪城之美，美在五光十色照亮夜空。

"五光流转，十色迷离"，一个城市的光彩工程至关重要。夜幕降临，霓虹闪烁，璀璨的灯光如火树银花，把射洪城照得亮如白昼。沱牌大道，灯架如列兵站立，灯光映照出一个流光溢彩的世界，让人感叹盛世之华彩；涪江三桥如彩虹卧波，绚丽多彩的灯光与桥下的水波轻轻荡漾，似真似幻，仿佛带着人们做着一个仲夏夜的美梦。广场上，高高的树枝间，疏朗的竹丛里，也挂上了一个个小灯泡，缠上了一圈圈光带，光与影在这里交织着，亮亮的，一闪一闪，如眼睛，如星星，满含笑意地注视着这个和平而宁静的夜。

这时候，热气腾腾的音乐响起来了，广场舞跳起来了，眼前的五彩灯火，照亮了夜空，也照亮了星空下舞蹈的女人。看着这城市的灯火，人们心里是温暖而明亮的、安稳而踏实的，白天的奔波劳累、辗转辛苦，生活的不容易，被眼前这个灯火通明的世界稀释了，淡泊了，这五光十色的灯光，是希望，是通透，折射着射洪人生活的美好和从容。

洪城之美，美在文化气息弥漫心间。

一座城市的灵魂，无疑是文化；一座城市的精神高度，要用文化来丈量。射洪，是初唐诗人陈子昂的故乡，他被赞誉为"诗骨""海内文宗"。射洪有金华山陈子昂读书台遗迹，有合江村两江画廊文宗苑，或登高，或行舟，徜徉其间，表达对先贤景仰思慕之情。

像这样的文化标识，在射洪城市里也俯仰可见，文化的气息在悄悄弥漫。射洪子昂广场矗立着陈子昂的铜像，只见他目光如炬，凝视前方，衣袂飘举、玉树临风的样子，展现出陈子昂在大唐文坛政界意气风发、踌躇满志、风骨铮铮的形象。广场一侧，有一座"感遇"诗墙，造型别致，像书简摊开在人们面前，赭红的石墙上，镌刻着陈子昂的《感遇》。"兰若生春夏，芊蔚何青青""感时思报国，拔剑起蒿莱"，读着这些句子，驻足流连，感受着先贤那一腔炽热的报国情怀，以及理想破灭后的深深失落。如春风化雨，润物无声，陈子昂的筋骨和风度，化为了射洪人的精神血脉。

滨江河堤，有一尊雕塑，刻画的是两个抬着石头的男人的形象。他们隆起的肌肉，挺立的胸膛，展示出射洪人吃苦耐劳、团结奋进的精神。从他们坚定的目光、稳健的步伐中，射洪人的勇敢前行、不惧艰险，展示得淋漓尽致。

"戒慵尚精求卓越，戒浮尚实不空谈"，"戒满尚学长才干，戒懒尚勤争朝夕"。你看！这一幅幅标语，你一抬头就能看到，它时刻警醒着射洪人：在新的时代浪潮面前，要志存高远，追求卓越，增长才干，奋力追赶。不知什么时候起，"诗酒大道""射洪春酒寒仍绿""诗里酒里，射洪等你"的词句悄悄地成了射洪人脱口而出的日常俗语。

洪城之美，远远不止以上所列，或许，它还体现在"垃圾不落地，洪城更美丽"的垃圾桶旁，体现在秩序井然、上下有序的公交站台，体现在扶老携幼、前呼后拥的桃花山上，体现在菜市场上一捆捆鲜嫩欲滴、青绿可人的蔬菜和此起彼伏的吆喝声里……这些细节之美，每天都在发生，它们犹如来自民间的花朵，并不生长在宫苑，而是扎根在草野，沐着清风，带着露珠，带着盛世的欢颜。

原发于《四川日报》2022年第16期

西部阙歌

● 王海全

梦幻稻城亚丁

几年前看过电影《从你的全世界路过》。或许是被那里光和影变幻的旋律、绝美的自然风光、动人的爱情故事所吸引，去年秋天我和朋友几家人相约去四川的甘孜州、阿坝州，去感受那里不一样的风景，安顿慰藉自己的心灵。

从成都到雅安，穿越二郎山隧道后就已经进入甘孜州，也就是踏上了川藏线。天开始变得如同碧玉般纯净起来，大渡河与我们款款相迎。过了康定，山逐渐高远，湛蓝的天空中出现了日月同辉的场景。一路上，九曲十八弯，到了新都桥，已称得上是高原牧场了。

厚茸茸的草甸、蜿蜒流淌的小河、金黄挺拔的白杨、舒缓的山脊、安静祥和的马和牛，点缀出一片田园牧歌式的优美画卷，这就是新都桥——摄影家的天堂！

过了新都桥，澄蓝的天空离我们更近起来，一路上翻越众多的大山，历经高原牧场、湖泊、村落，穿过雅江、理塘，就来到了稻城亚丁。

说起村落，印象最深的还是些村落。我们一路走过的地方，包括经过的丹巴、小金、卧龙等地都保持了藏族人民"垒石为室"的传统。这些坚固的石屋配上木质的梁柱以及具有民族特色的涂染和描摹的色彩和图案，构成了与自然和谐统一又独具特色的动人画卷。寄宿的"甲居藏寨"房屋鳞次栉比、错落有致，整个山寨依山而筑，一幢幢藏式楼房如撒落在山冈绿树丛中的七彩珍珠，在相对高差近千米的山坡上，或星罗棋布，或稠密集中，不时炊烟袅袅、烟云缭绕，与充满灵气的山谷、清澈的溪流、皑皑的雪峰一起，犹如壁垒森严的古堡，以一种艺术品的形态展现在世人面前。

在路边以及村落前都有或大或小的石头堆，也就是藏族人所称的玛尼堆。在藏族人的眼里，石头是有灵性的，所以会在路口、湖边或者山上堆玛尼石堆。藏族人路过玛尼堆时要顺时针绕一圈，再填上一块石头，所以时间越久，玛尼堆规模越大。这些石堆在远古时期是用来做路标的，近代是用来祈福求愿用的。除此之外，在经过的山头、寺庙前都可以看到山头上大写的藏文和下面按三角形或长方形布置的五颜六色的经幡。我问过藏族同胞，那藏文和经幡代表什么意思。他们告诉我，藏文是六字箴言"唵嘛呢叭咪吽"，经幡上书写的是经文。

稻城亚丁是个简称，就是稻城县亚丁村。这里集中了沿途看到的各种景致。巍峨的雪山下，光与影有着变幻的旋律，将群山、树林、草甸、溪流打扮得多彩多姿起来。变幻的光和影加深并丰富了景致，雪山也显得更加巍峨和圣洁。人生的起起落落、时过境迁、人来人往也如同这变幻的光和影吧，我们的人生也因此变得丰富和多彩！

在"甲居藏寨"寄宿的晚上，我们偶遇三名美国人和我们住在一起。所谓的住在一起其实是不同的房间。美国人住的是不带卫生间的纯粹的藏式民居，里面仅有形似沙发床的卧具，中间仅容一个人的间距。年龄最大的有60多岁，最小的也有40多岁。听导游说，他们其中有人的摄影作品在国际上都有巡回展示。比较起来，我们住在类似星级宾馆的标准间里（仅有两间）倒显得有一种不伦不类的奢侈。

其实，一路上我们看见有不少的人骑单车行进在海拔近5000米的高原上。在走路都感到气喘吁吁的地方，我不禁为这些人的信念和坚持感到由衷的钦佩！

绝美的自然风光总会触发对这个世界的感慨，那一路变幻的光和影可有自己的影子？或许，我们习惯了在城市的钢筋水泥里按部就班地生活，可曾想到去广阔无垠的自然风光中找寻自己？人生的经历如同日月的交换，一切都顺其自然，随缘随心。这就是稻城亚丁给我最大的感悟吧！

多彩黑水

一路向北，穿越四川西部小环线。

黑水县主要观赏彩林和冰山。这里的彩林树木种类齐全，沟壑纵深；冰山遍布，积雪累累，较之其他地方独具特色。对于常处丘陵平谷的我们来说，这里是心灵自由的放飞之地，是寄情于山水的承载之乡，是情感交融的皈依乐园……

观彩林的最佳之处当数黑水奶子沟。随一条蜿蜒曲折的沟壑一路向前，你会发现上苍给我们打开了一幅绝美的巨幅画卷！80里奶子沟层林尽染、七彩斑斓，这里阳光通透、溪流淙淙。"远而望之，皎若太阳升朝霞；迫而察之，灼若芙蕖出绿波。"用再美的辞藻也不能尽描她的美丽！

沟里随处可见村落，几乎家家都是藏族同胞的民居。傍晚，我们在半山腰找了处人家。主人很是热情，用家里所有能拿得出来的东西来招待我们。从摆谈中我们知道，如今这里几乎家家发展种植养殖和旅游业，加上外出务工，生活发生了翻天覆地的变化。

仲秋的黑水昼夜温差大。我们围坐在炉灶旁相互取暖、把酒言欢，不由得有些酩酊。待走出火塘时，但见繁星点点，夜空澄碧。不由得感叹宇宙的高远、天地的博大、世间的包容，在情与景的交融中去抒发人生的豪情，感觉自己的心胸都豁然开朗起来！

黑水之行加深了我对这一行的认识和理解。犹如我们去过的羊茸哈德，当地人叫它"冬巴噶"，意思是"神仙居住的地方"。这里三面环山，一面临水，苍茫、质朴、纯净、高远、变幻、多姿……不愧为"天然氧吧，彩色森林"。让你在差别体验中获得一种认知上的满足，找到内心深处的最佳平衡点。

感悟最深的是达古冰川。坐世界上海拔最高的缆车，穿越鲜花草甸、原始森林、山间瀑布溪流，就来到了4860米高的冰山之巅。这里简直就是白雪皑皑的童话世界！站在冰川之巅，放眼远眺，连绵的雪山波澜起伏，蔚为壮观，让人豪气满怀！

我和大家兴奋地在雪地上跪呀、捧呀、撒呀，尽情宣泄内心的喜悦，在酣畅淋漓之后不由得感慨：无限风光在险峰，你只有不畏艰险，敢于战胜困难，才能欣赏到绝美的风景。——而绝美的冰川风景是属于全人类的，她既古老而又脆弱，爱她就必须保护她！

下到山脚，回眸一望，一抹阳光穿透云层照射在冰川之巅，在阳光的辉映下，雪山发出圣洁的光芒，视野如同天堂般纯净和透彻。仿佛心灵之窗被打开，我们甚至已通纳了古今，在人生交替轮回中穿越了时空。

随缘随心的行程总有意外的惊喜。路边的一处藏寨吸引了大家的目光。这里用石头堆砌的房屋依山而建，远望犹如缩小版的"布达拉宫"——这就是色尔古藏寨。

过桥，沿石块铺就的道路而上，可见寨子里人们或三三两两摆摊卖土特产，或在家门口围坐侃侃而谈。有编织箩筐的，也有搓线织毯的，一幅祥和而温馨的画面。这里的房子七弯八拐、高低错落，家家户户的房顶在过去都兼有晒台和道路的功能。如果寨子里有什么险情，第一时间就可以彼此快速互相照应。每间房子功能区域划分明显，犹如迷宫一般。据说，这样的设计也是源于城防的需要。

站在寨子的最高处，近前的公路和远处的关隘尽收眼底，真有一夫当关万夫莫开的气势。曾经，徐向前领导的红四方面军在长征途中在这里打过一场阻击战。如今，这里的硝烟早已散尽，四周呈现的都是和煦明媚的画面，我们都庆幸没有错过这座大山里的神秘古堡。

美丽的西部，梦幻的稻城亚丁、多彩的黑水，这一路所见所闻恰似如歌的行板，让人如醉如痴、魂牵梦绕。绝佳的自然风光、浓浓的人文情怀总是让人感慨生活的美好，激发对生命的热爱，我们的心灵也在感悟风景的差异变化中收获成长和悸动！

原发于《椰城》2022年第3期

蓝色的梦

● 李德富

神奇的火山口公园

大自然自有神韵妙笔，它在造化自然世界的同时，不经意间又调配着人间美色。火山、地震、海啸都成为它变脸的艺术杰作。

海口的四月，天气闷热，但一进公园，便凉风习习，惬意畅快。用浓荫蔽日、古木参天来形容这里，显然十分的苍白。鸟儿一阵阵地婉转鸣唱，蜂蝶在争妍斗艳的花丛中飞来舞去，更是让人心花怒放，陶醉不已。椰树、槟榔、铁杉、榕树、银杏、桂花，还有些叫不出名的古树，有的耸立入云，有的婀娜婆娑，阳光从青枝绿叶的缝隙中洒落在地。园内氤氲湿润，藤蔓不愧为攀爬高手，伸枝展臂，要么爬上高高的石壁、假山，劈头盖脸，布下绿网，要么紧扭着枯树、栅栏、垣墙，能攀爬的地方，都努力攀缘，总显出一副不怕事的样子。走在铺着火山岩石块的景观路上，像有人撑着绿伞，只是这伞用枝叶编织，既翠绿又带有丝丝凉意，还散发着淡淡的芬芳。

公园的进口处，是宽阔的广场，布局着亭台楼阁、长廊和小商店。我们进入时，有学生正在此处搞游园活动，给宁静的公园增添了许多的生气和活力。往里走，景点渐渐多了起来，有火山石垒砌的拱门、长满苔藓的石井、藤蔓缠绕的石磨、沧桑岁月的水车，还有千古的溶洞。出镜的是，古老的大树根，经时光雕琢，长得离奇古怪，好像世上有什么它就能长成什么。继续向前走，小块火山岩石铺就的小道慢慢伸向纵深，道路缓缓逐渐抬高，前方一座葱郁的山峰挡住去路。从下至上大约有一百级石梯，石梯上是平台，在一个大石礅上，站立着一只大红公鸡，高昂着头，翘着长长的绿色尾巴，真有雄鸡一唱，世间太平的感觉。上完石梯，便是金鸡广场了。这是公园的天门景区——火神庙。再向高处攀登，便是公园的最高峰了，是观火山口的最好地方。我和李俊主席、《安徽文学》张琳副主编，以及小说家董泽永、吴永胜走在前头，抄侧面小径爬上郁郁苍苍的山顶。这里就是公园的最高峰了，也是海口市的最高峰。一块看上去满是蜂窝眼，三角形状的火山岩石屹立在眼前，那黑乎乎、痕迹斑斑的大石上，刻有三个鲜红大字——"火山口"。一石见证沧海桑田，万年时光。我们分别和张琳老师在山石前合影留念，定格在万年时光隧道。这山叫马鞍山，像一匹骏马的脊梁，顺着山岭走，通往观景台，我们居高临下，边走边欣赏海口市风光。

资料显示，海口火山形成于13000多年前，当年它一发脾气，从南海中如蛟龙腾空而起，成为海景奇观。经历了万年的沧海桑田，当年的火暴脾气，早已被时光岁月磨得风平浪静，现在它静静地沉睡着，就像永远的睡美人，让人们尽情地欣赏她迷人的风姿。

火山口像个椭圆的天坑，四周是悬崖峭壁，从上往下望，犹如万丈深渊，茂盛的植被把四周盖得严严实实。满山是古树灌木，苍苍郁郁，青翠欲滴。站在观景台，阳光照耀，海风徐徐，额上汗珠顿淌。俯瞰海口全景，蓝天白云，大地郁郁葱葱，高楼鳞次栉比，蓝蓝的大海，波光闪闪，船帆点点，海天一线，难以分割，绮丽风光令人心醉。

参观完火山口，我们乘车来到距这里不远的生态动植物园。据场主介绍，这里有各种植物两千多种，栖息和养殖着各种鸟类、野生动物。诸如狮子、老虎、猎豹、猿猴、灵猫、鳄鱼、蟒蛇、长颈鹿、大象、河马、野猪、大熊猫等。鸟类有天鹅、鹦鹉、猫头鹰、火鸡、孔雀、火烈鸟等。这是我见过的动物数量最多、种类最齐全的动物园了。在猛兽园区，坐在观览车上，我们不时被老虎、狮子、猎豹、大象、河马等庞然大物的凶悍野性举动吓得惊恐尖叫。在灵猿区，我们下了车，在场主的引导下，走进鲜花簇簇、古树及灌木丛生的林园里近距离观看，又为那攀岩高手的长尾猴和大熊猫的"绝技"表演而惊呼、感叹！在禽鸟区，我们看天鹅跳舞，逗鹦鹉学舌，听百灵鸟鸣唱，陶醉在天籁般的歌声里。这些野性的生命，和我们同住一个地球，原来也是如此地鲜活可爱，有了它们，我们的世界更精彩。

最美中廖村

走进中廖村，我眼睛便再也挪不开。这里是靠近海边的一个渔村，田野种满了芒果树、槟榔树、椰子树、菠萝蜜树。在村口，我被一块新奇的导示牌吸引，它上面写着"先有鸡""老爸茶""黎夫彩园""哆来咪""黎家小院""村上书屋"。这些名字很有诗意，我以为是什么景点，问旁边华侨城的小何，小何说这是该村民俗的名称。为了环保，外来的客车不能进村，我们改乘了村里独特的大耳朵观光电车，沿着整洁的水泥路缓缓前行，但见椰子、槟榔、香蕉、芒果占满了田间地头，瓜果的香气袅袅弥漫于空气中，尽管天气燥热，这里却氤氲凉爽。转过两道弯，我们来到一个幽深小巷，在一座小楼前停了下来，院子里盛开着美人蕉、三角梅、羊角花，还有锦团簇拥的龙船花，这里安静得一片落叶的声音也能听见，只有听见悦耳的鸟鸣声，才知道这里的生命是如此鲜活。小何说，今晚我们就住在这里了。这林荫幽巷，今晚能不能有个好梦呢？

第二天一早醒来，我问同室的小说家吴永胜："昨晚我可有雷声？"吴永胜调侃地说："什么雷声呀？你还做着美梦哩！"这或许是真的，林深巷静，心情舒畅，天然氧吧，这样的生态环境，确实能让人深度睡眠。

吃过早饭，阳光挂在高高的椰树上，我们来到"黎家小院"。

这是一家很有民族风情的居家小院。小院"朝门"两旁挂满了红辣椒、葫芦、苞谷和红薯。宽宽的院坝里长着高高的椰树、槟榔树。围墙边，盛开着紫色的、红色的三角梅，粉色的龙船花，院里安放着石磨、对窝、桌子和土灶。二楼护栏边，晒有黎家彩缎织绣。树影林间，院前院后，处处充满了黎族人古朴浪漫的民族风情。靠左边墙安有长椅、石桌、石磴，据说有黎族文化表演，我们在长椅、石磴前坐了下来。这时，一位身着白色对襟衫的黎族阿爸手拿斗笠，吆喝着一群"喔，喔，喔……"叫着的大白鹅进了院子，紧接着挑陶罐的、担麦穗的阿爸阿妈，挑柴火、提篦篓，穿着花色短裙的黎族姑娘们也走了进来。阿爸坐在右边一张桌前抽土烟，阿婆坐在楼檐下织起黎锦来。六位姑娘在空坝处摇曳着婀娜身姿，跳起黎族舞蹈，两位杨柳细腰的姑娘舂着对窝，还有一位筛着簸箕。几位大叔拉响了民族乐器，惊奇的是，有个阿爸不用嘴吹芦笙，而是用鼻孔吹奏，一位面容姣好的阿妹也不甘示弱，竟用鼻孔吹奏起长笛，而且奏出的音乐还是那样优美、动听，好似天籁。一旁的小何说，用鼻孔吹奏乐器，是黎族的独门绝技，被列入了国家级非物质文化遗产。这时，我们中有两位作家被时光唤醒，升起浓浓的乡愁，二位接过黎族阿妹手中的对窝棒，舂起了对窝。最引人注目的是竹竿舞了，欢快又富有乐趣。在现场氛围的感染下，我和三个文友都跃跃欲试，想体验一把，入群一跳，却洋相百出，踩不上节拍，似猴跳狗跳，老是被竹竿夹住脚跟，笨拙的窘态，逗得人们捧腹大笑。

蓝色月亮湾

　　26日下午，蓝蓝的天空没有一丝云彩，迎着火辣辣的太阳，我们来到了三亚市月亮湾。

　　月亮湾沙滩以她独特的魅力，让我震撼！天空一尘不染，像用蓝墨汁洗过，蓝得迷人，蓝得心颤。我好像到了童话世界里。我曾到过几个海边城市，那里的蓝和海南的蓝相比，只是小巫见大巫。海南的蓝应是独一无二的，可以说，蓝色便是海南的色彩。这或许是她海中之岛的缘故吧。

　　海水清澈而明净，海浪吐着白色泡沫清洗着沙滩，一会儿平静如毯，一会儿又咆哮着扑向岸边。一排排椰树像卫兵站立在基岸，疯长的野蒿藤蔓和挺拔笔直的椰树结成天然的绿色屏障，既成为一道亮丽的风景，又把海边公园和金色沙滩划分开来。漫步在沙滩上，脚下的细沙柔柔的，轻松舒坦，海浪在旁边咆哮着，吐着白沫，时远时近，禁不住这蓝色"妖姬"的诱惑，许多人脱下鞋，挽起裤腿走入海水中，感受海水的抚爱，享受大海的温润柔情。咸咸的海水泡齐腿肚，脚丫被细沙柔柔地摩挲着、摩挲着，恰似玉女纤手的温柔，这种感觉真是妙极了！大家在海水里走，在海浪里奔跑，在海水里跳跃，大喊大叫，摆拍着各种姿态。欢呼声和波涛声混在一起，完全忘了自我，忘了红尘凡世。

大海真像有灵性，当你站在沙滩，看着她姗姗而来，眼看着要淹着鞋了，你往后一退，她却往前一赶，你再往后退，她却再往前撵，眼看就要淹着了，她近在咫尺，却戛然而止，突然停下脚步，慢慢退回原处去。一会儿，她又挺起高高的浪花，向你直扑过来，要拥抱你，亲吻你。追着你一而再、再而三地往后退，逗得你心花怒放。我趁同行谢德锐不在意间，突泼一把水给他。他一惊，触景生情，立即拉开架势，和我打起水仗来。他一泼，我一泼，你来我往，我俩泼水的动作越来越快，只见海水像两条飞舞的长龙扑向对方，我俩全然顾不了打湿衣衫，把儿时的顽劣、调皮、欢快发挥到了极致，让人畅快淋漓。青春再次被大海点燃，绽放出绚烂的光彩。

爱情的象征"鹿回头"

三亚市有一座山很出名，凡来三亚的游客大都必去看，这就是"鹿回头"。

它位于三亚南端，距城区有三四公里，山不算高，三面临海，但已属于三亚的最高峰。站在观景台，三亚秀丽风光尽收眼底。鳞次栉比的高楼在蓝色的大海中耸立。山、海、城、岛屿、海湾、帆船尽览无余。天蓝、水蓝、地蓝，海天一色，令人陶醉着迷。

　　观赏了三亚全景风光之后，导游带我们爬上了山的顶端。在峰顶的平台上，一只美丽的坡鹿，正回头凝望，身边站立一位美丽的黎族少女。这座雕塑就是"鹿回头"。"为啥叫鹿回头呢？"参观时，有人问起导游。于是，导游便给我们讲起了它的故事：

　　传说古代有一位英俊的黎族青年，十分孝顺。一次母亲生了病，需要鹿血救母。青年是个猎手，有天他在山上发现了一头坡鹿，便手持弓箭追赶，从五指山翻越九十九座山，跨过九十九条河，追赶着坡鹿到了南海之滨。坡鹿跑到前面山崖，便无路可走了，眼下是悬崖绝壁，前面是茫茫大海，坡鹿突然停步，在山崖处回过头来，鹿的目光清澈而美丽、凄艳而动情，青年猎手正犹豫间，忽然天空电闪雷鸣，烟雾腾空。当烟雾散去后，坡鹿变成了一位美丽的黎族少女，青年见状，急忙放下了弓箭。从此，坡鹿和青年两人相爱，结为了夫妻，他们悉心照料母亲，母亲的病终于好了，一家人幸福美满。后来黎族人民便把此山称为"鹿回头"。这个古老而美丽的传说成为黎族人民坚贞爱情的象征。这座雕塑成为三亚的城雕，这也是三亚称为"鹿城"的缘由。

　　听完这个动人的故事，我们在感动的同时，在雕塑下的梯台上，集体合影留念，把这个美好的爱情故事永远留在记忆中。

龙腾的天涯海角小镇

　　天涯海角小镇是我们行程的最后一站。

　　天涯小镇原本是三亚市的一个渔村，就在大海边，名叫五龙村，后改为镇。

　　小镇为了保持原五龙象征祥和的寓意，将五条街分别取名为青龙街、黄龙街、白龙街、红龙街、黑龙街。每条街横竖相通相连，条条街道都通向大海，象征"五龙"饮水。每条街的街口，建成高大的牌坊，牌坊上刻龙腾图案，栩栩如生。这也是小镇的一道风景。

　　全镇居民楼房都是纯白色的墙壁、粉红的房檐、蓝色的大门、蓝色的门窗，寓意蓝天白云、水天一色，与自然蓝、白、绿的景观相融合，构成独具特色的地中海风情，成为小镇文旅的一大亮点。

五龙街道传承着龙的文化、龙的精神。小镇每年举行龙舟竞赛等龙文化活动，已有数十年的历史，如因特殊情况不便在海里举行，在陆地也要举行。这是小镇人的坚守和执着。

在美丽的天涯小镇，可以去海边漫步拾贝，带着五彩斑斓的贝壳回家，留下永恒的记忆；可以去"天涯一卷书"屋，让心灵在书海中徜徉，窥探小镇人不一般的精神风貌；可以去社区参观他们独特的文化设施建设，领略他们的先进思维和民族文化。

上午还是大好晴天。中午在海边酒店就餐时，本想一边欣赏大海风光，听涛声歌唱，祝贺行程圆满结束。不料，突然大雨滂沱，海风狂啸，浪花飞溅，海浪汹涌地扑向岸边。一顿午餐，三易其位，既惊奇又浪漫。吃过午饭，雨过天晴。我和文友们漫步于海边沙滩，挥手和这蓝色的大海作别，不经意间，沙滩上出现斑斓的贝壳，我欣喜若狂，很快就拣了十多个。四点钟，我们乘车一路欢歌回到海口，结束了此次的行程。

在海南短暂的日子里，我每天都被新鲜的事物和美景感动着，我的心早已和那高昂的椰树纠缠在了一起，我的灵魂已沉迷于那片蓝色的天空不能自拔。我的身体好像还沐浴在那温润的海水里留恋不舍。

海南，蓝色的梦！我还会再来的！

原发于《椰城》2023年第1期

珊瑚的蓝眼泪

● 梅　雨

羊卓雍错，是遗落人间的补天石，揽括层次最丰富的蓝，藏匿于西藏山南
的浪卡子县。来自念青唐古拉山的雪水，在这里，等同于大自然的蒸发。在处
处失衡的人间，自然存在着奇特的动态平衡，这奇迹本身无解。

用藏译汉的方式拆分羊卓雍错："羊"，上面；"卓"，牧场；"雍"，
碧玉；"错"，湖。你会明白，跟纳木错和玛旁雍错并列为三大圣湖的羊卓雍
错——羊湖，以美著称。

有一种美丽，叫作太阳习惯沉默地把金箔撒遍羊湖。湖水泛着彩虹的光
芒，悄悄变幻纱衣的纵深玉质，聚集世间最风情万种的蓝色，又不惊扰一旁的
云，湖水的镜子凝固于时间，水晶光在梦幻张扬处，摇痛每一个游子的眼睛。

传说，这是世间最干净的水，是情人的眼泪，是爱情的海子。丝丝缕缕的
涟漪，在地心引力的催生中，填满湖底的石缝。天上的白云和湖里的白云在深
情对视。

跟白色相关的，还有羊群。白色的羊，在青青草原缓慢游移，跟圣湖保持
着不远不近的距离。空气中没有一丝灰尘肆意流窜。

时间静止，湖水和长天平分秋的蓝色。沉静下来的，除了时光，还有宁金
抗沙峰。凌驾于羊湖的宁金抗沙峰雪山，牧民说住着夜叉神。我其实知道，是
拉轨岗日山7206米的主峰——宁金抗沙峰，在守护这碧玉的圣湖。

这世间，唯有圣洁的美才值得守护，诸如爱情。那些真爱的坚守，脱俗于红尘，深邃而圣洁，宛如这一湾蓝。沉沦于这最干净的蓝眼泪，就像哈达、羊群和云朵给洁白留下一纸证书。

羊湖等你，其实是爱在等你。

原发于《散文诗世界》2022年第7期

一江冬水向春流

● 程　驰

今年的冬天，来得迟一些，浓一些。冷雨夹杂着雪粒儿，从暮云簌簌筛下，洒落在山崖苍苍柏树丛。寒风卷过江面，拧出一个个漩涡儿，江水缓缓，日夜不息流向远方。

夜色渐深，沉入人们的梦乡，沿江乡村公路崎岖而又泥泞，一辆旧面包车颠簸蛇行。我们三位教师正去家访贫困生小强的路上，他请病假两天了，家里电话一直打不通。

"娃娃学习很刻苦，成绩还不错，病假经常耽误学习，很揪心。"罗老师叹了一口气。曹家祥老师紧握方向盘，紧盯前方，不断避让路上的坑坑洼洼。"是啊，贫穷不可怕，更可怕的是见识贫瘠，如果这娃儿现在放弃读书，今后的人生比这条路还难走！"曹老师接过话。

车窗外，风正紧，云雾翻滚，一阵阵寒意透过缝隙挤进来。大家眉头紧锁，思绪随车颠簸着，一直蜿蜒到村口。

"老师好，山路好烂啊！"小强又关心起曹老师的"城乡越野"，"水陆两用车"，他病情似乎好了些，面色不再像往日那么蜡黄，多了几分润泽。他从被窝里钻出来，穿上厚厚的棉衣，外面又套上褶皱的校服。"几位老师好，谢谢你们一直以来的关心！"他爷爷坐在床上，听声音知道是我们来了。"谢谢了，辛苦了，大半夜的，还来关心我孙子！"他奶奶还在忙着剁猪草，热情地和我们打招呼。

"最近娃娃情况怎样了，家里还好吗？"罗老师关切地问道。"最近好些了，家里没什么好说的，唉！"他爷爷眼中白白蒙蒙一片，没有一丝神采，缓缓说道。原来，他父母离婚后，母亲不知道哪儿去了。他爸和后妈好久没有回家了，也不拿一分钱回来。以前偶尔回家一次，就知道对娃儿拳打脚踢，有时还混合双打。

"前几天跟你们说了，去医院没有，他有时很难控制情绪。"曹老师拧紧眉头，满脸焦虑和担忧。"我小学的时候就这样了，别担心，没事儿的。"小强笑嘻嘻的，说得理直气壮。"他以前读小学的时候就有心理疾病，跳过楼，读初中给你们添了很多麻烦和担忧。他爷爷七十多岁又患白内障，照顾老的小的，我也活得够累了，我看还是不要读书了！"他奶奶话语逐渐低沉。

一时屋里安静下来，寒冷的空气愈加沉重，仿佛天地都凝固了。小强笑容慢慢僵硬，神色也黯淡下来。

"辛苦了，老人家，你们真心不容易！"我一边说，一边给他爷爷递过去一支烟，又给他点燃。我马上拨打电话，并开启免提，给政府和村委再次汇报情况，又向学校领导再次详细说明情况。他们都要求去专业医院检查治疗，不要错过最佳治疗期，有啥困难我们一起来解决。"小强，你在家里精神状态很好，要听爷爷、奶奶的话，老师们都很关心你，同学们也牵挂你，你要有信心！"曹老师拍拍他的肩膀。曹老师又安慰他奶奶和爷爷，同时说道，"现在医疗技术先进，这也不是啥大病，以前的学生，也有类似的情况，现在生活、工作蛮好的，学生的孩子都读小学了。"

"要得，我一定听老师和爷爷、奶奶的话！"小强坚定了目光。"老师说得对，不能再耽误病情了。"爷爷点点头，泪水让深陷的眼眶多了一丝明澈。"那行，我明天不去打零工了，带他去市医院！"奶奶终于下定了决心，皱纹里挤出了笑容。

"好的，就这么定了，明天我们分头行动。"曹老师斩钉截铁地说道。

温暖的灯光下，我们三个分头给小强讲解落下的功课，顺便也做做心理疏导。小强学习完了，有点困了，钻进被窝去了。我们和老人家深一句浅一句地唠嗑，聊聊家常。

不知何时雨停了，一轮弦月破云，斜挂在山坳上。他们反复推辞，再三道谢我们带来的钱物。大黄在旁边摇着尾巴，流着哈喇子。"太感谢你们了！"老奶奶握着曹老师的手。离开时，已是凌晨一点，不知何时小强进入了甜蜜的梦乡。

室外，车顶上已经结了一层薄薄的白霜，在月辉下愈发耀眼。"辛苦你们了，平时担任班主任，班级管理事无巨细，教学任务繁重，还要抽空家访特殊学生！"我深感愧疚，平时忙于工作，对他们的关怀太少了，他们也是血肉之躯，还有需要照顾的家人，经常利用周末家访，义务辅导学生，还经常周济班上贫困建档立卡生……一边思忖着，一边想着近日家访贫困生事宜，生病的学生即将康复，很快就可以返校了，心里多了几分快慰。

回程的路格外轻快，昏黄的灯光刺破黑夜，在寂静的旷野里，如一团柔和的星火，闪烁着，跳跃着，照亮了曹老师坚毅的面庞，也温暖和照亮了寒夜。忙了一整天，罗老师太累了，斜靠在座椅上，在微微鼾声中沉沉入睡。

旷野下起了雾，如棉花般堆满山谷，又似一张巨大的胡棉被子，绵延铺向缓缓东流的河床。散漫的浓雾一团团，好似甜腻的棉花糖，在嘴里融化，慢慢渗进心里。

今夜，仿佛也有了初春般的温暖馥郁，相信，明天一定是个晴天。

原发于《青年文学家》2022年7月

古城墙边那些事

● 李竹梅

　　我仍会想起那些发生在古城墙边的甜蜜、温馨，或略带辛酸的故事。

　　射洪县太和镇的古城墙边，是我最熟悉、最留恋，也是留给我故事最多的地方。小学时，从它那里经过，总要逗留许久。中学时，从它那里出发，总是来去匆匆。20世纪60年代初期，我和父母开始在古城墙边的北顺城街定居。虽然十多年前我已搬离那里，但老街坊老邻居常常召唤我重回故地，同他们一道回忆那些发生在古城墙边的甜蜜、温馨，或略带辛酸的故事。

　　我家就住在这北门外的老城墙下边，家门的对面就是城墙，仅仅一条约五米宽的泥土路相隔。那麻条青石在我的眼中是那样坚固，高高仰望的城墙是那样雄伟。儿时曾听老年人讲，从城墙上的某一段出发，不停步地走，能绕城一周，最后又回到出发点。原来，那城墙围着太和镇转了一圈，勾勒出一个长方形圆了四只角的轮廓。

　　太和镇的古城墙始建于明末清初。据相关资料记载，太和镇于乾隆六年（1741）建镇。嘉庆五年（1800），四川白莲教起义军到射洪，从太和镇过渡向东奔去，虽短暂进驻太和镇，但不免带来"骚扰"，加之统治者的负面宣传，增加了人们的恐惧心理。为保平安，于嘉庆六年（1801）街民齐力修建石城墙，周长700余丈，高1丈2尺。嘉庆二十一年（1816），通判吕伟仪增修了垛墙，增加了掩蔽防御功能。石城墙为密封式流线型，具有防御骚扰、防备洪水两大功能，南端呈鱼尾形，可以减少洪水的冲击力。城门开六道：迎春门、东门（德胜门）、南门（阜财门）、大西门、水西门（涌金门），北门（平安门）。同治十二年（1873）八月十一日，涪江洪水泛滥，据后来测算，太和镇水位达333.61米，迎春门与德胜门之间被洪水冲毁两丈多长，因此新开了朝阳门，城门由六道变为七道。同治十三年（1874）重修石城墙，光绪十三年（1887）竣工，历时13年，质量为邻近各县石城之冠。光绪十五年（1889）七月十三日和二十四日（8月9日、20日），涪江两次发大水，太和镇全城被淹，人可坐在城墙上洗脚，城墙雉堞上可以靠船，石城墙经受住了洪水的考验。光绪二十四年（1898）七月涪江发大水，石城墙城门及时关闭，挡住了江水，城内免遭侵袭。

清朝后期，平安门外张家大院遭遇大火，众多农民被烧得一无所有，被认为城门开得不当，故将其封闭。在西北角另辟城门，正对北方，叫作正北门。过了一些年，又觉得失火原因不在于此，且行走极为不便，故将此门封闭，重开平安门。城楼上建有庙宇五处：朝阳门为灵主庙，德胜门为玉皇庙，南门为火神庙，大西门为雷祖庙，平安门为真武庙。城墙四方各设炮台一座，作护城守城备用。新中国成立后，新辟新城门（太和门）。1982年拓建人民街，新辟开源门。

古城墙福佑了一方百姓，为太和镇人民立下了不朽的功勋。

1950年初，五星红旗刚刚在古城楼上飘扬，人民政权尚在襁褓之中，国民党反动势力不甘心他们的灭亡，其残留特务林光藩、钟善夫勾结参议员李乡龙、恶霸地主钟道五，组成反共大刀队，四处屠杀乡村干部，袭击征粮工作队，妄图以反革命的手段，扼杀我年幼的人民政权。一个漆黑的夜晚，一个卖油小贩在武南歇栈房，得知同在此处打尖吃饭的大刀队匪徒们，要在天亮前偷袭太和镇，对红色政权进行血腥屠杀的消息。卖油小贩打了一个寒战：要是这帮匪徒的阴谋得逞，不知又要死多少人！于是卖油小贩弃掉油挑子，连夜只身跑到太和镇报信。

黎明时分，当大刀队几百名匪徒赶到北门外，身背竹筒"神水"，举着大刀，叫嚣着"刀枪不入！"正要攻城时，早已等候在北门城楼及城墙上的县大队和解放军战士，轻重武器一齐开火，大刀队匪徒顿时被歼大半，残部很快被埋伏在城外和冲出城门的解放军包围活捉，生擒了匪首李乡龙。这高大古朴的石头城墙，见证了这一历史壮举，为人民政权首立了新功。

古城墙是一道风景，留给我们美好的记忆。

在我小时候，人们没见过电风扇，更没见过空调。仲夏的夜晚，滚滚热浪使人们难以在屋内安睡，一条街的居民都把板凳椅子凉板床搭到城墙下，靠着麻条青石乘凉，挨着麻条青石睡觉。背贴着城墙，那感觉就像贴在大地母亲的胸口一样，格外凉爽，格外舒适。而我每到天黑，就会到城内老街正中心的银行十字路口去买一盘经济实惠的蚊香放到城墙下，驱赶蚊子的骚扰。那蚊香有大拇指粗，里面是锯木材留下的细末（我们称之为"锯末面"）混合着少许六六粉（一种农药），外面用一层纸包住锯末面。

后来知识青年下乡，我在附近的生产队参加农业劳动。我把队里分回来的苞谷装在箩筐里，或者把地里摘回来的棉花摊在簸箕上，放到城墙下。晚饭后，一家人围着箩筐，围着簸箕，一边纳凉，一边剥苞谷，剥棉花。左邻右舍也来帮忙，说说笑笑，在不知不觉中干完了当天应该干的活。这些充满诗情画意的场景，总是让我忍不住拿出画笔，把这美好的画面收藏进我的画册里，至今仍保留着，成为珍贵的记忆。

当改革开放浪潮席卷大江南北之时，涪江似乎也不甘寂寞。1981年7月13日，涪江水再次发威。咆哮的江水远远胜过1945年，洪峰之高，破坏力之大，接近了太和镇有记录以来史上之最。北门外子堤被冲开了缺口，缺口处坑深达数米。江水不能从正面突破，却从侧面迂回成功，从而从北往南横扫过来。一时间，城墙内外成了一片泽国，洪城变成了水城，成了真正的洪水之城。街道上处处能行舟，水位最高时，西门上漫过了城墙垛子。就是这样的大水，因政府组织有方，通知撤退及时，灾后及时开仓放粮，竟没有造成人员失踪或死亡，这不能不说是个奇迹。在这奇迹之中，古城墙再次发挥了它巨大的作用。当汹涌的洪水摧枯拉朽般横扫一切时，却在古城墙下碰回了头。任凭千般冲击万般浪卷，麻条青石紧密相连，岿然不动，筑成了一圈坚固的屏障，保护了城内的房屋虽被水淹，但不受冲击。同时，几里长的城墙上，让数万民众暂时栖身，免除了受洪水浸泡之苦。它是洪城人民的诺亚方舟！

1994年，历史又翻开了新的一页。改革开放进入了新的历史阶段，搞活经济成为决策者们的新思路。这古城墙成为搞活经济的首要目标。于是，古城墙被拆掉了，在原有的地基上，重建起一座集商贸和仿古建筑为一体的子昂新城。而这仿古城墙，没有坚实的内涵，只有华丽的外壳，是经不起洪水亲吻的。挖掘机、推土机的吼声，钢钎大锤的叮当声，结束了古城墙近两百年的历史。

拆城墙时我还住在古城墙边，目睹了拆墙的全过程。那麻条青石之间，是用糯米浆和着石灰浆做黏合剂，把一块块麻条石紧紧镶嵌在一起，蚂蚁也钻不进去。城墙的两面用条石镶成，上面用石板铺就，形成了城墙的坚硬度；里面却是用纯净的泥沙填满夯实，形成了城墙的厚度。怪不得如此结实，任凭风吹浪打，两百年巍然屹立！

随着古城墙的拆建，旧城改造也加快了步伐。城墙内那一间间低矮的木板墙体小青瓦房，几年时间就变成了一栋栋七层楼房。新城墙边，我家的瓦房不见了，我们住进了七层高的新楼房。随着城市的扩大，屋后的农田已变成了高楼大厦，并且向北延伸了数里。太和镇县城的范围，再也不是城墙以内和城外德胜、机房那两条老街，而是向周围扩大了数倍。进入21世纪后，楼房开始长高。城墙以外的新城区，逐步建起了二三十层楼的电梯房。

我们的生活越来越好，在新城墙边，我仍会想起那些发生在古城墙边的甜蜜、温馨，或略带辛酸的故事。

原发于《龙门阵》2023年6月

黄海边，那座不朽的雕像

● 李德富

每一次观看大海，我的心情就特别激动和兴奋。而这一次，当战友把我带到连云港小沙东的黄海沙滩上时，我却一反常态，心情特别沉重、悲怆。

看着矗立在大海边沙滩上的烈士群雕塑像，听着战友讲述烈士们的英雄故事，任凭海风轻柔地抚摸着我的脸颊，美丽的浪花在我面前肆意翻滚，我的眼泪还是禁不住从眼睑里跑了出来，模糊了视线，我的心里就像面前的海浪一样，久久不能平静。

这座群雕塑像用花岗岩石雕成，它像一只乘风破浪的大帆船，桅杆高高耸立在湛蓝的天空下，桅杆上的帆帜正迎风猎猎，船上十六个新四军将领和战士，正在和敌人作战，有的提着手榴弹，有的手持驳壳枪，有的在拼命推着大帆船……让人看了，崇敬之情油然而生。

我已经不止一次看过大海了，青岛、大连、蓬莱、北海、三亚等地都去看过，它们几乎都有一个特点：海风轻轻，阳光明媚，金色的沙滩，欢乐的游客，人们尽情地享受着大海带来的快乐和愉悦。他们也许不知，人生能看大海是幸运的。有的人看海只是一个梦想，一种企求，有的人一生也没了却心愿。这正像纪念碑上的英雄们，他们从大山深处、从边疆、从平原走来，还没来得及欣赏这大海的旖旎风光，还没来得及在雪一样白的浪花前冲浪，便倒在了汹涌的海浪中。正是他们的付出，我们今天能站在这里，观赏湛蓝的天空，雪一样的浪花，金色迷人的沙滩。

我对大海特别地钟爱。我爱看大海，不仅是因为我来自内陆盆地，从小没见过大海。我爱大海，是因为大海的深邃无垠，大海的无私和奉献，大海那坚韧不拔的精神力量，大海那惊涛拍岸、一往无前、摧枯拉朽的英雄气概！

小沙东的烈士们，正像大海中一朵朵美丽的浪花。如果说我们今天的生活还有哪些缺失的话，或许就是向我们英雄的先烈们默哀、致敬；如果说我们生活在这个和谐的社会里，还显得有些平淡无奇的话，或许是缺少了先烈们那段追求光明、艰苦斗争的历程；如果说我们的生活还不够浪漫优雅的话，或许就是缺少了那段血与火的战斗洗礼。那么，就请和我一道，听听小沙东先烈们追求幸福、追求光明的故事吧！

那是1943年的一个春天，抗日战争进入了白热化，鬼子猖狂至极，天天开展大扫荡。为抗击鬼子的进攻，我党决定派一批优秀青年干部去延安学习，培养抗日指挥人才。由于鬼子扫荡封锁甚严，前两次派出去的同志都没冲过封锁线，被堵了回来，参与护送的警卫连几乎全部牺牲。负责带队的领导不得不改由水路绕道去延安。他们决定从盐阜出发，经黄海在夜晚绕过连云港的敌军据点，经过赣榆县柘汪镇，再由陆地转赴到延安去。

3月16日这一天，东方刚刚现出一缕白色，一只高大的木帆船便从盐阜抗日根据地的盐河口扬帆出海了，船上载有十一名新四军青年干部，为首的是新四军三师参谋长彭雄、八旅旅长田守尧、副旅长张赤民、师供给部军需科科长曹云、三师司令部作战科科长席庶民等，以及警卫人员、家属、船工共五十一人。因为要通过敌占区，他们只好化装成商人，计划在夜间绕过敌人的据点。3月17日晨，帆船驶进赣榆县九里乡小沙东黄海海面，突遇敌人的海上巡逻艇开来，日军硬要求上船检查。我军立即开火，阻止敌人上船。于是，双方在海上展开激战，我军将士以短枪抗敌，以木帆船对敌人的钢铁巡逻艇，由于化装成商人，不好带长枪和重武器，我军只能以手枪、手榴弹打击敌人。为了减少伤亡，他们边打边向海岸边撤退。木帆船被打穿了，家属和船工们就用衣服堵塞，战士们就下海一边抗击一边推船。从黎明打到傍晚，战斗之惨烈惊天动地。敌人的三次冲击都被我方打退，最后敌人的增援部队赶到，我军寡不敌众。旅长田守尧牺牲，参谋长彭雄受伤，胸部中弹三处，血水浸红了长长的沙滩，染红了碧蓝的海水。到战斗结束时，我军有十六人壮烈牺牲，其中十一名师团级将领全部遇难。船上的大部分船工也牺牲。

这次海战，是我军最悲惨壮烈的一次遭遇战，也是我党我军的重大损失。牺牲的十一名师团级干部中，有五名同志是经过了长征身经百战的优秀将领。

在牺牲的青年干部中，年龄有的只有十八九岁，他们正值青春韶华，属于生命绚烂的季节，为了将侵略者赶出中国，他们用绽放的生命谱写了一曲感天动地的人生壮歌！假如他们的生命能延续到今天，凭着他们为共和国的奉献，定会受到人们的尊重、爱戴和敬仰。他们过早地走了，倒在了抗击侵略者的战斗中，投入了大海的怀抱。他们用殷红的鲜血捍卫着共和国的旗帜，留给我们一面鲜艳的五星红旗，还有那蔚蓝、宽阔无垠的大海。

我久久伫立在大海岸边，听完这悲壮的故事，凝视着纪念碑雕像，不禁泪洒衣衫。是啊，岁月静好，只因有人在默默地守候。这些英勇献身的烈士们，不正是大海精神的象征吗？！

小沙东的烈士们永垂不朽！

原发于《四川散文》2023年03期

"舍得"的斑鸠

● 朱玲珑

　　走进舍得工业生态园，到处是青的山，绿的水，花的世界。首先映入眼帘的是成群结队的斑鸠在厂区水泥路上觅食，啄着运粮车抛撒而下的醇大麦、香高粱、劲小麦、净大米、甜玉米和雅糯米，它们充当着清洁卫士的工作，不懈地清理绿树成荫的沱牌大道。闲暇之时，它们在修剪整齐的草坪上静静地梳理羽毛，有的在一泓清水处洗澡嬉戏，有的在阳光下抖动着翅膀，仿佛跳着欢快的华尔兹。它们忽而上下翻飞，忽而往来穿梭，忽而栖息美髯飘逸的榕树，忽而直冲车间楼顶，忽而像轰炸机一样俯冲直下，落在金属路灯上，注视着来去匆匆的沱牌人，忽而掠向远方，变成一个个小黑点。

　　它们在巨大的榕树上做巢，生儿育女，营造充满温馨的小家，"咕咕咕"的叫声充满韵味，也许那是它们欢乐的歌声，抑或情侣之间的喁喁私语。它们的叫声忽高忽低，忽长忽短，悠长隽永，充满变化，看似单调的咕咕声，其实变幻无穷，充满内涵。清晨是斑鸠的大合唱，也像是它们组织的歌咏比赛："咕咕——咕""咕咕——咕咕——""咕——咕咕——咕——""咕——咕——"斑鸠有一只小巧的脑袋，可以前后转动，头上长满细密的绒毛，颈上点缀有蓝白相间的小圆点，凌空而起的时候，尾巴展开呈扇形，边缘镶嵌着白色花纹，双翅不停地振动空气。斑鸠皆是清一色麻斑鸠，呈褐色。在舍得生态园区，我惊喜地发现了一只珍贵的蓝色花斑鸠，悠然地在沱牌大道上觅食、跳跃。

沱牌园区种植了柳树、桃树、楠木、香樟、银杏等乔木、灌木百余种，春天正是"红入桃花嫩，青归柳叶新"的时候，沱牌坚持点、线、面、环相结合，发展立体绿化和墙面绿化，乔、灌、藤、草合理搭配，常绿与落叶、阔叶与针叶的有机结合，使点成景、线成荫、面成林、环成带，形成布局合理、功能齐全的绿化体系，打造一流的酿酒生态圈，正如舍得集团两副对联云：

景色非凡千秋气象千秋景；
春光不老万里河山万里春。

柳绿春浓园区春色常在；
花团锦簇这边风景独好。

从沱牌镇到马家渡口，沿涪江上行，经青堤、通泉、洋溪到射洪市是一段几乎未被污染的原生态，所到之处可见成片的草滩、芦苇荡。"漠漠水田飞白鹭，阴阴夏木啭黄鹂。"各种珍禽从头顶掠过，靓丽的倩影稍纵即逝……"争渡，争渡，惊起一滩鸥鹭。"

射洪位于巴蜀腹地，涪江中游。在沱牌大道两旁，高大的榕树须根密布，扭着结下垂，每一株树的结疤上都有一个斑鸠的小巢，均用干枝搭建，隔两株树竟有两三个斑鸠窝，斑鸠之多可见一斑。椭圆形的斑鸠窝选用细枝、细草、绒线组成，细心布局，结构精巧，内壁光滑。外用粗枝，中间细枝，里面小草或绒毛，杂而不乱，保证了小宝宝孵出之后娇嫩的皮肤不受伤害。斑鸠窝用枯树枝牢牢地搭建在结疤处的三角地带，风吹不掉，雨打不落。

清晨上班的时候，在沱牌厂区玫瑰园里，我逮住一只嫩斑鸠。它惊恐不安地扑腾着翅膀，黑黑亮亮的小眼珠瞪着我，黄黄的小嘴巴翕合着，显示无声的抗议。可爱的小精灵，你是大自然的杰作。观察罢，我把它放回大自然，骑车离去。

　　成双成对的斑鸠结伴沱牌，栖息沱牌，扎根沱牌，这里是鸟类的天堂，它们世世代代繁衍生息，与人类休戚与共，和平共处，相得益彰。雄斑鸠高大威猛，雌斑鸠小巧玲珑。雄斑鸠向雌斑鸠求爱的镜头非常有趣，斑鸠虽没有令人称赞的绝美色彩，没有孔雀求爱的那种优美的孔雀舞，也没有天鹅求爱的那种轻盈动人的天鹅湖舞，也不像天堂鸟求爱那样倒挂在树枝上不停地抖动身体，但它自成一体，不落俗套。雌斑鸠在前面觅食，雄斑鸠则在身后载歌载舞，步步紧跟，圆圆的小脑袋拼命向后仰，身子挺得很直，摆出一副伟丈夫的造型，脑袋又猛地下啄，作磕头作揖状，嘴里"咕咕——咕咕——"直叫，似乎与人类求爱所表白的"亲爱的，我爱你！"有异曲同工之妙。肉红色的小脚爪不停地向前移动，憨态可掬，求爱方式非常真诚，就差献上一枝玫瑰花了。既有肢体动作，又有语言表白：不爱我，吾宁死。

　　我绘声绘色向朋友讲起斑鸠求爱的感人故事，朋友问我是在《动物世界》里看到的吗？我扬起头，骄傲地回答："不，是在舍得工业生态园。"

　　斑鸠是有灵性的飞鸟，不是吗？《格林童话》中灰姑娘打算参加王子的舞会，继母百般刁难，把一盆豌豆倒进灰堆里，让灰姑娘捡干净，才能参加王子的舞会。灰姑娘无助地跑出后门来到花园，大喊："掠过天空的斑鸠，飞来吧！快来帮帮忙吧！"斑鸠听到呼唤，带着大伙赶来，把灰烬里的豌豆一颗颗全捡到了盘子里，使可怜的灰姑娘如愿以偿参加了王子的舞会。

　　合作社时期，一个生产队总有几个打枪客，无所事事的时候，他们邀约在一起，扛着鸟铳，去打斑鸠、野兔、雉鸡。生灵处处受到惊吓，无处逃生，几乎绝迹。

　　2008年，两个社会闲杂人员混进沱牌酒厂。他们一人手拿鹅卵石，一人手持弹弓，猫着腰围绕着榕树转，两只贼溜溜的眼珠搜寻着猎物，盯着榕树上的肥斑鸠馋涎欲滴，可还未发出一枪一弹，立马就被便衣治安队队员请进了沱牌派出所。

　　春天来了，柳树吐芽，桃花绽红，春燕呢喃，到处莺歌燕舞，姹紫嫣红。飞鸟翔集舍得，这里象征着"生态、环保、健康、绿色"。

好酒源于好的生态环境。爱鸟护鸟是沱牌人深入骨髓的理念，爱鸟即爱自己，爱自己的家园，也是爱我们这个赖以生存的地球。放眼望去，到处是天蓝、水清、树绿、人和的景象，人与自然和谐相处，俨然一个酿造顶级白酒的世外桃源。这是一片神奇的土地，春去花还在，人来鸟不惊。

原发于《四川散文》2023年03期

三五三六的菊花情怀

● 李德富

又是一年金秋时节，中皇村三五三六厂的菊花开了，菊花节在秋风飒飒、落叶蝶飞的时节拉开了帷幕，菊开中皇村，芬芳满山谷。

走进中皇村，来到三五三六厂旧址里的三皇寺菊花谷，那简直就是花的海洋、花的世界、花的王国。你看吧，苍郁翠绿的沟谷间，一垄垄，一团团，一簇簇，挤挤挨挨，密密匝匝，你靠着我，我扶着你，相拥相抱，自在地开放着，鲜亮而挺拔。那细细伸卷着的花丝，像彩带。那绿绿的枝，顶着头上的骨朵花瓣，五彩缤纷。有的像婴儿的拳头，有的像蓓蕾含苞待放，有的像小花灯，有的像小太阳，有的像彩蝶翩翩，有的像龙爪抓鹰，有的像撑开的花伞。黄的、红的、白的、粉的、紫的、绿的，一朵朵开得那么娇艳，那么亮丽，那么婀娜多姿、千姿百态，显尽人间美色。

菊花自古以来便有"花中四君子"之称，具有百花中独特的韵味和魅力。数典历史上许多大诗人，都为菊花写下过脍炙人口的诗篇。

唐代元稹在《菊花》一诗中就表达了对菊花的特别喜爱："秋丛绕舍似陶家，遍绕篱边日渐斜。不是花中偏爱菊，此花开尽更无花。"诗人说，一丛一丛的秋菊环绕着房屋，就好似诗人陶渊明的家。绕着篱笆观赏菊花，不知不觉太阳就快落山了。之所以百花中偏爱菊花，是因为菊花开过之后便看不到更好的花了。

宋代诗人郑思肖在《寒菊》一诗中写道："花开不并百花丛，独立疏篱趣未穷。宁可枝头抱香死，何曾吹落北风中。"赞美了菊花的高尚情操。

白居易也对菊花大加赞赏，他在《重阳席上赋白菊》中描写道："满园花菊郁金黄，中有孤丛色似霜。还似今朝歌酒席，白头翁入少年场。"

在历代诗人中，爱菊最深的要数晋代的田园诗人陶渊明了。菊花成为他的最爱。他不但爱菊、赏菊，还到南山去种菊："采菊东篱下，悠然见南山。"他的诗里常常写到菊花："芳菊开林耀，青松冠岩列。怀此贞秀姿，卓为霜下杰。"写尽菊花的妩媚和高尚的品格。

人们如此喜爱菊花，不仅是因为菊花淡雅朴素，超凡脱俗，傲雪凌霜，不与百花争强斗胜，更喜欢它高洁的操守，坚强的品格。它不卑不亢，不蔓不枝，亮丽醒目，香郁宜人。在百花凋零飘落之际，坚守生命的底色。

菊花在色彩斑斓的秋天盛开，常常围扎在农院篱笆旁边，或田间，或地埂，虽贫寒而清心寡欲，宁可枝头清香而死，也不落于凛冽北风之中！菊花也从不追求大红大紫、大富大贵。它没有桃花的妖艳多姿，没有牡丹的雍容华贵，没有茶花的绚烂夺目，没有玫瑰的火焰骗情，没有郁金香的迷人风姿，却有着"我花开后百花杀，冲天香阵透长安"的独特，和不惧严寒、不畏艰难的性格。

三五三六人对菊花情有独钟不是偶然的。菊花的隐逸风格正如三五三六远离闹市，潜居深山的隐蔽；菊花的耐寒挺立、生机勃勃，象征着在那艰苦年代，职工们克服生活困难，顽强拼搏的精神。种菊、展菊、赛菊，曾是老厂最为亮丽的底色、最美的记忆。现如今的菊花节，一年比一年花样多，一年比一年更盛大，正是对老厂精神的弘扬和传承。

为什么三五三六人爱养菊种菊？不种天姿国色的牡丹，不种娇艳似火的玫瑰，而独种抗寒耐霜的菊花呢？

说起来，这里面还有故事。

1966年，群山环抱、山高谷狭、荒芜寂寥的中皇村来了一批神秘的客人，惊醒了沉睡的大山。这批客人就是"三线工程"的建设者们，他们敢于吃苦，不怕困难，逢山开路，遇水架桥。一时间，昔日的荒野山沟，推土机、翻斗车、板板车，车来人往，机声隆隆，人欢马叫，一部战天斗地的交响曲回荡在大山深谷，沉睡千年的山村沸腾了。

一批批人马开进了大山深处，战天斗地。一批批志愿者加入了"三线建设"的队伍，他们背井离乡，来到了这荒野山沟。有的是意气风发的少男少女，有的是恩爱夫妻，有的携老扶幼，举家全迁。在这里安营扎寨，在这里流血流汗，默默地奉献，燃烧青春和热血，释放生命的绚丽光彩。

不久，一间间干打垒建起来了，一幢幢崭新的厂房拔地而起，一夜之间，这人烟荒芜的深山沟，仿佛有天兵天将下凡施展了魔法，厂房林立，人来车往，俨然成了一座小城镇。从此，一个响亮的名字传遍了射洪的山水大地——三五三六厂。

三五三六厂是在国家极其困难的条件下建成的，它无疑是创业者们艰苦奋斗的结果。这种精神，正像三皇寺山野里盛开的寒菊，静静悄悄，默默无闻，却坚韧不拔，迎霜而开，斗寒而立，炫彩夺目。

当年，工厂地处山区，物资匮乏，交通不便，文化生活单一，为改变这种枯燥单调的环境生活，厂党委动员职工们自己动手，美化环境，美化生活。一个秋天，一位职工星期天从乡场赶场回来，在一处山坡上发现一簇金黄色的野菊花，他突然心血来潮，连根带泥把它带回了家，放在一个弃旧的面盆里，精心培育浇灌。不久，一盆黄灿灿、晶莹的菊花盛开在阳台。同事们路过，总会停下脚步，观赏一会儿，看看她娇艳的容颜，呼吸她淡雅的清香。很快，她像一团火种，一家、两家、三家、五家、十家……都养起了菊花，房檐下、阳台边、过道旁，菊花艳艳，金黄一片。厂里领导一看，好啊，菊花照亮了宿舍区，清雅又高洁，还有异香扑鼻，既是美好生活的象征，又能美化环境。于是，厂里便动员职工家属们养菊种花。一时间，各车间外、办公区、家属院，都种养上了不同品色的菊花，每年厂里还举办菊花展览、比赛，获胜者不但厂里有奖，还将代表三五三六厂去射洪县城参加全县菊花展。

春夏秋冬，花开花落。1992年，根据上级指示，工厂搬迁到绵阳。随着最后一批人员离开，人去楼空，工厂荒芜，那曾经点亮工人们生活的菊花，无人照料，在秋风中哭诉，渐渐地精疲力竭，枝枯叶萎，失去芳华，从此偃旗息鼓。

　　菊花再次在三五三六厂绽放，并让三五三六厂成为菊的世界、花的海洋，这要感谢一个人，一个和菊花一样飘逸香溢的人。她，就是四川彩皇公司的老总桂雪梅。

　　时光追回到2018年，桂雪梅率领她的彩皇公司入驻三五三六厂，在整治环境时，发现厂里许多地方生长着金黄的野菊，她感到奇怪，一打听，才知道这个厂里的职工爱栽种菊花，她想起了那时职工们的艰苦生活，一种情愫油然而生，她要把"三线"建设者们的精神传承下去。而这里的菊花，代表的就是一种精神，一种温馨的生活，一股勃发的力量。她决定把种菊纳入她的"讲好三线故事，弘扬三线精神，推动乡村振兴"的主题内容，打造三皇寺菊谷观光旅游区。于是，她从外地引进了香菊、桂菊、金丝皇菊等品种。从此，三五三六厂的菊花又开满了三皇寺，照亮了山湾。

　　养菊是三五三六人在那艰苦生活时期对美好生活的一种祈愿、一种追求，它寄托着工人们对老厂最朴实的一种挚爱和情感！养菊也是一种憧憬，一种对未来美好生活的希望！在漫漫的岁月里，它像银河里那一颗颗闪耀的星，照亮了一个个平淡的日子，温暖着工人们的心。如今种菊，虽不再是昔日厂里的工人，但它为当地群众的致富增收创造了机遇和条件。它能传承至今，照亮老厂，花香满谷，桂雪梅便是那举灯的人。

原发于《遂宁日报》2023年6月1日副刊

家乡的青杏

● 贾明高

梅子金黄杏子肥，麦花雪白菜花稀。时下，又是杏子上市的季节。前几天，妻子从市场上买回一袋金黄的杏子，说是应季水果，尝尝鲜。

我顺手捡起一颗饱满圆润的杏子，到厨房里清洗了一下，含进口里，一股清香绵甜的感觉直刺味蕾。吃着翻沙的杏子，想起儿时在家乡和杏儿偷吃青杏酸得流口水的情景，我静静地伫立在窗前，脑海里不时浮现着那个小巧玲珑的身影……

我的家乡是一个绿树环绕的小山村，坐落在半山腰的一块椅子形状的小湾里。小湾里住着十多户人家，呈椅圈分布。房前是一个宽宽的院坝，是幼时我和小伙伴嬉戏玩乐的地方，也是打场、晒粮之所；家家户户的屋后都是自家的蔬菜园子，栽种着一畦一畦的葱、蒜及各个时节的蔬菜。

我大伯家住在椅子的"右扶手"下端，他家的菜园地靠近山坡处，长着一棵高大的杏子树。"小楼一夜听春雨，深巷明朝卖杏花"，一到春天，树枝上开满白色、红色的花朵，大大小小的花朵，有的像雪花，有的像蝴蝶，有的像蜻蜓……满树花香引来了蜂飞蝶舞，鸟雀欢歌。

"风吹梅蕊闹，雨红杏花香。"随着春风春雨一番番的沐浴洗礼，残红褪去，青枝绿叶间，一颗颗如指头大的青杏时隐时现。

小小的青杏勾起了年少的我们肚子里的"馋虫"。白天放学回家后，院子里的孩子一定要到绿叶婆娑的树下，眼睛向上"考察"一番杏子长大没有。有的伙伴甚至说，昨晚做梦都吃到了又大又甜的杏子，第二天醒来嘴角还流着涎液呢。这也难怪，六七十年代农村的孩子，是吃不到今天诸如荔枝、车厘子、猕猴桃、榴莲这些高档水果的，就是苹果、香蕉这些普通水果，只有公干家属的孩子才吃得到，一般人家的孩子能吃到杏子和毛桃子就不错了。

在我们的"深情"的顾盼下，一颗颗小小的青杏采天地之灵气，吸日月之精华，渐渐地长大了，变成乒乓球那么大小，但颜色还是青的，圆圆的外表上长满了细细的绒毛。微风吹过，杏叶沙沙，阵阵清香直入鼻孔，树上的鸟儿在绿叶丛中鸣叫，好像对着仰着脖子望青杏的我们嘲笑说，杏子成熟还早得很啦，不要空流馋口水！

那时我们院子里像我这样地道的农家弟子有七八个，正在村里读小学，家里经济十分困难，全家人的生计全靠父母挣工分维持，常常是早上喝一碗照得过人影的稀饭就去上学，中午放学回来，早已是饥肠辘辘。

一同上学的伙伴中有一个名叫杏儿的女同学。她身材不高，皮肤白皙，常穿着一件白底蓝花的衣服。红扑扑的圆脸蛋上，生着一对浅浅的小酒窝，一笑起来，露出两颗小小的虎牙。一头秀发，扎着一对细细的辫子，跑动起来，辫子一甩一甩的，煞是好看。因为长得清秀，很多孩子都喜欢和她一起玩。

有一天中午放学后，我看见先离开教室的杏儿站在操场边向我招手，几步跑到她跟前，她那清亮清亮的眼睛盯着我好一会儿，才悄悄对我说："明明哥，我看这几天那棵杏子树上的杏子都长大了，你敢不敢晚上和我一起去偷摘杏子？"

当时在同院同学中，我年龄稍大，哪有不敢的？！那棵树就是大伯家的那棵杏树，因为全院子只有他家有棵杏树。

"你都敢，我也敢！只是杏子还是青的，肯定酸，不好吃。"我有点迟疑。

"管他酸不酸的，等杏子长大我们就吃不到了，大人要摘到街上卖钱。"杏儿急切地说。

"好吧，晚上你来我家门口学两声猫叫，我和你一起去！"看着我答应了，杏儿唱着歌一蹦一跳地走了。

到了晚上，吃过饭后我正在做作业，果然听到门外传来了猫叫声。我对妈说："我作业做完了，要出去玩一会儿。"

"不要玩久了哈，明天读书又要睡懒觉。"妈答应了。

是夜，月色朦胧，树影寂寂，好宁静的夜啊！我拉着杏儿的手，一会儿就"熟门熟路"摸到了杏树浓密的树荫下。向上看去，繁叶的枝条轻柔地梳理着天庭，澄澈的夜空点亮了亮晶晶的星灯。星星点点的月光从浓密的树荫中洒下来，洒在地上，洒在我和杏儿的身上。

"哎呀！"突然，走到树跟前的杏儿低叫了一声。

"明明哥，你看，树子周围都用刺围起来了，不好爬树去摘了！"不等我问是怎么回事，杏儿又低声说。

可能刚才杏儿急急爬树，没有看见刺，被刺扎了吧！我心里想。

我几步上前，抓起她被扎的手指，放到嘴边吹了一下，半是心疼半是责备地说："怎么没有看清楚就爬树，疼不疼？！"

"不疼，先前疼，你吹了就不疼。"杏儿害羞似的迅速抽回了被我抓住的小手，张开嘴笑了，露出好看的小虎牙。

我仔细一看，粗大的杏树被密密实实地围了一圈刺，想爬树摘杏子绝无可能。

回头看了一眼杏儿，发现她正仰头望着树枝间黑黢黢的青杏，眼里跳跃着几束亮光。心想，这个杏儿肯定不死心，今晚要吃到杏子才罢休。

我向上观察了一下，在月光下发现有几枝粗大的树枝伸到了坡边。

"要得不？我到坡上去，拉着伸到坡边的树枝看能不能摘几颗杏子。"我不忍心让杏儿的心思落空，说。

"要得！哥，你小心点，我在下面给你放哨！"杏儿高兴地说。我摸索着向小山坡走去，十分钟不到就到了靠近杏树的坡边。

来不及歇一口气，我朝坡边伸着身子，一手拉住几根树枝，另一只手摘杏子，杏儿噼噼啪啪地往下掉，杏儿高兴地在下面捡。

　　"哥，差不多了，我们走吧，害怕大人发现了！"刚摘不久，杏儿在下面悄声说。

　　一会儿，杏儿来到小坡上，我拉着她就走，她甩开我的手说："哥，不忙，我们吃了才回家去，免得大人发现！"好有心机的姑娘。

　　我这时才发现杏儿的衣服袋里都装了杏子。"哥，坐下吃吧，好吃得很。"杏儿说。她从衣袋里拿出一条手帕，铺在地上，拉着我挨着她坐下。

　　这时，月亮已冲破云层，跳过山峦，掠过树林，把银光洒向大地。房屋、树林、小草像镀上了一层银粉一般。好美的春夜啊！

　　我在欣赏月夜的时候，杏儿却在品尝青杏。她用衣角把毛茸茸的杏儿擦了擦，把青杏儿小心翼翼地放进嘴里，用前面的虎牙慢慢地咬一下，顿时我看见她像被针扎疼似的扭歪了脸，眼睛紧紧闭上，老半天不敢咬第二口。

　　我嘻嘻地看着她笑起来，说："你从小就这么嘴馋，长大没有人娶你！"

　　"没有人娶好啊，我就嫁给你！"杏儿摇着我的手臂，害羞地说。月光下，她的脸红扑扑的。

　　"姑娘家家的，说出来不怕羞！"

　　"不羞不羞，你也要吃一个，不然我要你在这里陪我到天亮！"杏儿拉住我耍起了脾气，把一颗用衣服擦了几遍的杏儿，刁蛮地喂到我嘴边。

　　送到嘴边的杏儿不吃，就会惹她不高兴了。我刚咬了一口，一股苦、酸、涩的味道充溢口腔，简直快要酸掉牙了。"哇！"我一口酸水吐了出来。

　　"哈哈哈……"一串银铃般的笑声洒向夜空。

　　后来我初中毕业后考上了师范学校。杏儿家里负担重，她妈让她回家务农。几年后，我毕业就分到一所镇初中教书，后来到了区教办工作，再后来又考调到了城里工作，由于工作忙很少回家，即使回家也是来去匆匆，没有机会与杏儿碰面。

　　去年端午期间我回到老家，才发现不知何时杏儿他们已经不在这个院子里了。

"杏儿现在在哪？这些年生活得怎么样？"我急切地问。

"早就搬出院子到河坝头修房住了，那女娃子前些年吃过一些苦啊！不过现在过得挺好的。"妈一边忙着手中的活儿，一边说，"杏儿现在都还经常提到你，前几天到我们院子来耍，特地给我说，明明哥回家后，一定让他到家里来做客。"

匆匆吃过饭，本来我要急着返城的，但听弟弟说，杏儿今天可能在家后，我临时决定与她见一面。

在弟弟的引导下，怀着急切的心情，我沿着一条杂草丛生的小路到沟谷平坝杏儿的家。

弟弟指着一幢绿树环合的白色楼房说，这就是杏姐的家。

来到院里，只见平整的水泥院坝清清爽爽，院坝边栽着一圈树，有梨树、桃树、苹果树……葡萄架上，缠满了藤蔓，藤蔓上结出一颗颗青色的小果子。特别引人注目的是，在一棵杏树上，绿叶间挂满了金色的杏子，微风吹拂，杏香四溢。杏树下，用竹栏围起了一圈肥壮的鸡，几只母鸡正"咯咯咯"地欢叫。两楼一底的楼房美观大气，白瓷砖的墙面上挂着空调外机，蓝色的琉璃瓦屋顶在阳光下发出耀眼的光亮。宽阔的台阶上停着一辆电瓶车。

"奶奶，奶奶，来客人了！"正在四处观望时，忽然传来一个稚气的声音。我收回目光，才看见一个三岁左右的小孩拖着一个玩具车，从屋里出来，正打量着我。

"就来！就来！"随着声音从屋里传来，一个农村中年妇女出现在台阶上。

她一头花白的头发，略显苍老的脸上，岁月风霜刻下的皱纹掩饰不住曾经的美丽。略显丰满的身材，穿着白底蓝花的衬衫洗得有些泛白，却很干净整洁，穿着一条黑色的裤子，脚上穿着一双运动鞋，看起来很精神。

"您是——明明哥！"中年妇女仔细打量了我好久，欣喜地说。

"您是——杏儿！好多年没有见了，你还是那个样子没有变哈。"我有点言不由衷地说。

"都变成老太婆了还没有变。快请进屋坐。哎呀，您真是稀客啊！"杏儿殷勤地领我进了客厅，让我在沙发上坐下。

“小强，快出来，我娃儿朋友明明哥来了。”杏儿对着卧室说。

一会儿，从屋中走出一个男人，五十多岁，只是脸色有些苍白，略显倦态。

“明明哥，这是我当家的！”杏儿介绍后，转身到厨房烧水去了。

“吃瓜子、剥糖哈！”杏儿的丈夫指着茶几上的糖和瓜子说，和我挨着坐下来。

我一边吃着瓜子，一边观察客厅：地面铺装着米黄色的地砖，四周墙壁涂了一层洁白的乳胶漆。茶几对面的组合柜上放着一台大彩电，茶几后是高大的饭桌，屋角有一台电冰箱，另一角是柜式空调……整个房子布局合理，美观别致。

“来，喝茶！”杏儿提着温水瓶从厨房里出来，麻利地为我掺上茶水。

“杏儿，别忙了，来摆摆龙门阵！”我招呼杏儿在我对面的板凳上坐下。

杏儿坐下后，我急切地问：“这么多年怎么过来的？”

“明明哥，还是你的命好啊，那个时候读书成绩好。”杏儿喝了一口茶，慢慢打开了话匣子，叙说着过往。

杏儿父亲死得早，初中毕业就回到生产队和她妈一起参加劳动。后来当她妈的年纪逐渐大不能下地干活时，就招了小强这个上门女婿养老。起初几年还好，小强身强力壮，把庄稼侍弄得好好的，家里还养着一些家禽，家庭经济条件还是很不错的。但有一次小强到自留坡树上砍柴火，不小心摔伤了腰，从此成了不能干重活的“药罐罐”。那时杏儿的母亲年事已高，年幼的孩子要上学，全家人生活的重担就压在杏儿瘦弱的肩头上。

“那时候啥子样的苦都吃过。”杏儿说。

“那你怎么不给我说一声，我们是娃儿朋友哒！”我说。

“我这人从来就怕给别人添麻烦，还有这么多年了我怕见到你的另一个原因是，我觉得自己没有出息，没有把书念好，在你面前有自卑感，怕你瞧不起，几次想来找你帮忙，后来都忍住了。”杏儿说。

沉默了一会儿，杏儿朗声说道：“不过现在好了，我们家的经济情况在全生产队虽不是数一数二，但还是可以说是在前头的。过去吃那么多的苦，现在总算有盼头了！"

这时，杏儿的眼角泛出泪花，她用手抹了抹。出现在我眼里的手宽厚、结实、粗糙，指头肚儿又粗又圆，长满了老茧。已经不是当年那双小巧温润、柔弱无骨的纤纤玉手了。

"你陪明明哥说说话，我出去一下。"杏儿一边对丈夫说，一边站起身来，向外走去。

"明明哥，我这一辈子最对不起的人就是杏儿，都怪我这不争气的身子，看着她吃了那么多苦无能为力。她勤苦持家，贤惠能干，这些年多亏她了，娶到她是我的福气啊！"小强给我续了茶后感慨地说。

"来，来，来，尝尝现摘的新鲜杏子。"说话间，杏儿已经把一篮金灿灿的杏子放到了茶几上。

"明明哥，你还记得那年我们偷吃你大伯家杏子的事吧！"杏儿坐下来，递给我一个又大又黄的杏子。

"怎么不记得！青杏子把我牙都差点酸掉了！"说话间，我脑海里又浮现出那个月色溶溶的春夜，那个胆大、馋嘴，浑身充溢着少女的纯情和青春魅力的姑娘……

"明明哥，你在想啥子啊？快吃吧，不酸，甜得很！"在杏儿的催促下，我拿起杏子小心地咬了一口，又软又面又甜。

"真好吃，真甜。这个杏子啊，青杏时涩、苦、酸，最后成熟了就香、软、甜。杏儿，你说是不是？"我边吃着杏子边说。

"就是！青杏是酸涩的，成熟是甜蜜的。不经历酸涩，哪有甜蜜？"杏儿听着我的话，若有所思地说。

在返城的路上，我在想，过去的就让它过去吧，让它变成美好的回忆吧！

"喂，你在窗子边看出神了哇，再吃一个吧，很甜！"妻子的话把我从回忆中拉回到现实。我拿起妻子递给我的杏子，咬了一口，对妻说：

"嗯，真甜！"

原发于《文艺天府》2022年9月

撑　花

● 王桂书

　　很多年以前，伞在我们这一带叫"撑花"，现在回老家，古稀老人仍有叫撑花的。犹记小时候跟着母亲走亲戚，不分晴天和雨天，都带一把黑色的撑花。

　　我读小学时，家距离学校比较远，到了雨季，一有风吹草动，母亲就让我带着黑黑的长柄撑花。细细的手，握住粗粗的把柄，像孙悟空借铁扇公主的芭蕉扇，忘了问怎样缩小，就这样一路扛到学校。带撑花的时间多，下雨时间少，为省力，有时中午就把它放在教室，晚上再带回去。

　　夏天的雨总是来得很突然，刮一阵风，天色一暗，就是一场雨。头顶罩着撑花，听雨泼洒在上面发出"嘭嘭"的声响，看雨水在撑花骨尖汇成一道道水帘向地面倾泻。自己仿佛住进一间神奇的小屋，一切变得朦胧又新鲜。有高年级同学，快乐地叫着，从身边飞一般冲过去，泥浆飞溅至背心。一路遇到送雨具的家长，一手打撑花，另一胳膊下还夹着撑花，跟天上的雨一样，急急慌慌的。

　　当我懂得"晴带雨伞，饱带干粮"的时候，身边人改口把撑花叫伞，尤其在县城，一叫撑花，必定遭人嘲笑。母亲喜爱色彩鲜艳的长柄伞，只是仍叫它撑花。我屡次纠正她的叫法，她总也记不住。我就奇怪，洋碱、洋油都能改，为什么唯独"撑花"二字难改呢！母亲说，叫撑花有什么不好，它就是花，跟我们池塘里的荷叶一样漂亮。我无以反驳，只好保留各自的观点。

再后来，我逐渐理解母亲的"顽固"，那就是走遍千山万水无法改变的乡音，改天改地难改的本色。母亲凡事从宽处想，从不提及曾经吃过苦，唯愿生活美好如花罢了。我曾多次揣测"撑花"二字的由来，私下定义，也许撑开像一朵盛开的花；或许，骨架造型像花；再有给人们遮风避雨，寓意为花。近日，一查百度，才知母亲说它就是花也不无道理。

原发于《遂宁日报》2022年11月14日副刊

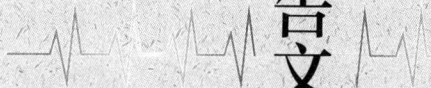

报告文学

绿满山坡情满乡

● 罗明金

初夏的早晨，川中丘陵深处东岳镇大垭山坡上晨曦初露，鸟声从郁郁苍苍的林子中传来，格外悦耳的，是东山坡上的香桂林里布谷鸟那一声接一声"花花苞谷"。

一条乡村水泥路蜿蜒在山林间，王书林和她的大哥开着辆小车从县道路转进村道水泥路的香桂林边。今天，他们要来这里组织村里的乡亲给香桂林锄草，还带来一大袋现金——他们要把二十几位村民第一季度的务工工资发放到每一个人手中。

片刻，阳光已经擦着东山掠了过来，照在那片香桂林上，那些微微摇动的叶子便泛起了绿光。刚下车，就见文二伯顺着公路扛着锄头第一个走来，见了他们就喊："两位王总，你们才早呢！我早点过来把工资领了，免得等会儿耽搁干活！"

"好！"王书林从挎包里拿出一沓现金，翻开领款签字簿，指着文二伯的名字说，"二伯，你做了31天，应该领1860元哈！""好嘞，这几天买小猪儿正缺钱用！"

不一会儿，乡亲们聚齐了，纷纷都领到了工资。快嘴李三妈高兴地说："书林就是好，每回都是按时发工资，从不拖欠一分，我们做起活路来也有劲得很！"大家都跟着说："就是！就是！人家书林是党员嘛，党员说话是算数的！"大家说着、笑着，领了钱高高兴兴地钻进香桂林子干活去了。

看着可爱的乡亲们，望着绿光闪闪的大片大片的香桂林，嗅着林子散发出的一阵阵清香，王书林格外欣慰——家乡的几千亩香桂林进入盛产期了，乡亲们可以有更多的机会在家门口务工挣钱了，在射洪市内市外，公司的香桂基地和发动村民自种的香桂已经发展到5万多亩了，曾经的"绿色梦想"正逐步照亮现实，也为几万户百姓拓展出了一条脱贫致富的路子，这些年来的辛苦没有白费……

1. 在困境中艰辛创业

20世纪90年代初，农民家庭出身的王书林，父母残疾，家境贫寒，高中毕业本来想复读考大学的她，因为交不起500元复读费，只好外出打工。女孩子家干什么好呢？在临时帮馆子洗碗、端菜一阵子后，就随了二叔到新都去学修表。几年后，王书林结了婚，有了孩子，由于丈夫也出外打工，她忙了屋里又忙屋外。渐渐地，电子表流行开来，机械表没多少人喜欢，修表的生意就不好做了。恰好这时，在外打拼多年的哥哥经过千辛万苦拜师学艺，寻到了用香樟树根子熬制黄樟油的路子，经过用甑子蒸几次试验，竟然真的就熬出了油来。几个月下来，油卖了好几千元，那可比打工挣得多多了。王书林得知，就回到老家来，与哥哥、弟弟一道，到处去收购香樟树"疙瘩"，挖别人砍伐树子后留下的根，用来熬制黄樟油卖。他们曾多次往返绵阳、青川、平武等崇山峻岭，走过了许多个严寒酷暑，经历了许多艰难甚至危险，把收到的"疙瘩"运回到故乡射洪后，就在村头公路边搭好的棚子下用土甑子熬制黄樟油。看到黄樟油一缕缕地流出来，兄妹三人高兴得手舞足蹈。

一年多过去，熬制出来的黄樟油确实也卖了些钱，但是，香樟树根越来越难找，高价也不好收。就在一个去宜宾油料收购公司交油的日子，王书林听站里的负责人说，现在香樟资源越来越少了，重庆日化公司与省农科院专家用野生岩桂培育出了一种叫"香桂"的树，用树的枝叶就可以熬制与黄樟油一样的香桂油，还没有人规模种植，你们可以去试种一下。王书林听了，高兴得不得了，心想：香樟树越伐越少，如果能够在家乡栽种香桂树，岂不是有了稳定的炼油资源？家乡外出打工的人多，荒田荒地到处都是，村民们巴不得有人去用。但能不能把香桂树种植成功呢？王书林读过高中，头脑灵活，就去省农科院找到一位研究植物的教授咨询。教授告诉她，这种树在川内种植是可以的，宜宾那边种了些出来，但是树苗移栽难度大，栽植技术要求高，稍不注意就难以成活。既然川内气候适宜种植，就能够攻克树苗栽植技术！王书林信心十足。

王书林立即赶回来与哥哥、弟弟商量，要种植香桂树。虽从来没有种过，但他们相信王书林的眼光和头脑。于是，三兄妹一致同意，用股份制的方式，共同投资种植香桂。

说干就干。1998年初春，东岳乡卧虎村大庙子下不远处的山坡地上，上年枯黄的野草有两三尺深，荆棘、藤蔓把土地封得见不到一点泥土。王书林三兄妹花了好几天时间翻耕，清除草根、杂树，终于把自己家荒了几年的土地清理出来，把得平平整整。有几位路过的乡亲问："你们回来种地了哇？""就是呢，以后还要请你们帮忙咯！"哥哥、嫂子、弟弟都在闷头整地，王书林朗声答应。

"要得，要得！"却听有人小声地说："在外头可能没有挣到钱，在村上熬啥子油可能也没搞到着，还是回来挖泥巴啰！"王书林耳朵灵，听到这话，只是淡然地笑了，但这更加坚定了她要把这条路走下去的决心。那时，三兄妹都已经结婚，都有了孩子，尽管经济不宽裕，但六个大人的精力和各家的积蓄，都投入到种植香桂树中来了。

一段时间下来，王书林的手上打起血泡，人也晒得黝黑黝黑的，但她没有叫一声苦，依然每天坚持下地。

土地翻了不久，王书林和哥哥按照农科院教授的指点，去宜宾那边高价买回了树苗，在家乡进行了小心翼翼的试种。谁知，长途运回来的苗子，栽进土里几天就蔫了，再过几天就干枯了。哥哥、弟弟有些气馁，王书林鼓励说，可能是栽植技术没问到家，我们再去请教。于是，兄妹三人再次请教了农科专家，王书林还买回了一些植物栽培的书。他们以更快的速度运回了苗子，还带回来了几十斤贵得惊人的种子，连夜把苗子栽进了地里，随后又播下了种子。劳动之余，王书林埋头自学种植技术。这一回，栽植苗子也只成活了百分之十几，让哥哥、弟弟再次像蔫耷耷的树苗一样，几天都不说一句舒心的话，而几个月后，播下的种子纷纷冒出芽来，让他们看到了希望。等到苗子稍大，却发现有两种不同的样子，请专家一看，原来大部分是香樟树苗——原来他们被奸商骗了！

两次失败，已经损失了60多万元，好在苗圃里还长出了一部分香桂树苗，让他们没有彻底失望，他们又借钱补买了种子。当第二年那些香桂树苗子长到30多厘米可以移栽时，他们在最适宜的天气严格按技术要求就近移栽。为了栽得更快，他们先请来了留守在家的乡亲帮助把坡上坡下荒地的荆棘挖了，草除了。乡亲们平时不愿耕种，是因为土地瘠薄，种一年粮食还不够成本，好多土地丢了多年的荒。听说帮书林家整地可以挣现钱，纷纷跑来帮忙，一下子，几十亩撂荒地都整理了出来。随后，三兄妹亲自把一棵棵树苗栽进地里，又一棵棵精心浇灌。

这一回，可让他们高兴得不得了——香桂苗的成活率达到了百分之七十多！

全家人就像照顾婴儿一样照顾这些苗子，苗子也慢慢成长起来。

然而，隔一段时间，地里的草长起来了，又要请人帮忙除草，还要给苗子施肥，每一次都得请20多个人连干几天。这可不是一笔小的开支，上年、下年做两回就得用十几万元。

移栽的苗子越来越多，面积越来越大，开支也越来越大，王书林三兄妹只得早出晚归，一边收购香樟树根熬制黄樟油，卖了的钱用来维持香桂种植。

几年过去，三兄妹不知流了多少汗水。然而，让他们欣慰的是，他们在四川第一家成功种植出了成片的香桂树。经过了严寒酷暑的考验，他们试种的香桂树竟然很适应射洪的环境气候，青枝绿叶生长得特别茂盛。在家乡的荒坡、石岩、沟田，香桂树的面积竟然达到了1000多亩。那些昔日满山杂草、荆棘丛生的荒坡地，全都成了一道道绿色的风景，山乡的空气不仅越来越清新，还弥漫着满山满沟的馨香，各种各样的鸟儿也多了起来，有的鸟儿还把巢筑在了香桂林中。乡里党委书记、乡长等领导下来考察，也特别欣喜，鼓励他们多多发展，至于土地问题，乡党委书记李青说，乡里争取退耕还林政策给老百姓补贴，免除三兄妹一些后顾之忧。

2004年，第一批300多亩香桂树长到两三米高，可以剪下枝叶熬制香桂油了。令王书林兄妹十分欣喜的是，香桂枝叶最高亩产达到6吨，熬制出的香桂油亩产收入竟有3000元。

三兄妹尝到了甜头，把所积累的钱全部投入香桂的种植中。乡亲们也尝到甜头，因为他们帮"王老板"种树、剪枝，在家门口每天就可以挣到几十元钱。

然而，有些老百姓看到王家有收益了不干了，嚷着高价索要土地租金。好在过去签了合同，国家又给了他们退耕还林补贴，乡里领导又来给群众做思想工作，才平息了风波。

那时，为了按时支付乡亲们的务工费和添置必要的设备、设施，他们家用光了所有的积蓄，有时连招待客人都显得很拮据。为了香桂产业的大发展，他们一家几口人轮流出动，不辞辛苦地先后去香樟树资源丰富的缅甸、老挝等国去采集、收购香樟树根提炼黄樟油。黄樟油在国内出售后，绝大部分资金都用于香桂产业的发展。

就这样，每年挣几十万元，每年投几十万元，香桂基地像滚雪球一样，从最初的几十亩渐渐达到了两千余亩规模，能够投产的香桂树也越来越多。

当一桶桶香桂油换成一摞摞人民币后，乡亲们都纷纷来他们家求助，希望和他们家一道种植香桂树赚钱。因为乡亲们从王书林那里知道，香桂树种下去，四五年后进入盛产期，就可以坐等收益了。每年剪枝叶，每亩收益可以达到2000～3000元，而且可以连续收入30多年以上。30年后，地里的树、土里的根价值也在5万元以上。农户利用荒坡地种植几亩、十几亩香桂树，可以说是给自己，也给子孙建了座"绿色银行"。

既然乡亲们愿意跟着种，兄妹几人一商量作出决定，带领乡亲们一道致富！在乡政府大力支持下，村民们纷纷把坡上坡下还荒着的坡地重新开垦出来，栽上"王老板"家免费送来的苗子。

为了能够有序发展，经过慎重考虑，三兄妹于2005年12月成立了遂宁市龙鑫香料有限公司，他们与农户签订保底收购合同，给农户们发展香桂吃上"定心丸"。

2. 在危难时刻撑一片天

"书林，你大嫂出车祸了！"2008年7月21日，王书林正在家乡的香桂基地与村民一道给香桂除草，手机里突然传来不幸的消息。原来，大嫂为了把在老挝那边用香樟树根熬制的黄樟油运回来，车到宜宾附近，不想在下一个陡坡时刹车失灵，开车师傅控制不住，东风货车撞在路边巨石上，把坐在驾驶室一旁没有绑安全带的嫂子抛出了车外，车上装满油的几个大桶竟从车上滚落下了，把嫂子压在了下面……

嫂子可是家里勤快而又优秀的"女强人"啊！王书林心急如焚地乘车赶赴大嫂出事地点，见到了面目全非的大嫂。她赶紧联系宜宾附近的殡仪馆，以无比悲痛的心情和无比坚韧的意志处理着嫂子的后事。

当哥哥从老挝赶回来时，嫂子的后事几乎已经处理完毕。受到沉重打击的大哥，从此心情抑郁，经常醉酒，甚至精神也有些失常，当然没法投入香桂产业的规模发展。兄弟是个做实事的人，不爱说话，作为家中老二的王书林，虽说是农村女子，自己的孩子也尚小，但做事稳重，意志坚强，此时便挺身而出，以顽强的毅力撑起家庭，撑起他们兄妹三人艰难开创的这项事业。

王书林是一个有志向、有目标的不凡女子。代理公司总经理后，她决心扩大种植面积，保证炼制香桂油有稳定的生产原料，以告别全家人四处奔波收购香樟树根的日子，告慰嫂子的在天之灵。于是，她在家乡建起了100多亩香桂树苗圃，为未来发展做好准备。

香桂产业的开创和王书林的勤奋，让东岳乡、卧虎村的领导们更加重视。"应该把她培养一下，让她发挥更大的才能。"在村党支部和乡上主要领导的座谈和激励下，王书林向党组织递交了入党申请书。

王书林一边发展苗圃，一边发展农户加入香桂种植行列。她跑遍周边乡镇宣传动员，免费提供给农户们树苗，传授种植技术，并且与农户们签订长期保底收购香桂枝叶的合同。

3. 入了党更要不负百姓不负天

2011年春，当王书林来到香山镇时，得到了香山镇党委政府的热情接待。因为这一年，这个镇正规划在长岭岗村发展一项新的产业。这长岭岗十年九旱，土地总是裸露着光秃秃的黄泥巴，连树木也没有几棵。过去，镇里曾经帮助村民栽种过蚕桑、柑橘等，可成活率都很低，存活下来的果树即使挂了果，也因为山高路远无法销售出去，村民们便把树子挖掉，种下粮食收几颗算几颗。

王书林来到现场一看，着实有些犯难：这可是黄泥巴地啊！本身香桂树栽植就靠技术，何况过去从来没有用过这样条件的土地。然而，时任镇党委书记的蒋桂斌等领导决心大，希望以长岭岗为核心区，在这里建一个"万亩香桂基地"，而且十分热情。建万亩香桂基地，这不正是王书林的梦想吗？既然如此，王书林又怎么能不答应下来呢？

然而，开初，村民不知道香桂为何物，不很配合，好在镇村动员宣传到位，党员、干部先行带头栽植，王书林的公司又给村民们特别的优惠：前三年，龙馨香料公司免费提供树苗、栽植技术、肥料，每亩还给村民200元管护费，每栽一株，给4毛钱栽植费，龙馨公司唯一的条件是，以后香桂树枝叶由龙馨公司收购。不仅如此，还与村民签订了最低保护价收购合同！

这么好的"政策"，比种粮食划算多了，傻子才不干。于是，村民们开始积极配合。王书林知道，在这样的土地上栽植香桂树必须格外精心。在通过栽植、管理方法的集中培训后，王书林每天6点过就来到地头，把"课堂"搬到田间，轮流着到各个工地，拿起锄头挖窝子，拿起苗子做示范移栽，拿起粪勺子给苗子浇水，拆开塑料薄膜覆盖苗基土壤，边干边说，边说边教。直到晚霞隐没，她才乘车回到30多里外的县城。那一个多月时间里，王书林晒成了"黑人"，体重也轻了五六斤，累得回到家话都不想说。但是，一到了满岗新绿的长岭岗上，她又精神抖擞，忙上忙下。

转眼到了2012年7月1日，王书林迎来一个她终生难忘的日子。"我志愿加入中国共产党，拥护党的纲领，遵守党的章程，履行党员义务……"在卧虎村党支部大会上，王书林面对鲜红的党旗举起了拳头。从此，她成为一名光荣的中国共产党党员。

王书林想，既然自己入了党，就应该更多更好地、实实在在地带领群众增收致富，不辜负党和人民的培养与希望，不辜负这个充满梦想的伟大时代。此时在她心中，那个建设万亩香桂树种植基地的愿望越发强烈。于是，她更加不分寒暑、不知疲倦地奔忙在各个乡镇，去向领导、群众宣传香桂树的种植。这一年，王书林被龙馨香料公司正式任命为总经理，并兼任青山绿地香桂产业合作社社长。

俗话说，好事多磨。香山镇长岭岗水源不足，土质差，香桂苗子栽了一茬死一茬，死了一茬又补上，让人操够了心，费尽了神，更让人伤心的是，有的农户短期看不到效益信心不足，竟然在机耕时趁机把成活的树苗弄掉，还说是旋耕机的问题。王书林把耐心发挥到了极致，寒暑易节，苗子拔了又栽，蔫了又补，补了又浇。在香山长岭岗这片土地上，她来来往往了百多个昼夜，洒下了无数心血与汗水。在两年多时间里，长岭岗村成立了香桂专业合作社，以长岭岗为核心的3000多亩瘠薄地，渐渐被香桂树苗覆盖。

与此同时，王书林四面出击，县内的玉太、天仙、太兴等地，一批又一批抛荒地披上了绿装。尤其是最先以"公司+农户"模式发展的基地，公司和农户都有好的收益。有了好收益，香桂产业就成了"香饽饽"，柳树、青岗、文升等多个乡镇纷纷引进，就连南充、蓬溪等地也来取经，进而发展了新的基地。

踏破铁鞋，皇天不负。这项绿色产业的不断延伸，不仅带动家乡父老乡亲增收，又把农村的大量抛荒地用起来了，山也绿起来了，县里的领导们开始重视这项从来"不添麻烦"的产业。开农业产业发展现场会，经常把王书林家的香桂产业作为示范，上级来考察农业产业，也经常光临王书林的香桂基地。县委、县人大、县政府、县政协及县林业局、县妇联等单位领导来现场后，深感王书林是个不平凡的"巾帼能人"，不仅给予王书林及龙鑫香料公司充分肯定，县里还表彰她为返乡创业先进、勤劳致富的三八红旗手。2016年春，在换届选举前，王书林被推选为县政协委员。2016年6月，又被家乡人民选举为遂宁市人大代表。

脱贫攻坚的号角在全国吹响，射洪的山山水水萌发着新的希望。从贫困中走过来的王书林深知，要脱贫不是一件容易的事，要脱贫，必须发展好产业，这项产业还必须持久、稳定。

"让家乡的撂荒地、坡台地披上香桂树的盛装，为贫困农民拓展一条脱贫之路，为种植户打造一个取之不竭的'绿色银行'"，王书林决心以更大的力度倾力倾情于脱贫攻坚，以"绿色梦想"带领乡亲们走出贫困。

在2016年射洪县政协会上，王书林把一份以"积极发展香桂产业，助力百姓脱贫攻坚"为主要内容的建议提交到了大会，提案阐明了发展香桂种植的意义、措施和办法等，立时引起会议高度重视，被大会列为重要建议并由相关部门支持实施。

把建议变为行动，让理想照进现实。2016年初冬，天仙镇文武石村山坡地上一片忙碌，村民们在王书林的亲自指导下，把一株株香桂树栽了下去。在玉贞观、天马村，香桂树栽植也开始了。这三个村是天仙镇的重点扶贫村，将完成香桂树栽种1300余亩的任务。村民们说："感谢镇党委、镇政府引来了龙鑫香料公司，他们免费给我们提供树苗，还义务指导我们栽树、管理，还签订了香桂树枝叶收购合同。"

与此同时，以王书林为总经理的遂宁市龙鑫香料公司积极规划，确定在全县21个贫困村新栽植香桂树5100亩。当年，在县委、县政府领导和县林业局的支持下，龙鑫香料公司超额完成了扶贫任务。

把重点工作放在帮助贫困村发展香桂产业后，王书林坚持每天早上6点起床出门，天黑才回家，不断深入栽植一线进行现场栽植技术培训，传授栽植技术，现场督促验收，有时一天要连续跑三个乡镇，在十多个栽植现场来回穿梭。在田间地头、坡上坡下，她也顾不上爱美了，脱下了漂亮的衣服、高跟鞋，换上了普通的布衣与胶鞋，与村干部和种植户们一道奋战。

于是，一片片撂荒地被开垦出来，一道道新绿不断在乡间延伸。

没两年，新一轮万余亩香桂基地在射洪呈现，"绿水青山就是金山银山"在射洪成为现实。

4. 5万亩"绿色银行"照亮乡村希望

2021年新年来临之际，天仙镇天和村村民迎来了再次收获，在脱贫攻坚这些年种下的500余亩香桂树的土地上，村民们欣喜地剪下枝叶，龙鑫香料公司的收购人员背着现金带着车子来到地边，现场称秤付款。村民们欢欢喜喜帮着装车，一车一车的香桂枝叶运往龙馨公司加工厂。

"我们村很多村民都得益于这个扶贫产业。今年，我们家1.8亩的香桂树枝叶共卖了4000多元。种香桂树把荒坡地用起来了，栽下两三年后，用工少，长势快，有公司长期收，我们放心！"说起香桂种植，天和村村主任胥洪青对引进这项产业非常满意。

受益的农户不仅仅在天和村。近些年，香桂种植基地越来越大，受益的农户达上万户，尤其是给不能外出打工的留守老人、留守妇女创造了家门口就业的机会，他们只需要在栽上树后做简单的管理，采收期间只需要剪下树枝，就有公司派人、派车来收来运，连钞票也送到他们的手中。

而为了香桂树的规模发展，为了让更多的农户能够拥有"绿色银行"，王书林和她的公司舍去了很多自己的利益。在她的主导下，近十年来，龙馨香料公司免费送给村民的树苗近千万株，如果按照常规购苗价格，她和她家的公司送给村民的苗款价值1000余万元。而这些，都是他们辛辛苦苦熬制香桂油换来的。

其实，收不收老百姓的苗子钱，王书林一家也是有激烈争议的，但是最终达成了统一意见："只要香桂基地扩大了，更多村民有收益了，我们的公司也就有更丰富的资源可以利用了，舍点利益给父老乡亲是值得的，对于大家未来的发展都有好处！"王书林看得长远。或许正是这种"舍得"品质的效应，近些年来，射洪香桂树每年都以上千亩的速度发展。

从当初的白手起家，到现有拥有5万多亩香桂树资源，王书林和她的家人以及公司走过20余年艰辛而成功的创业之路。从兄妹6个人的奋斗，到为乡亲们常年提供就业岗位400余个，带动数万户农户年增收2000余万元，从山沟里走出来的龙馨香料公司把"公司+专业合作社+农户"的订单生产模式和"服务农村，致富农民，共同富裕"的理念做到了实处，创造了一个种植业发展的奇迹。由此，龙馨香料公司先后被评为县级农业大户、市级农业产业化重点龙头企业、遂宁市市级重点龙头企业、省级林业产业化龙头企业，拥有3项国家专利和"蜀洪香桂"商标，聘有高级工程师2名，与四川省林科院、宜宾市林科院（现宜宾林竹产业研究院）建立了多年的合作关系，香桂油产品远销国内外多个地区。因为龙馨香料公司的重大成就，射洪被四川省林业和草原局确定为"香桂现代林业园区"。

2021年4月22日，全国乡村振兴林业产业大会在北京钓鱼台国宾馆隆重举行，王书林作为最基层的一名代表应邀参会，并获得了"乡村振兴杰出人物奖"。这位曾经获得"遂宁市巾帼建功标兵""遂宁市第二届农村乡土人才创新创业奖""脱贫攻坚——人大代表在行动活动先进个人"多项荣誉的国家林业和草原局林草乡土专家,以无比的自豪与满足,再次绽放了她美丽的人生。

今天,王书林正以一个共产党员的初心奋力推进香桂产业的稳步发展。她说,未来的路上,困难还很多,甚至很大,但她会坚守本真,砥砺前行,能够以一个"绿色梦想"映照自己的人生和故乡的山水,映照乡亲们的致富之路,那是她最大的希望。

原发于《川中文学》2022年05期,获遂宁市文联、遂宁市作协征文二等奖

射洪市九圣村行

● 李竹梅

　　射洪市复兴镇九圣村位于射洪、三台、盐亭交界处，地域面积2.2平方公里，是省级四好村、市级文明村、省级示范农民夜校推荐村、六联机制示范村。全村共有10个居民小组863人，耕地952亩。共有建档立卡贫困户49户136人，2017年贫困村达标退出，2019年贫困户全面脱贫销号。

　　2020年6月19日，我们带着了解脱贫致富的任务走进复兴镇九圣村。一路上，风景如画，鸟语花香，没有尘土飞扬，没有尾气排放，没有车辆行人的拥堵，更没有歌厅酒吧的闹嚷。这里只有静谧的青山绿水和高远的蓝天白云，农田里麦冬、玉米长势喜人，偶尔可见农民在耕作。所到之处，看不见撂荒的土地，看不见破旧的农房，脚下的公路洁净得几乎一尘不染。空气清新如洗，凉风扑面而来，令人神清气爽，真有一种来了就不想走的感觉。我情不自禁赞叹起来：这里真是个纳凉避暑的好地方！

　　我们跟着第一书记薛成来到易地安置新村建设点，一位老人坐在屋门口圆凳上晒太阳。虽是夏天，老人却穿着稍厚的外套，看上去就是个病人。薛书记站在老人面前嘘寒问暖。

　　薛书记说："……你就在射洪，不要去成都了。"

　　老人说："我目前还在人民医院开药吃，主要是高血压、糖尿病，肾上有问题。去年做了阑尾手术，花了3万块钱，感谢政府给我报销了。现在身体还有点故障，脚手有点肿，眼睛看不见了。"

薛书记说："你看，如果你去成都，医疗费就报销不了，一些政策福利也享受不到。"

"为啥要去成都呢？"我忍不住插嘴。

老人滔滔不绝讲起来："儿子想把我接到成都去尽孝。可是儿子30岁了还没成家，我怕拖累他，不愿意去。政府为了照顾我，拆了我的土墙房屋，易地搬迁给我修了新房，办了残疾证，买了养老保险，申请了低保，加上独生子女费，每月有500多元收入，还有家庭医生随时上门服务。"

此时我才注意到墙上的"复兴镇'五个一'帮扶力量公示牌"，在贫困户主李思学下面，分别注明市、县、村级帮扶责任人和帮扶单位、部门、企业，各级第一书记亲自挂帅。下面是"帮扶明白卡"和"家庭医生团队签约服务内容介绍"，这些信息一目了然，连电话号码也公开。这脱贫攻坚真是斗硬落实呀！

通过同老人一番询问交流，了解到老人名叫李思学，年逾六十。独生儿子叫李雄，在成都一家电子厂工作。为照顾老人，儿子想辞职回家，老人不答应，希望儿子在外面有所作为。走进老人的新居，里面的装修、家具、水电气设备，没有哪点比城里人住的楼房差，环境却比城里优越得多。李思学以前一直在新疆等地打工，落下了病痛，只好回家养病。由于糖尿病、高血压引起眼底出血，几乎失明，早已没有种地，吃用全靠买。在政府协调下，李思学每月给邻居500元钱，请她煮饭洗衣。邻居也是易地安置户，家里只有老两口，女的身体欠佳，有风湿病、高血压，却还养着几十只鸡，过得也算滋润。李思学脸上洋溢着幸福的笑容："政府对我关怀备至，经常有市、县领导来看望。我才出院，住院期间各级领导还打电话来关心问候，薛书记更是隔三差五来了解我的病情，关心我的生活……"

我感叹起来："你太幸福了！我好羡慕！"

"就是嘛，自己的儿子也照顾不到这么周到！"

正说着，从隔壁屋里走出一位年近六旬的妇女，她憨憨地笑着。我们走进她的屋子，不禁被墙上那十几张奖状惊呆了。仔细一瞧，这些奖状主要来自深圳龙华区东王实验学校："英语科第一名""三好学生""才艺之星""优秀班长""十佳作品"……获奖者像是在不同年级的两姐妹。可以推测，这老人的两个孙女随父母打工在外地就读，成绩优异。

正在我们啧啧称赞时，一只燕子喳喳地叫着飞过头顶，钻进了墙角的燕儿窝里。我们惊喜地看过去，举起手机想给它拍视频，可它却躲在窝里不想抛头露面。等我刚放下手机，它却瞬间钻出窝来，倏地飞走了。我呆呆地望着那像极了半截陶罐扣在墙角的燕儿窝，想看清里面的小燕子，可那圆圆的瓶颈似的洞口不比乒乓球大多少，根本看不见里面。望着那个用一粒一粒的泥土黏合起来的艺术品，我默默祈祷：但愿漂泊在外的燕子们带着他们的小燕早日归巢，用他们勤劳的双手为建设家乡作出贡献。

小车从高架桥上越过成巴高速公路，在一阵狗吠声中，我们走进一家养殖大户。户外的院坝里是一群大大小小的鸡，有好几十只。隔着铁丝网，见有客人到来，不知哪只鸡王一声呼唤，鸡们就一齐涌到铁丝网前，把脑袋从网缝里伸过来，叽叽喳喳叫个不停，似乎在说："欢迎欢迎！热烈欢迎！"我兴奋起来："这些鸡也好客，迎接我们来了。"女主人笑了："鸡饿了，还没喂食。鸡苗都是村上发的，从小养到这么大。"我打听女主人姓名，她似乎不太想张扬，只说姓余，老头姓李。我说家门吧，你真行！男主人骄傲地说，他们还养了20多只鹅，在另一间院子里。

一阵猪叫声吸引了我，走近猪圈旁边，圈里躺着几头大肥猪。"哟，这猪好大！"我惊叫起来。想起小时候唱的儿歌："大肥猪，大如牛；大肥猪，一身肉。有多大？七尺七；有多重？一千一……"那时候的猪哪有这么大？太夸张！我家养的大肥猪，估计不足这圈里的猪一半大呢。那儿歌用到现在这些猪身上，真不算夸张了。"有几头呀？"老两口笑得合不拢嘴："有十头，前天4头猪，卖了16000元。还有6头大肥猪，共养了13头。"在另一个猪圈里，躺着一头母猪，一群小猪惊叫着挤到猪圈角落里。"一、二、三……"小猪们像有些害羞，挤来挤去让我总是数不清。算了，估计不会少于15只吧。

再往里走，呀！这圈里养的是兔。它们竖着耳朵，鼓着红眼睛望着我们，似乎在问："你们谁呀？好陌生。""乖乖！快快长大，为主人创造财富。"看着这些财神宝贝，主人脸上乐开了花。

九圣村的集体经济发展也让人开了眼界。在一处长满野草、芭茅的荒山坡上，有一片占地200余亩的肉牛养殖场，有一座320平方米的养牛棚，总投资40余万元，2019年实现集体经济收入3.68万元。志远公司捐献幼牛，政府投资修建牛棚。有趣的是，这棚里养着16头肉牛和200多只土鸡，鸡牛同棚，和谐相处。

牛棚的大门敞开着。我们跟着薛书记走进去，里面没有牛，只有鸡。负责养殖的是一个约50岁的老农，他说太阳出来了，鸡怕热，在牛棚里躲阴凉，牛都放出去吃草去了。看见我们到来，鸡崽们一窝蜂从后门涌出去，分散到草坪上觅食。穿过牛棚，老农端着一个铁簸箕，里面装着玉米粉。他把玉米粉撒在门外的水泥地板上，一手提着空铁簸箕，一手在簸箕的背面拍打起来："嘚嘚嘚，嘚嘚嘚……"棚内棚外的鸡崽们陆陆续续飞跑拢来啄食。我开心地笑起来："敲钟吃饭了！"那只仅有的大公鸡就像称职的家长，也配合着"敲钟"的节奏，伸长脖子"喔喔喔"催促伙伴们"快来吃饭啰"。这些鸡大约只有一斤重，大概还是仔鸡吧？老农说："才养一个多月，半年后要长到六七斤重。"跑在后面的是几只小鸡崽，老农说："这是鸡抱鸡，长得慢一点。""鸡抱鸡？！现在很难得了。"我们感到诧异，于是在草丛中寻找抱鸡婆的窝。

牛到哪去了？我们在山坡上寻找起来。薛书记伸手一指："那里有一头，那边有几头，这还有一头，这是头母牛。"原来它们就在附近草坪上，只是芭茅挡住了我们的视线。

"哞——"一头站在芭茅丛后边的黄牛叫起来，似乎在说："我在这里哟——""看见你了，再叫一声。"我举起手机给它录像，想捕捉它的声音，它却腼腆地把头扭过去，拒绝了我的善意。我们往回走，一头黄牛站在路边专心啃草。看上去它有点瘦，像没吃饱。薛书记说："放养的牛长不肥，但肉质好，不像圈养的牛那样膘肥体壮。"我们试着想从它身边走过去，它却把身子横过来，完全挡住了仅有一尺多宽的小路，吓得我们直往后退。薛书记走过去，像个老朋友一样，拍拍它的脖子摸摸它的头，然后牵着它鼻子上的缰绳，它就乖乖地跟着薛书记走开了。我跷起大拇指："薛书记，你真行！牛都要服从你。"我问："这牛长这么大，几岁了？"薛书记微笑着："一岁了。""它会耕地吗？""可以耕地，但是不需要。""为什么？""这是养的肉牛，脱贫致富需要它创收。"哦，原来它们是九圣村脱贫致富的金元宝！吃草，长肉，或生产小牛崽，就是它们的任务。其实，现在耕牛已经不是农村必需的劳动工具了。

离开九圣村时，我不由得发自内心地感叹道：九圣村真行！九圣村的人民真行！薛书记真行！相信在党的脱贫致富奔小康的政策引领下，在薛书记的带领下，九圣村的明天将会更加前程似锦，更加灿烂辉煌！

该文入编2022《蜀地战贫》

诗歌类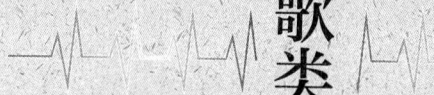

▼ 李龙剑的诗

金华山：拜谒陈子昂（二章）

一

秋日的风，涌着我前行。

在云烟苍茫处，深藏着的幽怨，如岁月的影子。

千年古柏，在秋风中发出悠远空灵的钟声，仿佛正吟诵着子昂先生的万古绝唱。"前不见古人，后不见来者……"

古读书台，1500多年的传说，与我渐行渐远。

我驻足风中，仿佛大唐远古的气息，正跨越千年悄然走来。

二

时光虽已流逝，但先生在古读书台上高声吟咏的气势犹存。

幽雅的回廊，满是千年诗文，尽显风雨和坎坷。

瞬间，潮湿的心已被浓浓的墨香浸染。

读书台翩翩少年手握诗卷，凝目沉思，铸就了他鼎新革故的千古豪情。

金华山上翰墨芬芳。零碎的思绪已随秋风而去。

秋日，后来者风声正浓。

原发于《星星》2023年04期

▼ 田小田的诗

我看见他

父亲逝世后第三天，
我看见他转过堂屋穿过楼梯甬道
朝我迎面走来。
他无声地穿过我和脚边的花园栅栏，
像枇杷树摇下的一阵微风，
像胡豆花喊出来的一只白蝴蝶。
他继续前行，蹒跚着步下几层凌乱的石梯
在菜地里弯下一米八三的身体
刨出一个硕大的冬瓜，
准备明天瘸着腿搭乘六路公交车
替我送进城来。

原发于《星星》2023年02期

漂在时光里的潢

在咸和雪白之外，潢是
盐的另一个存在，蹚在
来路之中。

后来，卤水被太阳
蘸走，石头錾成的池壁上
只剩青苔像个旧恋人
还在执拗地盛开。

武东山下，我们曾看她
在时间里干渴，绝对的
静寂里，仿佛有一声
听不见的"咕咚"从池壁中不甘地跳出。

有几位女士忍不住
脱下外衣，初夏的正午
一步步被炙烤着，我们
也有了"潢"的煎熬——

在某种漫长的蒸腾里
究竟是谁抽空了我们，成为
不死的废墟。

古城墙

古城墙，还剩那么一截，埋在
城市的角落。
它的沉默，复制出铁狮或者飞龙的沉默。
它曾经的盘旋，围出
一座城三百年的历史和烟火。

有时它也有话要说，体内有刀剑要奔涌，

在几个暴雨夜，它的倾诉和狂啸

将自己救活。

是的，那时候它完整的身子被拆卸，被腰斩，

他们想让灯红酒绿的繁华来得更快一些。

现在，当所有的门楣渐渐枯萎，

古城墙，最早预料过这结局。

原发于《诗歌月刊》2023年8期

舍得酒

那遥远的北方带着小麦大麦和高粱降临，

穗上的光芒矗立，没有跌落一分璀璨。

那等待已久的陶罐是我？

养着自己的沉默多年，就为

迎接你的闪亮和清冽入怀。

新酒重酿，老酒重陈。

时光需舍去高蹈，在仓储中

沉寂另一种辉煌。

舍去经书，大胆地搅拌和翻转，

得到的浓香会不会更多？

十年二十年，待我围裙斑驳，醪米遍布。
远道而来围炉夜饮的人，
你是否会醉成一堆灰烬?

是否会举起这酒凝视，赞我
漫长岁月里那些被舍弃的流程
和得到的芬芳。

原发于《诗刊》2023年10期

▼ 罗艳春的诗词

题陈子昂读书台（七律）

似有书声耳畔过，雄才旧迹未消磨。

留云馆驻文宗影，感遇堂存子美歌。

遗韵千年争咏唱，残碑数载任摩挲。

苍苍古柏依然在，鹤去台空草满坡。

二月二涪江踏青（七律）

春姑蛱蝶两翩翩，重约江堤浑忘年。

缥缈歌声飞岸上，葱茏草色软风前。

休嫌隐隐鱼鳞小，已有苍苍龙角悬。

无那知交同赏翠，坐看杨柳舞秋千。

原发于《星星诗词》2023年春季刊

元旦赋梅有寄（七律）

雪里香浮休道奇，骨清原是换瑶池。

高情只向春风诉，疏蕊偏和霜月宜。

人共花前怜瘦影，我来树下动相思。

良辰何以酬名士，聊取红梅寄一枝。

早春（七律）

二月春光动物华，山明水秀渐堪夸。

寒空衔日鸿声远，烟浦垂波柳影斜。

最喜玲珑香未尽，犹怜芳草绿无涯。

眸中景色撩人醉，忽觉诗情多一些。

原发于《长白山诗词》2023年第3期

高阳台·初夏寄阿梅

雨霁长街，烟消曲巷，望中高柳垂阴。五色梅边，是谁驻足香寻。一帘叶子花含笑，欲折来、且任伊簪。啭晨曦，历历莺声，不息芳心。　　诗歌美酒飘香地，忆那年欢聚，惆怅如今。多少闲情，陪人清唱轻吟。沿阶草已萋萋碧，软风前、听我横琴。想重逢、又是春归，同醉花深。

绮罗香·秋雨

十里陂塘，千家苑圃，曾约西风同到。飒飒潇潇，弄彻一秋新调。伤神处、露滴残荷，在望眼、烟凝衰草。最关怀、庭院深深，纷飞黄叶有谁扫。　　重寻帘幕瘦影，犹惜纤腰依旧，无言无笑。怕叩寒窗，徒惹别情多少。落阶畔、苔藓生时，是墙头、海棠红杏。忆那年、并坐东篱，菊花香满抱。

行香子·山居夏夜

隐隐青山，袅袅炊烟。正黄昏、归燕喧喧。菜园摘得，新味堆盘。有黄瓜甜，苦瓜嫩，辣椒鲜。　　大吠村前，影立窗边。听田间、蛙唱连绵。俗尘长隔，事事无关。但松同吟，竹同坐，月同眠。

原发于《中华辞赋》2023年第8期

▼ 张建兰的诗词

菩萨蛮·观清荷视频题

一荷风舞荧屏展，盈盈粉面明眸转。疑似月穹人，清奇初落尘。　　冰心禁不住，欲锁还相顾。笃定莫回头，回头魂梦丢。

疏影·咏云

无心梦断。要一生皎洁，随性舒卷。影落明湖，怀抱孤峰，深情最是无限。凭它聚散无依处，也定要、心存柔软。待适时、化雨消霾，泽润万千无怨。　　光照蒸腾雾气，尽幻成五彩，装点银汉。霭霭纷纷，有影无根，惯把清风依恋。浮空妙舞饶姿态，但历历、迹踪无显。任自飘、休问瑕瑜，但共岁华和缓。

原发于《中华辞赋》2022年第1期

夜　雨

忽听风声杂雨声，翻疑屋漏遇危情。
却思年少倾盆夜，母女团团坐五更。

咏　月

碧空悬玉魄，长夜洒清辉。

恰似温柔手，能安寂寞衣。

移云花影动，照水笛声飞。

客久知交伴，悠悠载梦归。

原发于《中华辞赋》2022年第11期

宽窄人生

囿于生计绝游山，终日劳劳上下班。

知是井蛙天地窄，故从文字补心宽。

原发于《中华辞赋》2023年第3期

▼ 刘群英的诗

撑伞走在子昂路上

走在子昂路上能听到鸟鸣

与晨跑时的喘息声

树上的枝叶与花跟着颤动

风声时紧时慢，我的心跟风走

不断有人从我身旁走走停停

他们聊生活的琐碎

听到他们聊寻找残骸碎片，就撑起伞

我把落下的叶子和花瓣想象成残骸

从南至金华山门不是撑伞的终点

我透过山门能仰望到子昂石像

身后墙壁上那些细碎的文字，自带忧济和雨点

我相信世间有不安的灵魂，就在这残缺的叶片上

江边的鸟巢

镜子有时会被涛声、喧嚣砸碎

也会被雨点打湿翅膀

比如，高楼大厦会挤压和切割

太阳和星星的巢

有时鸟儿的脊背不堪重负

暮色中，驮倦了的鸟儿斜着身子

划过江面，回到巢内

抖落一身风雨，松开紧裹的葵花籽

星星点点的卵，涌动成长

与渔火伴着叽叽喳喳的叫声

守着江天

原发于《贡嘎山》2022年第4期

青堤菜刀

在青堤，每一片绿叶都是一把刀

刮开渡口的烟雨蒙蒙

静谧平缓的江水清澈

石块被削得光滑又四平八稳

布满绿毛的台阶，钟声里的觉醒

都是用菜刀截取隋唐的背影

绿叶连着绿叶形成旗帜

划出分水岭，一半归阴

一半归阳

分出黑白里的生存之道

割出早晨与黄昏的炊烟

原发于《特区文学》2022年第4期

▼ 张华的诗

每一朵花都有一个温暖的名字

寒流到来之前

绿化带里鲜艳的雏菊

被工人连根拔起

胡乱搁置路边

凭借快掉完的泥土

单薄或者惊鸿，盛开

世间已然没有大事

多像泰坦尼克号沉没前

船员们沉醉于

为逃生的人群，演奏

原发于《神州文学》2022年第4期

▼ 程驰的诗词

寒冬过田园疑落雪

江风一霎起轻灵，吹彻园田苇絮汀。

疑似西山飘瑞雪，纷纷来护麦苗青。

原发于《中华辞赋》2022年第4期

遇　见

一只小麻雀

从遥远的地平线飞来

落在我林子般的心上

抖落着雨露，又昂起倔强的头颅

自由啼啭着沙哑的歌喉

林间的快乐深情地

为我们梳理着稚嫩的羽毛

也擦拭着纹理间的尘色

在彼此的眸光中缓缓沸腾

这一刻，世界都屏住了呼吸

就让晶莹的泪珠儿

连同袒露的心扉

与异乡这片奇异的山水

做一次彻底的倾诉

原发于《中华文学》2022年04期

世界睡眠日无眠

钢铁包裹的玄鸟消失在天国地平线

瞬间撕裂一百多个梦想

雷霆风暴迅速在大地屏幕燃烧

春夜风号，湮灭不了白花破碎声。不敢

直视最后的嫣痕，不愿推测

一切可能的因素。只有挨着秒针合掌祈愿

从夕阳坠落到风咽山冷，雨声滑落

执笔奇迹春生，浪涛漫过眼睑

岂敢蹭热？无数心颤默祷

把今天，改写成世界最后一个无眠日

原发于《青年文学家》2022年9月上旬刊

▼ 高余的诗

金华山

1

或许在某一瞬

时间与身影重叠

无论老与少，大或小

不相识的风把季节更替

365级台阶知道脚印

那株巍峨的黄葛树不曾委顿

一定看到身下过往的身影

只是不曾知道陈子昂远行的轨迹

听不见《登幽州台歌》的声响

以及来者的敬畏

2

一座山的马鞍为骑手创建了读书台

茅舍前后的松竹熏陶治国方略

一片千年茂盛为鹤高蹈搭建舞台

遗臭万年的臭石同北风一起

也压不垮"名与日月悬"的骨架

大唐金银堆积如山

大唐诗文华丽世界未来，齐梁汉魏

必然给陈子昂机会，活成文宗千年

诗与名不仅仅悠远黄河、长江或涪江

养活天下文脉，大海说了算

既滋养贤能，也肥沃稗类

那方读书台，紫藤上得去

来者下不来

3

一座山存下你不同的姿态，仿佛将你

悲怆的歌咏从不同角度响彻出来

不再忧忧孤独，虽然在某一瞬间

打开眼帘，来者试图抵达一个高度

但被看不见的手举离，独座山独座

你堆放文字的天国，修竹篇霞光

你释放诗语智慧。生前不喜于庙堂

哪怕武则天惜才，也挡不住武攸宜放一个屁

甚至一个县令的卑鄙。你好痛，无来者

4

你被金华放置后山

一堵高墙前，屹立着举笔挥毫

俯视，金冠小叶女贞穿上金衣

红花檵木直接交出心绪

活字方块钉三缄其口

交给紫薇话语权。如果战马跑成

肥胖，比它瘦小也不是问题

只是暗自好笑，武三思阴险

才没有那么好的心态

粗犷的沙场被现实包围，借喻

千年茂盛的香樟古榕体魄

给仙鹤高蹈搭建天台，或许

我已变成银河之水，化一株兰草

给回音安上琴弦

原发于诗刊社选编的《诗境与秘境》一书

陈子昂塑像

他被千年古树簇拥于金华后山

屹立、俯视、举笔挥毫，本色诗风

不屑披金戴银，不屑烟柳女贞彩繁竞丽

唯有野松青草能够交心

遥想当年，出征漠北，战车如道具

没有几匹战马，能最终跑成雕塑

而他以一己之力，把一具肉身，炼成了

铮铮铁骨，更以一声吟唱，掀起了一袭诗风

为此，他付出了生命，这个被逼得

无路可走的人，最后从另一条路回到金华山

从初唐最偏远的地方，站到了史书的高处

原发于《诗刊》2023年第10期

▼ 任郁的诗

夜　途

坐在李子树上
很多颗李子和我一起看月亮

爬了很多年的坡
月亮依然摇着篾笆扇
把夜晚摇得雪白

鞋子换了很多双，还是37码
道路换了很多条，还是弯拐
李花换了很多季，依旧洁白

我已经习惯了半夜就出门
慢慢穿过李子树下的月光
很多年了，芬芳的枝丫，一直是我
开花的拐杖

原发于《诗刊》2023年第10期

黄葛树

不知道你这婆娑姿态
是低头还是翘首

有个人在你树下，皮肉已经干枯
除了一堆腐旧的思想，和几根骨头
坐在那里，看着流水，
和流水上也只剩几根骨头的
曾经的渡船

每片叶子里面，请一定要坚持有经脉
那个人要扛起你这庞大的绿
里面的骨头，和汁水
走向外公外婆
走向白白的太阳

原发于《四川人文》2023年秋季卷

▼ 陈大君的诗词

清平乐·丽江玉水寨风情

玉泉金路，神像龙身塑。水寨东巴文显著，四季飞流瀑布。　　纳西击乐欢歌，游人鼓掌相和。鸟语空灵清脆，花香甜醉仙娥。

喝火令·大理古镇（黄庭坚格）

万古苍山峻，千秋洱海清。素来豪杰慕峥嵘。今昔几多骚客，煨酒夜调笙。　　大理民风异，金花惠德呈。盖房耕地贾商行。喜得阿哥，一世享殊荣。石径马蹄声远，万户古风承。

一萼红·剑门关览胜

剑门关。齿峰迎日月，松柏挂云幡。阁道凌空，悬崖凿路，碑记三国英贤。固蜀地、金戈铁马，铸要塞、遥视北长安。几域枭雄，各居心事，甄别忠奸。　　徒步趣谈金匾，指江山似画，众绽欢颜。斜径高歌，魂惊鸟道，霞染璃栈奇观。喊妈崖、扶杆固否？恐高者、不敢靠围栏。感叹流芳峻岭，紫极清泉。

鹧鸪天·海棠似雪漫紫园

雨霁天蓝卉木新，东君吻面淡妆匀。海棠飘雪琼枝艳，柳翠风斜霜女春。　　人醉景、手敲文，游园入梦笛音频。桥观瀑布思慈母，诗画长廊品孝仁。

原发于《中华辞赋》2023年第8期

▼ 谢蓉的诗

铁水火龙

火龙在楞严寺点睛后，才能够

巡游人间

极像一次带着隐喻的交接与授权

染上孝纯底色的眼

是不是会更加雪亮洁净？

老街静谧，旧座默然

从蔽日的树冠倾泻而下的是丝绸般的光阴

正在拔节的是孩子和老人的笑

一种是锐利，一种是嶙峋

把所有的膜拜给仁厚的医者

他们的悬壶只装月光不装琼酿

替生灵遍尝悲辛

古渡无需呼渡

桃花的心事在春风里人人皆知

青堤菜刀在实现一切如意之后

造刀之人早已身披风雪跃马归去

1000摄氏度以上的铁水

才配得上青堤男人的热血

赤裸的筋骨，才承受得住

彼此的肝胆相照

精准的力的撞击才能催开火树银花

就像撩开隐藏着巨大秘密的夜色

掀开一场心知肚明的花事

一条火龙

从此就有了寺的慈悲，渡的怀抱，铁的骨脊

原发于《川中文学》2022年03期

听闻远方有你

听闻远方有你，你就待在原地

春光旖旎，相思成疾

两情若是久长时

不在乎朝暮别离

疫情之后，山花烂漫

每一天都是归期

听闻远方有你，此刻还在等待

听不到弦繁管急

不见了灯红酒绿

咫尺天涯，晚来风急

纵使相逢应不识

人间大爱，美在距离

听闻远方有你，夙夜坚守阵地

你也是父亲

你也是女儿

你也是孩子

也曾倜傥潇洒，亭亭玉立

也曾叱咤风云，御风而行

一种坚持，叫初心使命

一种深情，叫永不放弃

听闻远方有你

当春风吹过你耳际，就算我深情地拥抱了你

当江水流过你身旁，就算我的热泪亲吻过你

这痛，这爱，这祝福

一丝一缕

一点一滴

……

原发于《知见诗社》2023年第1期